I0632016

Ce livre appartient
a ...

Ce Livre ... Jeanne

HISTOIRE
DE
GIL BLAS
DE SANTILLANE.

141 188

Par Monsieur LE SAGE.

Enrichie de Figures.

TOME PREMIER.

A PARIS,
Chez PIERRE RIBOU, Quay des
Augustins, à la Descente du Pont Neuf,
à l'Image saint Loüis.

M. DCC. XV.
Avec Approbation, & Privilege du Roy.

HISTOIRE

DE

GIL BLAS

DE SANTILLANE.

LIVRE PREMIER.

CHAPITRE PREMIER.

De la naiſſance de Gil Blas, & de ſon éducation.

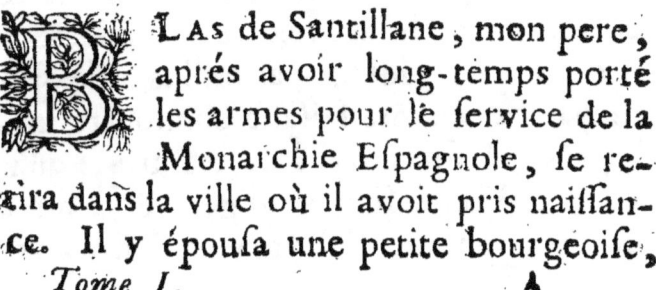LAS de Santillane, mon pere, aprés avoir long-temps porté les armes pour le ſervice de la Monarchie Eſpagnole, ſe retira dans la ville où il avoit pris naiſſance. Il y épouſa une petite bourgeoiſe,

Tome I.   A

qui n'estoit plus dans sa premiere jeunesse,
& je vins au monde dix mois aprés leur
mariage. Ils allerent ensuite demeurer à
Oviedo, où ma mere se fit femme de
chambre & mon pere Ecuyer. Comme
ils n'avoient pour tout bien que leurs gages, j'aurois couru risque d'estre assez mal
élevé, si je n'eusse pas eu dans la ville un
oncle Chanoine. Il se nommoit Gil Perez.
Il estoit frere aîné de ma mere & mon
parrain. Representez-vous un petit homme haut de trois pieds & demi, extraor-
dinairement gros, avec une teste enfon-
cée entre les deux épaules : voila mon oncle. Au reste, c'estoit un Ecclesiastique
qui ne songeoit qu'à bien vivre, c'est à
dire qu'à faire bonne chere, & sa Pre-
bende, qui n'estoit pas mauvaise, lui
en fournissoit les moyens.

Il me prit chez luy dés mon enfance,
& se chargea de mon éducation. Je lui
parus si éveillé, qu'il resolut de cultiver
mon esprit. Il m'acheta un alphabet &
entreprit de m'apprendre lui-mesme à
lire : ce qui ne lui fut pas moins utile qu'à
moy ; car en me faisant connoistre mes
lettres, il se remit à la lecture, qu'il
avoit toûjours fort negligée, & à force
de s'y appliquer, il parvint à lire cou-

ramment fon Breviaire ; ce qu'il n'avoit jamais fait auparavant. Il auroit encore bien voulu m'enfeigner la langue latine ; c'euft efté autant d'argent d'épargné pour lui : mais, helas, le pauvre Gil Perez ! il n'en avoit de fa vie fçû les premiers principes : c'eftoit peut-être (car ie n'avance pas cela comme un fait certain) le Chanoine du Chapitre le plus ignorant. Auffi, j'ai oüi dire qu'il n'avoit point obtenu fon Benefice par fon érudition : il le devoit uniquement à la reconnoiffance de quelques bonnes Religieufes dont il avoit efté le difcret Commiffionnaire & qui avoient eu le credit de lui faire donner l'ordre de Preftrife fans examen.

Il fut donc obligé de me mettre fous la ferule d'un maiftre : il m'envoya chez le Docteur Godinez, qui paffoit pour le plus habile pédant d'Oviedo. Je profitay fi bien des inftructions qu'on me donna, qu'au bout de cinq à fix années j'entendois un peu les Auteurs Grecs & affez bien les Poëtes Latins. Je m'appliquay auffi à la Logique, qui m'apprit à raifonner beaucoup. J'aimois tant la difpute, que j'arreftois les paffans, connus ou inconnus, pour leur propofer des argumens. Je m'addreffois quelquefois à des

figures Hibernoiſes, qui ne demandoient pas mieux, & il falloit alors nous
voir diſputer. Quels geſtes ! quelles grimaces ! quelles contorſions ! nos yeux
eſtoient pleins de fureur & nos bouches
écumantes. On nous devoit plûtoſt prendre pour des poſſedez que pour des Phi-
loſophes.

Je m'acquis toutefois par là dans la
ville la reputation de ſçavant. Mon oncle en fut ravi, parce qu'il fit reflexion
que je ceſſerois bientôt de lui eſtre à
charge. Ho çà, Gil Blas, me dit-il un
jour, le temps de ton enfance eſt paſſé.
Tu as déja dix-ſept ans, & te voila devenu habile garçon. Il faut ſonger à te
pouſſer ; je ſuis d'avis de t'envoyer à
l'Univerſité de Salamanque : avec l'eſprit que je te vois, tu ne manqueras pas
de trouver un bon poſte. Je te donneray quelques ducats pour faire ton voyage, avec ma mule qui vaut bien dix à
douze piſtoles ; tu la vendras à Salamanque & tu en employeras l'argent à
t'entretenir juſqu'à ce que tu ſois placé.

Il ne pouvoit rien me propoſer qui
me fuſt plus agreable ; car je mourois
d'envie de voir le pays. Cependant j'eus
aſſez de force ſur moy, pour cacher ma

joye ; & lors qu'il fallut partir, ne paroiſſant ſenſible qu'à la douleur de quitter un oncle à qui j'avo's tant d'obligation , j'attendris le bon-homme , qui me donna plus d'argent qu'il ne m'en auroit donné, s'il euſt pû lire au fonds de mon ame. Avant mon départ, j'allay embraſſer mon pere & ma mere, qui ne m'épargnerent pas les remontrances. Ils m'exhorterent à prier Dieu pour mon oncle, à vivre en honneſte homme, à ne me point engager dans de mauvaiſes affaires & , ſur toute choſe, à ne pas prendre le bien d'autruy. Aprés qu'ils m'eurent trés - long - temps harangué, ils me firent preſent de leur benediction, qui eſtoit le ſeul bien que j'attendois d'eux. Auſſitoſt je montay ſur ma mule, & ſortis de la ville.

CHAPITRE II.

Des alarmes qu'il eut en allant à Peña-flor; de ce qu'il fit en arrivant dans cette ville, & avec quel homme il ſoupa.

ME voila donc hors d'Oviedo, ſur le chemin de Peñaflor, au milieu

de la campagne, maiſtre de mes actions,
d'une mauvaiſe mule & de quarante
bons ducats, ſans compter quelques reaux
que j'avois volez à mon trés-honoré oncle. La premiere choſe que je fis, fut
de laiſſer ma mule aller à diſcretion, c'eſt
à dire au petit pas. Je lui mis la bride
ſur le cou & tirant de ma poche mes
ducats, je commençay à les compter &
recompter dans mon chapeau. Je n'eſtois pas maiſtre de ma joye. Je n'avois
jamais vû tant d'argent. Je ne pouvois
me laſſer de le regarder & de le manier.
Je le comptois peut-eſtre pour la ving-
tiéme fois, quand tout à coup ma mule
levant la teſte & les oreilles, s'arreſta au
milieu du grand chemin. Je jugeay que
quelque choſe l'effrayoit ; je regarday ce
que ce pouvoit eſtre : j'apperçus ſur la
terre un chapeau renverſé ſur lequel il
y avoit un roſaire à gros grains, & en
meſme temps j'entendis une voix lamen-
table qui prononça ces paroles : Seigneur paſſant, ayez pitié, de grace,
d'un pauvre ſoldat eſtropié ; jettez, s'il
vous plaît, quelques pieces d'argent dans
ce chapeau ; vous en ſerez recompenſé
dans l'autre monde. Je tournay auſſitoſt
les yeux du coſté que partoit la voix ; je

vis au pied d'un buisson, à vingt ou
trente pas de moy, une espece de soldat, qui sur deux bâtons croisez appuyoit le bout d'une escopete qui me
parut plus longue qu'une pique, & avec
laquelle il me couchoit en joüe. A cette
vûë, qui me fit trembler pour le bien
de l'Eglise, je m'arrestay tout court ; je
ferray promptement mes ducats, je tiray
quelques reaux & m'approchant du
chapeau disposé à recevoir la charité des
fidelles effrayez, je les jettay dedans l'un
aprés l'autre, pour montrer au soldat
que j'en usois noblement. Il fut satisfait
de ma generosité & me donna autant
de benedictions que je donnay de coups
de pieds dans les flancs de ma mule,
pour m'éloigner promptement de luy :
mais la maudite beste trompant mon impatience, n'en alla pas plus viste ; la longue habitude qu'elle avoit de marcher
pas à pas sous mon oncle, luy avoit fait
perdre l'usage du galop.

Je ne tiray pas de cette avanture un
augure trop favorable pour mon voyage. Je me representay que je n'estois pas
encore à Salamanque & que je pourrois bien faire une plus mauvaise rencontre. Mon oncle me parut trés-im-

prudent de ne m'avoir pas mis entre
les mains d'un muletier. C'eſtoit ſans
doute ce qu'il auroit dû faire : mais il
avoit ſongé qu'en me donnant ſa mule,
mon voyage me couſteroit moins ; & il
avoit plus penſé à cela qu'aux perils que
je pouvois courir en chemin. Ainſi, pour
reparer ſa faute, je reſolus, ſi j'avois
le bonheur d'arriver à Peñaflor , d'y
vendre ma mule & de prendre la
voye du muletier pour aller à Aſtorga ,
d'où je me rendrois à Salamanque par
la meſme voiture. Quoique je ne fuſſe
jamais ſorti d'Oviedo , je n'ignorois pas
le nom des villes par où je devois paſſer ;
je m'en eſtois fait inſtruire avant mon
départ.

J'arrivay heureuſement à Peñaflor :
je m'arreſtay à la porte d'une hoſtellerie
d'aſſez bonne apparence. Je n'eus pas
mis pied à terre , que l'hoſte vint me recevoir fort civilement. Il détacha luy-
meſme ma valiſe, la chargea ſur ſes épaules & me conduiſit à une chambre ,
pendant qu'un de ſes valets menoit ma
mule à l'écurie. Cet hoſte , le plus grand
babillard des Aſturies & auſſi prompt
à conter ſans neceſſité ſes propres affaires , que curieux de ſçavoir celles

d'autruy, m'apprit qu'il se nommoit André Corcuelo ; qu'il avoit servi long-
temps dans les armées du Roy en qualité de Sergent & que depuis quinze
mois il avoit quitté le service pour épouser une fille de Castropol, qui bien que
tant soit peu basanée, ne laissoit pas de
faire valoir le bouchon. Il me dit encore
une infinité d'autres choses, que je me
serois fort bien passé d'entendre. Aprés
cette confidence, se croyant en droit de
tout exiger de moy, il me demanda d'où
je venois, où j'allois & qui j'estois. A
quoy il me fallut répondre article par article, parce qu'il accompagnoit d'une
profonde reverence chaque question
qu'il me faisoit, en me priant d'un air si
respectueux d'excuser sa curiosité, que
je ne pouvois me défendre de la satisfaire. Cela m'engagea dans un long entretien avec luy & me donna lieu de
parler du dessein & des raisons que j'a-
vois de me défaire de ma mule, pour
prendre la voye du muletier. Ce qu'il
approuva fort, non succintement : car
il me representa là-dessus tous les acci-
dens fâcheux qui pouvoient m'arriver
sur la route. Il me rapporta mesme plusieurs histoires sinistres de voyageurs. Je

croyois qu'il ne finiroit point. Il finit
pourtant, en diſant que ſi je voulois vendre ma mule, il connoiſſoit un honneſte
maquignon qui l'acheteroit. Je lui té-
moignay qu'il me feroit plaiſir de l'envoyer chercher : il y alla ſur le champ
luy-meſme avec empreſſement.

Il revint bientôt accompagné de ſon
homme, qu'il me preſenta & dont il
loüa fort la probité. Nous entrâmes tous
trois dans la cour, où l'on amena ma
mule. On la fit paſſer & repaſſer devant
le maquignon, qui ſe mit à l'examiner
depuis les pieds juſqu'à la teſte. Il ne
manqua pas d'en dire beaucoup de mal.
J'avoüe qu'on n'en pouvoit dire beaucoup de bien : mais quand ç'auroit eſté
la mule du Pape, il y auroit trouvé à
redire. Il aſſuroit donc qu'elle avoit tous
les défauts du monde ; & pour mieux me
le perſuader, il en atteſtoit l'hoſte qui
ſans doute avoit ſes raiſons pour en convenir. Hé bien, me dit froidement le
maquignon, combien pretendez - vous
vendre ce vilain animal-là ? Aprés l'é-
loge qu'il en avoit fait & l'atteſtation
du Seigneur Corcuelo, que je croyois
homme ſincere & bon connoiſſeur, j'aurois donné ma mule pour rien : c'eſt

pourquoy je dis au marchand que je
m'en rapportois à sa bonne foy : qu'il
n'avoit qu'à priser la beste en conscience
& que je m'en tiendrois à la prisée. Alors
faisant l'homme d'honneur, il me répondit qu'en interessant sa conscience,
je le prenois par son foible. Ce n'estoit
pas effectivement par son fort ; car au
lieu de faire monter l'estimation à dix ou
douze pistoles, comme mon oncle, il
n'eut pas honte de la fixer à trois ducats, que je reçus avec autant de joye,
que si j'eusse gagné à ce marché-là.

Aprés m'estre si avantageusement défait de ma mule, l'hoste me mena chez
un muletier qui devoit partir le lendemain pour Astorga. Ce muletier me dit
qu'il partiroit avant le jour & qu'il auroit soin de me venir réveiller. Nous
convinmes de prix, tant pour le loüage
d'une mule que pour ma nourriture ; &
quand tout fut reglé entre nous, je m'en
retournay vers l'hostellerie avec Corcuelo, qui, chemin faisant, se mit à me
raconter l'histoire de ce muletier. Il
m'apprit tout ce qu'on en disoit dans la
ville. Enfin il alloit de nouveau m'étourdir de son babil importun, si par bonheur un homme assez bien fait ne fust

venu l'interrompre en l'abordant avec
beaucoup de civilité. Je les laiſſay enſemble & continuay mon chemin, ſans
ſoupçonner que j'euſſe la moindre part
à leur entretien.

Je demanday à ſouper dés que je fus
dans l'hoſtellerie. C'étoit un jour maigre.
On m'accommoda des œufs. Pendant
qu'on me les appreſtoit, je liay converſation avec l'hoſteſſe, que je n'avois point
encore vûë. Elle me parut aſſez jolie
& je trouvay ſes allures ſi vives, que
j'aurois bien jugé, quand ſon mari ne
me l'auroit pas dit, que ce cabaret devoit eſtre fort achalandé. Lorſque l'aumelette qu'on me faiſoit fut en état de
m'eſtre ſervie, je m'aſſis tout ſeul à une
table. Je n'avois pas encore mangé le
premier morceau, que l'hoſte entra, ſuivi
de l'homme qui l'avoit arreſté dans la
ruë. Ce Cavalier portoit une longue rapiere & pouvoit bien avoir trente ans.
Il s'approcha de moy d'un air empreſſé :
Seigneur écolier, me dit-il, je viens
d'apprendre que vous eſtes le Seigneur
Gil Blas de Santillane, l'ornement d'O-
viedo & le flambeau de la Philoſophie.
Eſt-il bien poſſible que vous ſoyez ce
ſçavantiſſime, ce bel eſprit dont la re-

putation eſt ſi grande en ce pays-ci ?
Vous ne ſçavez pas, continua-t-il en
s'addreſſant à l'hoſte & à l'hoſteſſe, vous
ne ſçavez pas ce que vous poſſedez.
Vous avez un tréſor dans vôtre maiſon.
Vous voyez dans ce jeûne Gentilhomme
la huitiéme merveille du monde. Puis ſe
tournant de mon coſté & me jettant
les bras au cou : Excuſez mes tranſports, ajoûta-t-il, je ne ſuis point maiſtre de la joye que voſtre preſence me
cauſe.

Je ne pus luy répondre ſur le champ,
parce qu'il me tenoit ſi ſerré, que je
n'avois pas la reſpiration libre ; & ce
ne fut qu'aprés que j'eus la teſte dégagée
de l'embraſſade que je lui dis : Seigneur
Cavalier, je ne croyois pas mon nom
connu à Peñaflor. Comment connu, reprit-il ſur le meſme ton ? Nous tenons
regître de tous les grands perſonnages
qui ſont à vingt lieuës à la ronde. Vous
paſſez pour un prodige & je ne doute
pas que l'Eſpagne ne ſe trouve un jour
auſſi vaine de vous avoir produit, que la
Grece d'avoir vû naiſtre ſes Sages. Ces
paroles furent ſuivies d'une nouvelle ac-
colade, qu'il me fallut encore eſſuyer,
au hazard d'avoir le ſort d'Anthée. Pour

peu que j'euſſe eu d'experience, je n'aurois pas eſté la dupe de ſes demonſtrations ni de ſes hyperboles ; j'aurois bien
connu à ſes flateries outrées que c'eſtoit
un de ces paraſites que l'on trouve dans
toutes les villes & qui dés qu'un étran-
ger arrive, s'introduiſent auprés de luy,
pour remplir leur ventre à ſes dépens:
mais ma jeuneſſe & ma vanité m'en firent juger tout autrement. Mon admi-
rateur me parut un fort honneſte homme & je l'invitay à ſouper avec moy.
Ah trés-volontiers, s'écria-t-il ; je ſçay
trop bon gré à mon eſtoile de m'avoir
fait rencontrer l'illuſtre Gil Blas de Santillane, pour ne pas joüir de ma bonne
fortune le plus long-temps que je pourray. Je n'ay pas grand appetit, pourſuivit-il, je vais me mettre à table pour
vous tenir compagnie ſeulement & je
mangeray quelques morceaux par com-
plaiſance.

En parlant ainſi, mon panegyriſte
s'aſſit vis à vis de moy. On luy apporta
un couvert. Il ſe jetta d'abord ſur l'aumelette avec tant d'avidité, qu'il ſembloit n'avoir mangé de trois jours. A
l'air complaiſant dont il s'y prenoit, je
vis bien qu'elle ſeroit bientoſt expediée.

J'en ordonnay une feconde, qui fut faite
fi promptement, qu'on nous la fervit
comme nous achevions, ou plûtoft comme il achevoit de manger la premiere.
Il y procedoit pourtant d'une viftefle
toûjours égale & trouvoit moyen, fans
perdre un coup de dent, de me donner
loüanges fur loüanges : ce qui me rendoit fort content de ma petite perfonne.
Il bûvoit auffi fort fouvent ; tantoft c'eftoit à ma fanté & tantoft à celle de mon
pere & de ma mere, dont il ne pouvoit
affez vanter le bonheur d'avoir un fils
tel que moy. En mefme temps il verfoit
du vin dans mon verre & m'excitoit à
lui faire raifon. Je ne répondois point
mal aux fantez qu'il me portoit : ce qui,
avec fes flateries, me mit infenfiblement
de fi belle humeur, que voyant noftre
feconde aumelette à moitié mangée, je
demanday à l'hofte s'il n'avoit pas de poif-
fon à nous donner. Le Seigneur Corcuelo, qui felon toutes les apparences
s'entendoit avec le parafite, me répondit : J'ay une truite excellente ; mais elle
couftera cher à ceux qui la mangeront :
c'eft un morceau trop friand pour vous.
Qu'appellez-vous trop friand, dit alors
mon flateur d'un ton de voix élevé ?

vous n'y penſez pas, mon ami. Apprenez que vous n'avez rien de trop bon
pour le Seigneur Gil Blas de Santillane,
qui merite d'eſtre traité comme un
Prince.

Je fus bien aiſe qu'il euſt relevé les
dernieres paroles de l'hoſte & il ne fit en
cela que me prévenir. Je m'en ſentois
offenſé & je dis fierement à Corcuelo;
Apportez-nous voſtre truite & ne vous
embaraſſez pas du reſte. L'hoſte, qui ne
demandoit pas mieux, ſe mit à l'appreſ-
ter & ne tarda gueres à nous la ſervir.
A la vûë de ce nouveau plat, je vis briller
une grande joye dans les yeux du paraſite, qui fit paroiſtre une nouvelle com-
plaiſance, c'eſt à dire qu'il donna ſur le
poiſſon comme il avoit donné ſur les
œufs. Il fut pourtant obligé de ſe rendre, de peur d'accident, car il en avoit
juſqu'à la gorge. Enfin, aprés avoir bû
& mangé tout ſon ſaoul, il voulut finir
la Comedie. Seigneur Gil Blas, me dit-
il, en ſe levant de table, je ſuis trop
content de la bonne chere que vous m'a-
vez faite, pour vous quitter ſans vous
donner un avis important dont vous me
paroiſſez avoir beſoin. Soyez deſormais
en garde contre les loüanges. Défiez-
vous

vous des gens que vous ne connoiſtrez
point. Vous en pourrez rencontrer d'autres qui voudront comme moy ſe divertir
de voſtre credulité & peut-eſtre pouſſer
les choſes encore plus loin. N'en ſoyez
point la dupe & ne vous croyez point
ſur leur parole la huitiéme merveille
du monde. En achevant ces mots, il me
rit au nez & s'en alla.

Je fus auſſi ſenſible à cette baye, que
je l'ay eſté dans la ſuite aux plus grandes
diſgraces qui me ſont arrivées. Je ne
pouvois me conſoler de m'eſtre laiſſé
tromper ſi groſſierement, ou pour mieux
dire, de ſentir mon orgüeil humilié. Hé
quoy, dis-je, le traiſtre s'eſt donc joüé
de moy ? Il n'a tantoſt abordé mon hoſte
que pour luì tirer les vers du nez, ou
plûtoſt ils eſtoient d'intelligence tous
deux. Ah pauvre Gil Blas, meurs de
honte d'avoir donné à ces fripons un
juſte ſujet de te tourner en ridicule. Ils
vont compoſer de tout ceci une belle
hiſtoire, qui pourra bien aller juſqu'à
Oviedo & qui t'y fera beaucoup d'honneur. Tes parens ſe repentiront ſans
doute d'avoir tant harangué un ſot.
Loin de m'exhorter à ne tromper perſonne, ils devoient me recommander de

Tome I. B

ne me pas laiſſer duper. Agité de ces
penſées mortifiantes, enflammé de dépit,
je m'enfermay dans ma chambre & me
mis au lit : mais je ne pus dormir & je
n'avois pas encore fermé l'œil, lorſque
le muletier me vint avertir qu'il n'attendoit plus que moy pour partir. Je me
levay auſſitoſt & pendant que je m'ha-
billois , Corcuelo arriva avec un memoire de la dépenſe , où la truite n'eſtoit
pas oubliée ; & non ſeulement il m'en
fallut paſſer par où il voulut, j'eus meſme
le chagrin , en lui livrant mon argent ,
de m'appercevoir que le bourreau ſe
reſſouvenoit de mon avanture. Aprés
avoir bien payé un ſouper dont j'avois
fait ſi deſagreablement la digeſtion, je
me rendis chez le muletier avec ma valiſe , en donnant à tous les diables le paraſite , l'hoſte & l'hoſtellerie.

CHAPITRE III.

De la tentation qu'eut le muletier sur la route ; quelle en fut la suite & comment Gil Blas tomba dans Carybde en voulant éviter Sylla.

JE ne me trouvay pas seul avec le muletier. Il y avoit deux enfans de famille de Peñaflor, un petit Chantre de Mondoñedo qui couroit le pays & un jeune Bourgeois d'Astorga, qui s'en retournoit chez luy avec une jeune personne qu'il venoit d'épouser à Verco. Nous fîmes tous connoissance en peu de temps & chacun eut bientost dit d'où il venoit & où il alloit. La nouvelle mariée, quoique jeune, estoit si noire & si peu piquante, que je ne prenois pas grand plaisir à la regarder : cependant sa jeunesse & son embonpoint donnerent dans la vûë du muletier, qui resolut de faire une tentative pour obtenir ses bonnes graces. Il passa la journée à mediter ce beau dessein & il en remit l'execution à la derniere couchée. Ce fut à Cacabelos. Il nous fit descendre à

la premiere hoſtellerie en entrant. Cette
maiſon eſtoit plus dans la campagne que
dans le bourg & il en connoiſſoit l'hoſte
pour un homme diſcret & complaiſant.
Il eut ſoin de nous faire conduire dans
une chambre écartée, où il nous laiſſa
ſouper tranquilement ; mais ſur la fin du
repas, nous le vîmes entrer d'un air furieux : Par la mort, s'écria-t-il, on m'a
volé. J'avois dans un ſac de cuir cent piſtoles. Il faut que je les retrouve. Je vais
chez le Juge du bourg, qui n'entend pas
raillerie là - deſſus & vous allez tous
avoir la queſtion, juſqu'à ce que vous
ayez confeſſé le crime & rendu l'argent.
En diſant cela d'un air fort naturel, il
ſortit, & nous demeurâmes dans un extrême eſtonnement.

Il ne nous vint pas dans l'eſprit que
ce pouvoit eſtre une feinte, parce que
nous ne nous connoiſſions point les uns
les autres. Je ſoupçonnay meſme le petit
Chantre d'avoir fait le coup, comme il
eut peut-eſtre de moy la meſme penſée.
D'ailleurs nous eſtions tous de jeunes ſots.
Nous ne ſçavions pas quelles formalitez
s'obſervent en pareil cas : nous crûmes
de bonne foy qu'on commenceroit par
nous mettre à la gêne. Ainſi, cedant à

noſtre frayeur, nous ſortîmes de la chambre fort bruſquement. Les uns gagnent
la ruë, les autres le jardin ; chacun
cherche ſon ſalut dans la fuite & le jeune Bourgeois d'Aſtorga, auſſi troublé
que nous de l'idée de la queſtion, ſe
ſauva comme un autre Enée, ſans s'embaraſſer de ſa femme. Alors le muletier,
à ce que j'appris dans la ſuite, plus in-
continent que ſes mulets, ravi de voir
que ſon ſtratageſme produiſoit l'effet qu'il
en avoit attendu, alla vanter cette ruſe
ingenieuſe à la Bourgeoiſe & tâcher de
profiter de l'occaſion : mais cette Lu-
crece des Aſturies, à qui la mauvaiſe
mine de ſon tentateur preſtoit de nouvelles forces, fit une vigoureuſe reſiſ-
tance & pouſſa de grands cris. La patroüille, qui par hazard en ce moment
ſe trouva prés de l'hoſtellerie, qu'elle
connoiſſoit pour un lieu digne de ſon attention, y entra & demanda la cauſe de
ces cris. L'hoſte, qui chantoit dans ſa
cuiſine & feignoit de ne rien entendre,
fut obligé de conduire le commandant &
ſes archers à la chambre de la perſonne
qui crioit. Ils arriverent bien à propos.
L'Aſturienne n'en pouvoit plus. Le commandant, homme groſſier & brutal, ne

vit pas plûtoſt de quoy il s'agiſſoit , qu'il
donna cinq ou ſix coups du bois de ſa
halebarde à l'amoureux muletier , en
l'apoſtrophant dans des termes dont la
pudeur n'eſtoit gueres moins bleſſée , que
de l'action meſme qui les lui ſuggeroit.
Ce ne fut pas tout : il ſe ſaiſit du coupable & le mena devant le Juge avec l'ac-
cuſatrice , qui , malgré le deſordre où
elle eſtoit, voulut aller elle-meſme demander juſtice de cet attentat. Le Juge l'é-
couta , & l'ayant attentivement conſide-
rée , jugea que l'accuſé eſtoit indigne de
pardon. Il le fit dépoüiller ſur le champ
& fuſtiger en ſa preſence ; puis il ordonna que le lendemain, ſi le mari de
l'Aſturienne ne paroiſſoit point , deux archers , aux frais & dépens du délin-
quant , eſcorteroient la complaignante
juſqu'à la ville d'Aſtorga.

Pour moy, plus épouvanté peut-eſtre
que tous les autres , je gagnay la campagne. Je traverſay je ne ſçay combien de
champs & de bruyeres & ſautant tous
les foſſez que je trouvois ſur mon paſſage , j'arrivay enfin auprés d'une foreſt.
J'allois m'y jetter & me cacher dans le
plus épais hallier , lorſque deux hommes
à cheval s'offrirent tout à coup au-de-

vant de mes pas. Ils crierent, qui va là ?
& comme ma surprise ne me permit pas
de répondre sur le champ, ils s'appro-
cherent de moy & me mettant chacun
un pistolet sur la gorge, ils me somme-
rent de leur apprendre qui j'étois, d'où
je venois, ce que je voulois aller faire
dans cette forest & sur-tout de ne leur
rien déguiser. A cette maniere d'interro-
ger, qui me parut bien valoir la question
dont le muletier nous avoit fait feste, je
leur répondis que j'estois un jeune homme d'Oviedo qui alloit à Salamanque : je
leur contay même l'alarme qu'on venoit
de nous donner & j'avoüay que la crainte d'être appliqué à la torture m'avoit
fait prendre la fuite. Ils firent un éclat
de rire à ce discours, qui marquoit ma
simplicité & l'un des deux me dit : Raf-
sure-toy, mon ami. Vien avec nous &
ne crain rien. Nous allons te mettre en
fûreté. A ces mots, il me fit monter en
croupe sur son cheval & nous nous en-
fonçâmes dans la forest.

Je ne sçavois ce que je devois penser
de cette rencontre. Je n'en augurois
pourtant rien de sinistre : Si ces gens-cy,
disois-je en moy-mesme, estoient des voleurs, ils m'auroient volé & peut-estre

aſſaſſiné. Il faut que ce ſoit de bons Gen-
tilshommes de ce pays-ci, qui me voyant
effrayé, ont pitié de moy & m'emme-
nent chez eux par charité. Je ne fus pas
long-temps dans l'incertitude. Aprés
quelques détours, que nous fîmes dans
un grand ſilence, nous nous trouvâmes
au pied d'une colline où nous deſcen-
dîmes de cheval. C'eſt ici que nous de-
meurons, me dit un des cavaliers. J'a-
vois beau regarder de tous coſtez, je
n'appercevois ni maiſon, ni cabane, pas
la moindre apparence d'habitation. Cependant ces deux hommes leverent une
grande trape de bois couverte de terre
& de broſſailles, qui cachoit l'entrée
d'une longue allée en pente & ſoûterrai-
ne, où les chevaux ſe jetterent d'eux-
meſmes, comme des animaux qui y
eſtoient accouſtumez. Les cavaliers m'y
firent entrer avec eux; puis baiſſant la
trape avec des cordes qui y eſtoient attachées pour cet effet, voila le digne neveu de mon oncle Perez pris comme un
rat dans une ratiere.

CHA-

CHAPITRE IV.

*Description du soûterrain, & quelles
choses y vit Gil Blas.*

JE connus alors avec quelle sorte de
gens j'estois, & l'on doit bien juger
que cette connoissance m'osta ma premiere crainte. Une frayeur plus grande
& plus juste vint s'emparer de mes sens.
Je crus que j'allois perdre la vie avec
mes ducats. Ainsi, me regardant comme
une victime qu'on conduit à l'autel, je
marchois déja plus mort que vif entre
mes deux conducteurs, qui sentant bien
que je tremblois, m'exhortoient inutilement à ne rien craindre. Quand nous
eûmes fait environ deux cens pas en tournant & en descendant toûjours, nous
entrâmes dans une écurie qu'éclairoient
deux grosses lampes de fer penduës à la
voûte. Il y avoit une bonne provision de
paille & plusieurs tonneaux remplis d'or-
ge. Vingt chevaux y pouvoient estre à
l'aise ; mais il n'y avoit alors que les
deux qui venoient d'arriver. Un vieux
negre qui paroissoit pourtant encore as-

ſez vigoureux, s'occupoit à les attacher
au ratelier.

Nous ſortîmes de l'écurie, & à la
triſte lueur de quelques autres lampes,
qui ſembloient n'éclairer ces lieux que
pour en montrer l'horreur, nous par-
vinmes à une cuiſine où une vieille femme faiſoit roſtir des viandes ſur des bra-
ziers & préparoit le ſouper. La cuiſine
eſtoit ornée des uſtenciles neceſſaires,
& tout auprés, on voyoit une office pour-
veuë de toutes ſortes de proviſions. La
cuiſiniere, il faut que j'en faſſe le portrait, eſtoit une perſonne de ſoixante &
quelques années. Elle avoit eu dans ſa
jeuneſſe les cheveux d'un blond trés-ar-
dent, car le temps ne les avoit pas ſi
bien blanchis, qu'ils n'euſſent encore
quelques nuances de leur premiere cou-
leur. Outre un teint olivaſtre, elle avoit
un menton pointu & relevé avec des lé-
vres fort enfoncées ; un grand nez aqui-
lain luy deſcendoit ſur la bouche & ſes
yeux paroiſſoient d'un trés-beau rouge
pourpré.

Tenez, Dame Leonarde, dit un des
cavaliers en me préſentant à ce bel ange
des tenebres, voicy un jeune garçon que
nous vous amenons. Puis il ſe tourna de

mon cofté, & remarquant que j'eftois
pafle & défait : Mon ami, me dit-il,
revien de ta frayeur. On ne te veut faire
aucun mal. Nous avions befoin d'un valet pour foulager noftre cuifiniere. Nous
t'avons rencontré. Cela eft heureux pour
toy. Tu tiendras icy la place d'un garçon qui s'eft laiffé mourir depuis quinze jours. C'eftoit un jeune homme d'u-
ne complexion trés-delicate. Tu me pa-
rois plus robufte que luy, tu ne mour-
ras pas fitoft. Veritablement tu ne rever-
ras plus le foleil, mais en recompenfe
tu feras bonne chere & beau feu. Tu
pafferas tes jours avec Leonarde, qui
eft une creature fort humaine. Tu auras toutes tes petites commoditez. Je
veux te faire voir, ajouta-t-il, que tu
n'es pas ici avec des gueux. En mefme
temps il prit un flambeau & m'ordonna
de le fuivre.

Il me mena dans une cave, où je vis
une infinité de bouteilles & de pots de
terre bien bouchez, qui eftoient pleins,
difoit-il, d'un vin excellent. Enfuite il
me fit traverfer plufieurs chambres. Dans
les unes, il y avoit des pieces de toile;
dans les autres, des étoffes de laine & de
foye. J'apperçus dans une autre de l'or

& de l'argent & beaucoup de vaiſſelle à
diverſes armoiries. Aprés cela je le ſuivis dans un grand ſalon, que trois luſtres
de cuivre éclairoient & qui ſervoit de
communication à d'autres chambres. Il
me fit là de nouvelles queſtions. Il me
demanda comment je me nommois; pourquoy j'eſtois ſorti d'Oviedo ; & lorſque
j'eus ſatisfait ſa curioſité : Hé bien, Gil
Blas, me dit-il, puiſque tu n'as quitté ta
patrie que pour chercher quelque bon
poſte, il faut que tu ſois né coëffé, pour
eſtre tombé entre nos mains. Je te l'ay
déja dit ; tu vivras icy dans l'abondance
& rouleras ſur l'or & ſur l'argent. D'ailleurs, tu y ſeras en ſeureté. Tel eſt ce
ſoûterrain, que les Officiers de la ſainte
Hermandad viendroient cent fois dans
cette foreſt ſans le découvrir. L'entrée
n'en eſt connuë que de moy ſeul & de
mes camarades. Peut-eſtre me deman-
deras-tu comment nous l'avons pû faire,
ſans que les habitans des environs s'en
ſoient apperçûs ; mais appren, mon
ami, que ce n'eſt point noſtre ouvrage &
qu'il eſt fait depuis long-temps. Aprés
que les Maures ſe furent rendu maiſtres
de Grenade, de l'Arragon & de preſque
toute l'Eſpagne, les Chreſtiens qui ne

voulurent point subir le joug des Infi-
deles prirent la fuite & vinrent se cacher
dans ce pays-cy, dans la Biscaye & dans
les Asturies, où le vaillant Don Pelage
s'estoit retiré. Fugitifs & dispersez par
pelotons, ils vivoient dans les montagnes
ou dans les bois. Les uns demeuroient
dans des cavernes, & les autres firent
plusieurs soûterrains, du nombre des-
quels est celuy-cy. Ayant ensuite eu le
bonheur de chasser d'Espagne leurs ennemis, ils retournerent dans les villes.
Depuis ce temps-là leurs retraites ont
servi d'asile aux gens de nostre profession. Il est vray que la sainte Hermandad en a découvert & détruit quelques-
unes ; mais il en reste encore & graces
au Ciel, il y a prés de quinze années
que j'habite impunément celle-cy. Je
m'appelle le Capitaine Rolando. Je suis
chef de la compagnie, & l'homme que
tu as veu avec moy est un de mes cavaliers.

CHAPITRE V.

*De l'arrivée de pluſieurs autres voleurs
dans le ſoûterrain, & de l'agréable
converſation qu'ils eurent tous enſemble.*

COmme le Seigneur Rolando achevoit de parler de cette ſorte, il parut dans le ſalon ſix nouveaux viſages.
C'eſtoit le Lieutenant avec cinq hommes de la troupe qui revenoient char-
gez de butin. Ils apportoient deux manequins remplis de ſucre, de canelle, de
poivre, de figues, d'amandes & de rai-
ſins ſecs. Le Lieutenant addreſſa la parole au Capitaine & luy dit qu'il venoit
d'enlever ces manequins à un Epicier de
Benavente, dont il avoit auſſi pris le mu-
let. Aprés qu'il eut rendu compte de ſon
expedition au bureau, les dépoüilles de
l'Epicier furent portées dans l'Office.
Alors il ne fut plus queſtion que de ſe
réjoüir. On dreſſa dans le ſalon une
grande table & l'on me renvoya dans la
cuiſine, où la Dame Leonarde m'inſtrui-
ſit de ce que j'avois à faire. Je ceday à

la neceſſité, puiſque mon mauvais ſort le
vouloit ainſi, & dévorant ma douleur,
je me preparay à ſervir ces honneſtes
gens.

Je debutay par le buffet, que je paray de taſſes d'argent & de pluſieurs
bouteilles de terre pleines de ce bon vin
que le Seigneur Rolando m'avoit vanté.
J'apportay enſuite deux ragoûts, qui
ne furent pas plûtoſt ſervis que tous les
cavaliers ſe mirent à table. Ils commencerent à manger avec beaucoup d'appetit ; & moy, debout derriere eux, je me
tins preſt à leur verſer du vin. Je m'en
acquittay de ſi bonne grace, que j'eus
le bonheur de m'attirer des complimens.
Le Capitaine en peu de mots leur conta
mon hiſtoire, qui les divertit fort. Enſuite il leur dit que j'avois du merite :
mais j'eſtois alors revenu des loüanges
& j'en pouvois entendre ſans peril. Là-
deſſus ils me loüerent tous. Ils dirent
que je paroiſſois né pour eſtre leur échan-
ſon : que je valois cent fois mieux que
mon predeceſſeur. Et comme depuis ſa
mort c'eſtoit la Señora Leonarda qui
avoit l'honneur de preſenter le nectar à
ces Dieux infernaux, ils la priverent de
ſe glorieux employ pour m'en reveſtir.

Ainsi, nouveau Ganimede, je succeday à cette vieille Hebé.

Un grand plat de rost servi peu de temps aprés les ragousts, vint achever de rassasier les voleurs, qui beuvant à proportion qu'ils mangeoient, furent bientost de belle humeur & firent un beau bruit. Les voila qui parlent tous à la fois. L'un commence une histoire; l'autre rapporte un bon mot, un autre crie, un autre chante. Ils ne s'entendent point. Enfin Rolando fatigué d'une scene où il mettoit inutilement beaucoup du sien, le prit sur un ton si haut, qu'il imposa silence à la compagnie. Messieurs, leur dit-il, écoutez ce que j'ay à vous proposer. Au lieu de nous étourdir les uns les autres en parlant tous ensemble, ne ferions-nous pas mieux de nous entretenir comme des gens raisonnables? Il me vient une pensée. Depuis que nous sommes associez, nous n'avons pas eu la curiosité de nous demander quelles sont nos familles & par quel enchaisnement d'avantures nous avons embrassé nostre profession. Cela me paroist toutefois digne d'estre sceu. Faisons-nous cette confidence pour nous divertir. Le Lieutenant & les autres, comme s'ils

avoient eu quelque chose de beau à raconter, acceptèrent avec de grandes demonstrations de joye la proposition du
Capitaine, qui parla le premier dans ces
termes.

Messieurs, vous sçaurez que je suis
fils unique d'un riche bourgeois de Madrid. Le jour de ma naissance fut celebré
dans la famille par des réjoüissances infi-
nies. Mon pere, qui estoit deja vieux,
sentit une joye extrême de se voir un he-
ritier & ma mere entreprit de me nour-
rir de son propre lait. Mon ayeul ma-
ternel vivoit encore en ce temps-là. C'estoit un bon vieillard qui ne se mesloit
plus de rien que de dire son rosaire &
de raconter ses exploits guerriers, car
il avoit long-temps porté les armes. Je
devins insensiblement l'idole de ces trois
personnes. J'estois sans cesse dans leurs
bras. De peur que l'étude ne me fati-
guast dans mes premieres années, on
me les laissa passer dans les amusemens
les plus pueriles. Il ne faut pas, disoit
mon pere, que les enfans s'appliquent
seriusement, que le temps n'ait un peu
meüri leur esprit. En attendant cette ma-
turité, je n'apprenois ni à lire ni à écrire; mais je ne perdois pas pour cela mon

temps. Mon pere m'enseignoit mille
fortes de jeux. Je connoissois parfaitement les cartes ; je sçavois joüer aux
dez & mon grand-pere m'apprenoit des
Romances sur les expeditions militaires
où il s'estoit trouvé. Il me chantoit tous
les jours les mesmes couplets, & lorsqu'aprés avoir repeté pendant trois mois
dix ou douze vers, je venois à les reci-
ter sans faute, mes parens admiroient
ma memoire. Ils ne paroissoient pas
moins contents de mon esprit, quand
profitant de la liberté que j'avois de tout
dire, j'interrompois leur entretien, pour
parler à tort & à travers. Ah qu'il est
joli, s'écrioit mon pere en me regardant
avec des yeux charmez ! Ma mere m'accabloit aussitost de caresses & mon grand-
pere en pleuroit de joye. Je faisois aussi
devant eux impunément les actions les
plus indécentes. Ils me pardonnoient
tout. Ils m'adoroient. Cependant j'entrois deja dans ma douziesme année, que
je n'avois point encore eu de maistre.
On m'en donna un. Mais il receut en
mesme temps des ordres précis de m'enseigner, sans en venir aux voyes de fait.
On luy permit seulement de me menacer
quelquefois, pour m'inspirer un peu de

crainte. Cette permiffion ne fut pas fort
falutaire , car ou je me mocquois des
menaces de mon précepteur, ou bien les
larmes aux yeux, j'allois m'en plaindre
à ma mere ou à mon ayeul & je leur difois qu'il m'avoit maltraitté. Le pauvre
diable avoit beau venir me dementir, il
paffoit pour un brutal & l'on me croyoit
toûjours plûtoft que luy. Il arriva mefme un jour que je m'égratignay moy-
mefme. Puis je me mis à crier comme fi
l'on m'euft écorché. Ma mere accourut
& chaffa le maiftre fur le champ, quoyqu'il proteftaft & prift le Ciel à témoin
qu'il ne m'avoit pas touché.

Je me défis ainfi de tous mes Précep-
teurs, jufqu'à ce qu'il vint s'en préfenter
un tel qu'il me le falloit. C'eftoit un Ba-
chelier d'Alcala. L'excellent maiftre
pour un enfant de famille ! Il aimoit les
femmes, le jeu & le cabaret. Je ne pouvois eftre en meilleure main. Il s'attacha d'abord à gagner mon efprit par la
douceur. Il y reüffit & par là fe fit aimer de mes parens qui m'abandonnerent
à fa conduite. Ils n'eurent pas fujet de
s'en repentir. Il me perfectionna de
bonne heure dans la fcience du monde.
A force de me mener avec luy dans tous

les lieux qu'il aimoit, il m'en inſpira ſi
bien le gouſt, qu'au latin prés, je devins un garçon univerſel. Dés qu'il vit
que je n'avois plus beſoin de ſes pré-
ceptes, il alla les offrir ailleurs.

Si dans mon enfance j'avois vêcu au
logis fort librement, ce fut bien autre
choſe, quand je commençay à devenir
maiſtre de mes actions. Je me mocquois à tous momens de mon pere &
de ma mere. Ils ne faiſoient que rire de
mes ſaillies & plus elles eſtoient vives,
plus ils les trouvoient agréables. Cependant je faiſois toutes ſortes de debau-
ches avec de jeunes gens de mon humeur : & comme nos parens ne nous
donnoient point aſſez d'argent pour continuer une vie ſi delicieuſe, chacun dero-
boit chez luy ce qu'il pouvoit prendre, &
cela ne ſuffiſant point encore, nous commençames à voler la nuit. Malheureuſe-
ment le Corregidor apprit de nos nouvelles. Il voulut nous faire arreſter, mais on
nous avertit de ſon mauvais deſſein. Nous
eumes recours à la fuite & nous nous mimes à exploiter ſur les grands chemins.
Depuis ce temps-là, Meſſieurs, Dieu m'a
fait la grace de vieillir dans la profeſſion,
malgré les perils qui y ſont attachez.

Le Capitaine ceſſa de parler en cet endroit & le Lieutenant prit ainſi la parole : Meſſieurs, une éducation toute oppoſée à celle du Seigneur Rolando a produit le meſme effet. Mon pere eſtoit un boucher de Tolede. Il paſſoit avec juſtice pour le plus grand brutal de la ville & ma mere n'avoit pas un naturel plus doux. Ils me foüettoient dans mon enfance, comme à l'envy l'un de l'autre. J'en recevois tous les jours mille coups. La moindre faute que je commettois eſtoit ſuivie des plus rudes châtimens. J'avois beau demander grace les larmes aux yeux & proteſter que je me repentois de ce que j'avois fait, on ne me pardonnoit rien & le plus ſouvent on me frappoit ſans raiſon. Quand mon pere me battoit, ma mere, comme s'il ne s'en fûſt pas bien acquitté, ſe mettoit de la partie, au lieu d'interceder pour moy. Ces traitemens m'inſpirerent tant d'averſion pour la maiſon paternelle, que je la quittay avant que j'euſſe atteint ma quatorzieſme année. Je pris le chemin d'Aragon & me rendis à Saragoce en demandant l'aumoſne. Là je me faux-filay avec des gueux, qui menoient une vie aſſez heureuſe. Ils m'apprirent à

contrefaire l'aveugle, à paroiftre eftro-
pié, à mettre fur les jambes des ulceres
poftiches *& cætera*. Le matin, comme
des acteurs qui fe préparent à joüer une
comedie, nous nous difpofions à faire
nos perfonnages. Chacun couroit à fon
pofte ; & le foir, nous reüniffant tous,
nous nous rejoüiffions pendant la nuit
aux dépens de ceux qui avoient eu pitié
de nous pendant le jour. Je m'ennuyay
pourtant d'eftre avec ces miferables &
voulant vivre avec de plus honneftes
gens, je m'affociay avec des Chevaliers
de l'induftrie. Ils m'apprirent à faire de
bons tours ; mais il nous fallut bientoft
fortir de Saragoce, parce que nous nous
broüillames avec un homme de juftice
qui nous avoit toûjours protegez. Chacun prit fon party. Pour moy, j'entray
dans une troupe d'hommes courageux
qui faifoient contribuer les voyageurs ;
& je me fuis fi bien trouvé de leur façon
de vivre, que je n'en ay pas voulu chercher d'autre depuis ce temps-là. Je fçay
donc, Meffieurs, trés-bon gré à mes parens de m'avoir fi maltraitté ; car s'ils
m'avoient élevé un peu plus doucement, je
ne ferois préfentement fans doute qu'un
malheureux boucher, au lieu que j'ay

l'honneur d'eſtre voſtre Lieutenant.

Meſſieurs, dit alors un jeune voleur qui eſtoit aſſis entre le Capitaine & le Lieutenant, les hiſtoires que nous venons d'entendre, ne ſont pas ſi compoſées ni ſi curieuſes que la mienne. Je dois le jour à une payſanne des environs de Seville. Trois ſemaines aprés qu'elle m'eut mis au monde (elle eſtoit encore jeune, propre & bonne nourrice) on luy propoſa un nourriſſon. C'eſtoit un enfant de qualité, un fils unique qui venoit de naiſtre dans Seville. Ma mere accepta volontiers la propoſition. Elle alla chercher l'enfant. On le luy confia & elle ne l'eut pas ſitoſt apporté dans ſon village, que trouvant quelque reſſemblance entre nous, cela luy inſpira le deſſein de me faire paſſer pour l'enfant de qualité, dans l'eſperance qu'un jour je reconnoiſtrois bien ce bon office. Mon pere qui n'eſtoit pas plus ſcrupuleux qu'un autre payſan, approuva la ſupercherie. Deſorte qu'aprés nous avoir fait changer de langes, le fils de Don Rodrigue de Herrera fut envoyé ſous mon nom à une autre nourrice & ma mere me nourrit ſous le ſien.

Malgré tout ce qu'on peut dire de

l'inſtinct & de la force du ſang, les parens du petit Gentilhomme prirent aiſément le change. Ils n'eurent pas le moindre ſoupçon du tour qu'on leur avoit joüé; & juſqu'à l'âge de ſept ans je fus toûjours dans leurs bras. Leur intention eſtant de me rendre un Cavalier parfait, ils me donnerent toutes ſortes de maiſtres; mais j'avois peu de diſpoſition pour les exercices qu'on m'apprenoit & encore moins de gouſt pour les ſciences qu'on me vouloit enſeigner. J'aimois beaucoup mieux joüer avec les valets que j'allois chercher à tous momens dans les cuiſines ou dans les écuries. Le jeu ne fut pas toutefois long-temps ma paſſion dominante. Je n'avois pas dix-ſept ans que je m'enyvrois tous les jours. J'agaçois auſſi toutes les femmes du logis. Je m'attachay principalement à une ſervante de cuiſine qui me parut meriter mes premiers ſoins. C'eſtoit une groſſe jouffluë dont l'enjoüement & l'embonpoint me plaiſoient fort. Je luy faiſois l'amour avec ſi peu de circonſpection, que Don Rodrigue meſme s'en apperçut. Il m'en reprit aigrement, me reprocha la baſſeſſe de mes inclinations, & de peur que la veuë de l'objet aimé

ne

ne rendift fes remontrances inutiles, il
mit ma Princeffe à la porte.

Ce procedé me deplut. Je refolus de
m'en venger. Je volay les pierreries de
la femme de D. Rodrigue, & courant
chercher ma belle Helene qui s'eftoit
retirée chez une blanchiffeufe de fes
amies, je l'enlevay en plein midy, afin
que perfonne n'en ignoraft. Je paffay
plus avant; je la menay dans fon pays
où je l'époufay folemnellement, tant
pour faire plus de depit aux Herrera,
que pour laiffer aux enfans de famille un
fi bel exemple à fuivre. Trois mois aprés
ce mariage, j'appris que D. Rodrigue
eftoit mort. Je ne fus pas infenfible à
cette nouvelle. Je me rendis promptement à Seville, pour demander fon bien;
mais j'y trouvay du changement. Ma
mere n'eftoit plus & en mourant elle
avoit eu l'indifcretion d'avoüer tout en
prefence du Curé de fon village & d'autres bons temoins. Le fils de D. Rodrigue tenoit deja ma place où plûtoft
la fienne, & il venoit d'eftre reconnu
avec d'autant plus de joye, qu'on eftoit
moins fatisfait de moy. De maniere que
n'ayant rien à efperer de ce cofté-là &
ne me fentant plus de gouft pour ma

Tome I. D

grosse femme, je me joignis à des Chevaliers de la fortune, avec qui je commençay mes caravanes.

Le jeune voleur ayant achevé son histoire, un autre dit qu'il estoit fils d'un marchand de Burgos : que dans sa jeunesse, poussé d'une devotion indiscrette, il avoit pris l'habit & fait profession dans un ordre fort austere, & que quelques années aprés il avoit apostasié. Enfin les huit voleurs parlerent tour à tour, & lorsque je les eus tous entendus, je ne fus pas surpris de les voir ensemble. Ils changerent ensuite de discours. Ils mirent sur le tapis divers projets pour la campagne prochaine, & aprés avoir formé une resolution, ils se leverent de table pour s'aller coucher. Ils allumerent des bougies & se retirerent dans leurs chambres. Je suivis le Capitaine Rolando dans la sienne, où pendant que je l'aidois à se deshabiller : Hé bien, Gil Blas, me dit-il, tu vois de quelle maniere nous vivons. Nous sommes toûjours dans la joye. La haine ni l'envie ne se glissent point parmi nous. Nous n'avons jamais ensemble le moindre demeslé. Nous sommes plus unis que des moines. Tu vas, mon enfant, pourfuivit-il, mener ici une vie bien agréable ; car je ne te croy pas affez fot pour te faire une peine d'eftre avec des voleurs. Hé voit-on d'autres gens dans le monde ? non, mon ami ; tous les hommes aiment à s'approprier le bien d'autruy. C'eft un fentiment general. La maniere feule en eft differente. Les conquerans, par exemple, s'emparent des Eftats de leurs voifins. Les perfonnes de qualité empruntent & ne rendent point. Les banquiers, Tréforiers, Agens de Change, Commis & tous les marchands tant gros que petits ne font pas fort fcrupuleux. Pour les Gens de juftice, je n'en parleray point. On n'ignore pas ce qu'ils fçavent faire. Il faut pourtant avoüer qu'ils font plus humains que nous, car fouvent nous oftons la vie aux innocens & eux quelquefois la fauvent aux coupables.

Dijs

CHAPITRE VI.

De la tentative que fit Gil Blas pour
ſe ſauver & quel en fut le ſuccés.

APrés que le Capitaine des voleurs
eut fait ainſi l'apologie de ſa profeſſion, il ſe mit au lit, & moy, je retournay dans le ſalon, où je deſſervis &
remis tout en ordre. J'allay enſuite à la
cuiſine, où Domingo, c'eſtoit le nom
du vieux negre, & la Dame Leonarde
ſoupoient en m'attendant. Quoyque je
n'euſſe point d'appetit, je ne laiſſay pas
de m'aſſeoir auprés d'eux. Je ne pouvois
manger, & comme je paroiſſois auſſi
triſte que j'avois ſujet de l'eſtre, ces
deux figures équivalentes entreprirent de
me conſoler. Pourquoy vous affligez-
vous, mon fils, me dit la vieille ? vous
devez plûtoſt vous réjoüir de vous voir
icy. Vous eſtes jeune & vous paroiſſez
facile. Vous vous ſeriez bientoſt perdu
dans le monde. Vous y auriez rencontré des libertins qui vous auroient engagé dans toutes ſortes de débauches.
Au lieu que voſtre innocence ſe trouve

Icy dans un port assuré. La Dame Leonarde a raison, dit gravement à son tour
le vieux negre, & l'on peut ajoûter à
cela qu'il n'y a dans le monde que des
peines ; Rendez graces au Ciel, mon ami,
d'estre tout d'un coup delivré des perils,
des embarras & des afflictions de la vie.

J'essuyay tranquillement ce discours,
parce qu'il ne m'eust servi de rien de
m'en fâcher. Enfin Domingo aprés avoir
bien bû & bien mangé, se retira dans
son écurie. Leonarde prit aussitost une
lampe & me conduisit dans un caveau
qui servoit de cimetiere aux voleurs qui
mouroient de leur mort naturelle, &
où je vis un grabat qui avoit plus l'air
d'un tombeau que d'un lit. Voila vostre
chambre, me dit-elle. Le garçon dont
vous avez le bonheur d'occuper la place
y a couché tant qu'il a vescu parmi nous
& il y repose encore aprés sa mort. Il
s'est laissé mourir à la fleur de son âge.
Ne soyez pas assez simple pour suivre
son exemple. En achevant ces paroles,
elle me donna la lampe & retourna dans
sa cuisine. Je posay la lampe à terre &
me jettay sur le grabat, moins pour
prendre du repos, que pour me livrer
tout entier à mes reflexions. O Ciel,

m'écriai-je, est-il une destinée aussi af-
freuse que la mienne ? On veut que je
renonce à la veuë du soleil, & comme si
ce n'estoit pas assez d'estre enterré tout
vif à dix-huit ans, il faut encore que je
sois reduit à servir des voleurs, à passer
le jour avec des brigands & la nuit avec
des morts! Ces pensées qui me sembloient
très-mortifiantes & qui l'estoient en effet, me faisoient pleurer amerement. Je
maudis cent fois l'envie que mon oncle
avoit euë de m'envoyer à Salamanque.
Je me repentis d'avoir craint la justice de
Cacabelos. J'aurois voulu estre à la question. Mais considerant que je me consu-
mois en plaintes vaines, je me mis à resver aux moyens de me sauver. Hé quoy,
di-je, est-il donc impossible de me tirer
d'icy ? les voleurs dorment. La cuisiniere
& le negre en feront bientost autant. Pendant qu'ils seront tous endormis, ne puis-
je avec cette lampe trouver l'allée par où
je suis descendu dans cet enfer ? Il est
vray que je ne me croy point assez fort
pour lever la trape qui est à l'entrée. Cependant voyons. Je ne veux rien avoir
à me reprocher. Mon desespoir me pres-
tera des forces & j'en viendray peut-
estre à bout.

Je formay donc ce grand deffein. Je
me levay, quand je jugeay que Leonarde & Domingo repofoient. Je pris la
lampe & fortis du caveau en me recom-
mandant à tous les Saints du Paradis. Ce
ne fut pas fans peine que je demeflay les
détours de ce nouveau labyrinthe. J'arrivay pourtant à la porte de l'écurie &
j'apperçus enfin l'allée que je cherchois.
Je marche, je m'avance vers la trape
avec autant de legereté que de joye :
mais, helas, au milieu de l'allée, je rencontray une maudite grille de fer bien
fermée & dont les barreaux eftoient fi
prés l'un de l'autre, qu'on y pouvoit à
peine paffer la main. Je me trouvay bien
fot à la veuë de ce nouvel obftacle dont
je ne m'eftois point apperceu en entrant,
parce que la grille eftoit alors ouverte.
Je ne laiffay pas pourtant de tafter les
barreaux. J'examinay la ferrure. Je ta-
chois mefme de la forcer, lorfque tout à
coup je me fentis appliquer entre les
deux épaules cinq ou fix bons coups de
nerf de bœuf. Je pouffay un cri fi per-
çant, que le foûterrain en retentit, &
regardant auffitoft derriere moy, je vis
le vieux negre en chemife qui d'une
main tenoit une lanterne fourde, & de

l'autre, l'inſtrument de mon ſupplice. Ah
ah, dit-il, petit droſle, vous voulez
vous ſauver ! oh ne penſez pas que vous
puiſſiez me ſurprendre. Je vous ay bien
entendu. Vous avez crû la grille ouverte, n'eſt-ce pas ? apprenez, mon ami,
que vous la trouverez deſormais toûjours fermée. Quand nous retenons icy
quelqu'un malgré luy, il faut qu'il ſoit
plus fin que vous, s'il nous échappe.

Cependant au cri que j'avois fait,
deux ou trois voleurs ſe reveillerent en
ſurſaut, & ne ſachant ſi c'eſtoit la ſainte
Hermandad qui venoit fondre ſur eux,
ils ſe leverent & appellerent leurs camarades. Dans un inſtant ils ſont tous
ſur pied. Ils prennent leurs épées &
leurs carabines & s'avancent preſque
nuds juſqu'à l'endroit où j'eſtois avec
Domingo. Mais ſitoſt qu'ils ſceurent la
cauſe du bruit qu'ils avoient entendu,
leur inquietude ſe convertit en éclats de
rire. Comment donc, Gil Blas, me dit le
voleur Apoſtat, il n'y a pas ſix heures que
tu es avec nous, & tu veux déja t'en
aller ? Il faut que tu ayes bien de l'averſion pour la retraite. Hé que ferois-tu
donc ſi tu eſtois Chartreux? va te coucher.
Tu en ſeras quitte cette fois-cy pour les
coups

coups que Domingo t'a donnez ; mais
s'il t'arrive jamais de faire un nouvel effort pour te sauver, par saint Barthele-
my ! nous t'écorcherons tout vif. A ces
mots, il se retira. Les autres voleurs
s'en retournerent aussi dans leurs chambres. Le vieux negre fort satisfait de son
expedition, rentra dans son écurie, & je
regagnay mon cimetiere où je passay le
reste de la nuit à soupirer & à pleurer.

CHAPITRE VII.

De ce que fit Gil Blas ne pouvant faire
mieux.

JE pensay succomber les premiers
jours au chagrin qui me devoroit. Je
ne faisois que trainer une vie mourante ;
mais enfin mon bon genie m'inspira la
pensée de dissimuler. J'affectay de paroistre moins triste. Je commençay à
rire & à chanter, quoyque je n'en eusse
aucune envie. En un mot, je me contraignis si bien, que Leonarde & Domingo y furent trompez. Ils crurent que
l'oyseau s'accoûtumoit à la cage. Les
voleurs s'imaginerent la mesme chose.

Tome I. E

Je prenois un air guay en leur versant à
boire, & je me meslois à leur entretien,
quand je trouvois occasion d'y placer
quelque plaisanterie. Ma liberté loin de
leur deplaire, les divertissoit : Gil Blas,
me dit le Capitaine, un soir que je faisois
le plaisant, tu as bien fait, mon ami, de
bannir la melancolie. Je suis charmé de
ton humeur & de ton esprit. On ne con-
noist pas d'abord les gens. Je ne te croyois
pas si spirituel ni si enjoüé.

Les autres me donnerent aussi mille
loüianges. Ils me parurent si contens de
moy, que profitant d'une si bonne disposition : Messieurs, leur di-je, permettez que je vous découvre mes sentimens.
Depuis que je demeure icy, je me sens
tout autre que je n'estois auparavant.
Vous m'avez défait des préjugez de
mon éducation. J'ay pris insensiblement
vostre esprit. J'ay du goust pour vostre
profession. Je meurs d'envie d'avoir
l'honneur d'estre un de vos confreres &
de partager avec vous les perils de vos
expeditions. Toute la compagnie applaudit à ce discours. On loüa ma bonne
volonté. Puis, il fut resolu tout d'une
voix qu'on me laisseroit servir encore
quelque temps pour éprouver ma voca-

tion : qu'ensuite on me feroit faire mes
caravanes. Aprés quoy , on m'accor-
deroit la place honorable que je demandois.

Il fallut donc continuer de me con-
traindre & d'exercer mon employ d'é-
chanson. J'en fus trés-mortifié ; car je
n'aspirois à devenir voleur , que pour
avoir la liberté de sortir comme les autres , & j'esperois qu'en faisant des cour-
ses avec eux, je leur eschapperois quelque jour. Cette seule esperance soûtenoit
ma vie. L'attente neanmoins me paroif-
soit longue & je ne laissay pas d'essayer
plus d'une fois de surprendre la vigilance
de Domingo ; mais il n'y eut pas moyen.
Il estoit trop sur ses gardes. J'aurois défié cent Orphées de charmer ce Cerbere.
Il est vray aussi que de peur de me rendre suspect , je ne faisois pas tout ce que
j'aurois pû faire pour le tromper. Il
m'observoit & j'estois obligé d'agir avec
beaucoup de circonspection , pour ne me
pas trahir. Je m'en remettois donc au
temps que les voleurs m'avoient prescrit
pour me recevoir dans leur troupe & je
l'attendois avec autant d'impatience, que
si j'eusse deu entrer dans une compagnie
de Traitants.

Graces au Ciel, six mois aprés, ce temps arriva. Le Seigneur Rolando dit à ses cavaliers : Messieurs, il faut tenir la parole que nous avons donnée à Gil Blas. Je n'ay pas mauvaise opinion de ce garçon-là. Je croy que nous en ferons quelque chose. Je suis d'avis que nous le menions demain avec nous cüeillir des lauriers sur les grands chemins. Prenons soin nous-mesmes de le dresser à la gloire. Les voleurs furent tous du sentiment de leur Capitaine, & pour me faire voir qu'ils me regardoient déja comme un de leurs compagnons, dés ce moment ils me dispenserent de les servir. Ils rétablirent la Dame Leonarde dans l'employ qu'on luy avoit osté pour m'en charger. Ils me firent quitter mon habillement, qui consistoit en une simple soûtanelle fort usée & ils me parerent de toute la depoüille d'un Gentil-homme nouvellement volé. Aprés cela, je me disposay à faire ma premiere campagne.

CHAPITRE VIII.

Gil Blas accompagne les voleurs. Quel exploit il fait sur les grands chemins.

CE fut sur la fin d'une nuit du mois de Septembre, que je sortis du soûterrain avec les voleurs. J'estois armé comme eux d'une carabine, de deux pistolets, d'une épée & d'une bayonnette, & je montois un assez bon cheval qu'on avoit pris au mesme Gentilhomme dont je portois les habits. Il y avoit si long-temps que je vivois dans les tenebres, que le jour naissant ne manqua pas de m'ébloüir ; mais peu à peu mes yeux s'accoustumerent à le souffrir.

Nous passâmes auprés de Ponferrada & nous allâmes nous mettre en embuscade dans un petit bois qui bordoit le grand chemin de Leon. Là, nous attendions que la fortune nous offrist quelque bon coup à faire, quand nous apperçumes un Religieux de l'Ordre de saint Dominique, monté, contre l'ordinaire de ces bons Peres, sur une mauvaise mule.

E iij

Dieu soit loüé, s'écria le Capitaine en
riant, voicy le chef-d'œuvre de Gil Blas.
Il faut qu'il aille detrousser ce Moine.
Voyons comme il s'y prendra. Tous les
voleurs jugerent qu'effectivement cette
commission me convenoit & ils m'exhorterent à m'en bien acquitter. Messieurs,
leur di-je, vous serez contens. Je vais
mettre ce Pere nud comme la main &
vous amener icy sa mule. Non non, dit
Rolando, elle n'en vaut pas la peine. Ap-
porte-nous seulement la bourse de sa Reverence. C'est tout ce que nous exigeons
de toy. Là-dessus, je sortis du bois & poussay vers le Religieux, en priant le Ciel de
me pardonner l'action que j'allois faire.
J'aurois bien voulu m'eschapper dés ce
moment-là. Mais la pluspart des voleurs
estoient encore mieux montez que moy;
s'ils m'eussent vû fuir, ils se seroient mis
à mes trousses & m'auroient bien-tost ra-
trappé, ou peut-estre auroient-ils fait
sur moy une descharge de leurs carabines dont je me serois fort mal trouvé. Je
n'osay donc hazarder une demarche si
délicate. Je joignis le Pere & luy demanday la bourse en luy presentant le
bout d'un pistolet. Il s'arresta tout court
pour me considerer & sans paroistre

fort effrayé : Mon enfant, me dit - il,
vous eftes bien jeune. Vous faites de bonne heure un vilain métier. Mon Pere,
luy repondi-je, tout vilain qu'il eft, je
voudrois l'avoir commencé plûtoft. Ah
mon fils, repliqua le bon Religieux, qui
n'avoit garde de comprendre le vray fens
de mes paroles ! que dites-vous ? quel
aveuglement ! fouffrez que je vous repréfente l'eftat malheureux... Oh mon
Pere, interrompi-je avec précipitation,
treve de morale, s'il vous plaift. Je ne
viens pas fur les grands chemins pour
entendre des fermons. Je veux de l'argent. De l'argent, me dit-il d'un air
étonné ? vous jugez bien mal de la charité des Efpagnols, fi vous croyez que
les perfonnes de mon caractere ayent befoin d'argent pour voyager en Efpagne.
Détrompez vous. On nous reçoit agréablement par-tout. On nous loge. On
nous nourrit & l'on ne nous demande
que des prieres. Enfin, nous ne portons
point d'argent fur la route. Nous nous
abandonnons à la providence. Hé non
non, luy reparti-je, vous ne vous y
abandonnez pas. Vous avez toûjours de
bonnes piftoles, pour eftre plus feurs de
la providence. Mais mon Pere, ajoû-

tai-je, finissons. Mes camarades, qui
sont dans ce bois, s'impatientent. Jettez
tout à l'heure vostre bourse à terre, ou
bien je vous tuë.

A ces mots, que je prononçay d'un
air menaçant, le Religieux sembla craindre pour sa vie: Attendez, me dit-il, je
vais donc vous satisfaire, puisqu'il le faut
absolument. Je vois bien qu'avec vous autres les figures de Rhétorique sont inutiles. En disant cela, il tira de dessous sa robe
une grosse bourse de peau de chamois
qu'il laissa tomber à terre. Alors je luy
dis qu'il pouvoit continuer son chemin;
ce qu'il ne me donna pas la peine de repeter. Il pressa les flancs de sa mule, qui
dementant l'opinion que j'avois d'elle,
car je ne la croyois pas meilleure que
celle de mon oncle, prit tout à coup un
assez bon train. Tandis qu'il s'éloignoit,
je mis pied à terre. Je ramassay la bourse
qui me parut pesante. Je remontay sur
ma beste & regagnay promptement le
bois, où les voleurs m'attendoient avec
impatience pour me feliciter de ma victoire. A peine me donnerent-ils le temps
de descendre de cheval, tant ils s'em-
pressoient de m'embrasser. Courage,
Gil Blas, me dit Rolando; tu viens

de faire des merveilles. J'ay eu les yeux
sur toy pendant ton expedition. J'ay observé ta contenance. Je te prédis que tu
deviendras un excellent voleur de grands
chemins. Le Lieutenant & les autres applaudirent à la prédiction & m'assurerent que je ne pouvois manquer de l'ac-
complir quelque jour. Je les remerciay
de la haute idée qu'ils avoient de moy
& leur promis de faire tous mes efforts
pour la soûtenir.

Aprés qu'ils m'eurent d'autant plus
loüé, que je meritois moins de l'estre,
il leur prit envie d'examiner le butin
dont je revenois chargé. Voyons, di-
rent-ils, voyons ce qu'il y a dans la bourse
du Religieux. Elle doit estre bien gar-
nie, continua l'un d'entr'eux, car ces
bons Peres ne voyagent pas en pele-
rins. Le Capitaine delia la bourse, l'ouvrit & en tira deux ou trois poignées de
petites medailles de cuivre, entremeslées
d'Agnus-Dei avec quelques scapulaires.
A la veuë d'un larcin si nouveau, tous
les voleurs éclaterent en ris immoderez.
Vive Dieu, s'écria le Lieutenant, nous
avons bien de l'obligation à Gil Blas. Il
vient pour son coup d'essay de faire un
vol fort salutaire à la compagnie. Cette

plaifanterie en attira d'autres. Ces fce-
lerats , & particulierement celuy qui
avoit apoftafié , commencerent à s'é-
guayer fur la matiere. Il leur efchappa
mille traits qui marquoient bien le déréglement de leurs mœurs. Moy feul , je
ne riois point. Il eft vray que les railleurs
m'en oftoient l'envie en fe rejoüiffant
auffi à mes defpens. Chacun me lança
fon trait & le Capitaine me dit : Ma foy,
Gil Blas , je te confeille en ami de ne te
plus joüer aux Moines. Ce font des gens
trop fins & trop rufez pour toy.

CHAPITRE IX.

De l'évenement ferieux qui fuivit cette
avanture.

NOus demeurames dans le bois la
plus grande partie de la journée,
fans appercevoir aucun voyageur qui
puft payer pour le Religieux. Enfin nous
en fortimes pour retourner au foûterrain , bornant nos exploits à ce rifible
événement , qui faifoit encore le fujet
de noftre entretien , lorfque nous décou-
vrîmes de loin un caroffe à quatre mu-

les. Il venoit à nous au grand trot & il estoit accompagné de trois hommes à cheval qui nous parurent bien armez. Rolando fit faire alte à la troupe pour tenir conseil là-dessus, & le resultat fut qu'on attaqueroit. Aussi-tost, il nous rangea de la maniere qu'il voulut & nous marchames en bataille au devant du carosse. Malgré les applaudissemens que j'avois receus dans le bois, je me sentis saisir d'un grand tremblement & bien-tost il sortit de tout mon corps une sueur froide, qui ne me présageoit rien de bon. Pour surcroist de bonheur, j'estois au front de la bataille entre le Capitaine & le Lieutenant, qui m'avoient placé là pour m'accoustumer au feu tout d'un coup. Rolando remarquant jusqu'à quel point nature patissoit chez moy, me regarda de travers & me dit d'un air brusque : Ecoute, Gil Blas, songe à faire ton devoir. Je t'avertis que si tu recules, je te casseray la teste d'un coup de pistolet. J'estois trop persuadé qu'il le feroit comme il le disoit, pour negliger l'avertissement. C'est pourquoy je ne pensay plus qu'à recommander mon ame à Dieu.

Pendant ce temps-là le carosse & les

cavaliers s'approchoient. Ils connurent quelle sorte de gens nous estions & devinant nostre dessein à nostre contenance, ils s'arresterent à la portée d'une escopete. Ils avoient aussi bien que nous des carabines & des pistolets. Tandis qu'ils se préparoient à nous recevoir, il sortit du carosse un homme bien fait & richement vestu. Il monta sur un cheval de main dont un des cavaliers tenoit la bride & il se mit à la teste des autres. Il n'avoit pour armes que son épée & deux pistolets. Encore qu'ils ne fussent que quatre contre neuf, car le cocher demeura sur son siege, ils s'avancerent vers nous avec une audace qui redoubla mon effroy. Je ne laissay pas pourtant, bien que tremblant de tous mes membres, de me tenir prest à tirer mon coup; mais pour dire les choses comme elles sont, je fermay les yeux & tournay la teste en deschargeant ma carabine, & de la maniere que je tiray, je ne dois point avoir ce coup-là sur la conscience.

Je ne feray point un detail de l'action. Quoyque present, je ne voyois rien & ma peur en me troublant l'imagination me cachoit l'horreur du spectacle mesme qui m'effrayoit. Tout ce que je sçay,

C'eſt qu'aprés un grand bruit de mouſ-
quetades , j'entendis mes compagnons
crier à pleines teſtes ; *Victoire , victoire.*
A cette acclamation, la terreur qui s'eſtoit emparée de mes ſens ſe diſſipa &
j'apperceus ſur le champ de bataille les
quatre cavaliers étendus ſans vie. De
noſtre coſté , nous n'eumes qu'un homme de tüé. Ce fut l'apoſtat , qui n'eut
en cette occaſion que ce qu'il meritoit
pour ſon apoſtaſie & pour ſes mauvaiſes
plaiſanteries ſur les ſcapulaires. Le Lieutenant receut au bras une bleſſure , mais
elle ſe trouva trés legere , le coup n'ayant
fait qu'effleurer la peau.

Le Seigneur Rolando courut d'abord
à la portiere du caroſſe. Il y avoit dedans
une Dame de vingt-quatre à vingt-cinq
ans , qui luy parut trés-belle , malgré le
triſte état où il la voyoit. Elle s'eſtoit éva-
noüie pendant le combat & ſon évanoüiſ-
ſement duroit encore. Tandis qu'il s'occupoit à la regarder , nous ſongeames nous
autres au butin. Nous commençames par
nous aſſurer des chevaux des cavaliers
tuez , car ces animaux épouvantez du
bruit des coups , s'eſtoient un peu écartez , aprés avoir perdu leurs guides.
Pour les mules , elles n'avoient pas

branflé, quoyque durant l'action, le cocher euft quitté fon fiege pour fe fauver.
Nous mîmes pied à terre pour les dete-
ler, & nous les chargeames de plufieurs
malles que nous trouvames attachées devant & derriere le caroffe. Cela fait, on
prit par ordre du Capitaine la Dame qui
n'avoit point encore rappellé fes efprits,
& on la mit à cheval entre les mains d'un
voleur des mieux montez. Puis laiffant
fur les grands chemins le caroffe & les
morts dépoüillez, nous emmenames avec
nous la Dame, les mules & les chevaux.

CHAPITRE X.

De quelle maniere les voleurs en uferent
avec la Dame. Du grand deffein
que forma Gil Blas & quel en fut
l'évenement.

IL y avoit déja plus d'une heure qu'il
eftoit nuit, quand nous arrivames au
foûterrain. Nous menames d'abord les
beftes à l'écurie, où nous fumes obligez
nous-mefmes de les attacher au ratelier
& d'en avoir foin, parce que le vieux
negre eftoit au lit depuis trois jours. Ou-

tre que la goutte l'avoit pris violem-
mment, un rhumatifme le tenoit entrepris
de tous fes membres. Il ne luy reftoit
rien de libre que la langue, qu'il em-
ployoit à témoigner fon impatience par
d'horribles blafphêmes. Nous laiffames
ce miferable jurer & blafphemer & nous
allames à la cuifine, où nous donnames
toute noftre attention à la Dame. Nous
fîmes fi bien que nous vinmes à bout de
la tirer de fon évanoüiffement. Mais
quand elle eut repris l'ufage de fes fens
& qu'elle fe vit entre les bras de plufieurs hommes qui luy eftoient inconnus,
elle fentit fon malheur. Elle en fremit.
Tout ce que la douleur & le defefpoir
enfemble peuvent avoir de plus affreux,
parut peint dans fes yeux, qu'elle leva
au Ciel, comme pour luy reprocher les
indignitez dont elle eftoit menacée. Puis
cedant tout à coup à ces images épouvan-
tables, elle retombe en defaillance, fa
paupiere fe referme & les voleurs s'imaginent que la mort va leur enlever leur
proye. Alors le Capitaine jugeant plus à
propos de l'abandonner à elle-mefme,
que de la tourmenter par de nouveaux
fecours, la fit porter fur le lit de Leonarde, où on la laiffa toute feule au ha-

gard de ce qu'il en pouvoit arriver.

Nous paſſames dans le ſalon, où un des voleurs, qui avoit eſté Chirurgien, viſita le bras du Lieutenant & le frotta de baume. L'operation faite, on voulut voir ce qu'il y avoit dans les malles. Les unes ſe trouverent remplies de dentelles & de linges, les autres d'habits, mais la derniere qu'on ouvrit renfermoit quelques ſacs pleins de piſtoles. Ce qui rejoüit infiniment Meſſieurs les intereſſez. Aprés cet examen, la cuiſiniere dreſſa le buffet, mit le couvert & ſervit. Nous nous entretînmes d'abord de la grande victoire que nous avions remportée. Sur quoy Rolando m'addreſſant la parole : Avouë, Gil Blas, me dit-il, avouë que tu as eu grand'peur. Je repondis que j'en demeurois d'accord de bonne foy ; mais que je me battrois comme un Paladin, quand j'aurois fait ſeulement deux ou trois campagnes. Là-deſſus toute la compagnie prit mon parti, en diſant qu'on devoit me le pardonner : que l'action avoit eſté vive & que pour un jeune homme qui n'avoit jamais veu le feu, je ne m'eſtois point mal tiré d'affaire.

La converſation tomba enſuite ſur les mules & les chevaux que nous venions
d'ame-

ner au foûterrain. Il fut arrefté que le
lendemain avant le jour nous partirions
tous pour les aller vendre à Manfilla,
où probablement on n'auroit point encore entendu parler de noftre expedition.
Cette refolution prife, nous achevames
de fouper. Puis nous retournames à la
cuifine pour voir la Dame. Nous la trouvames dans la mefme fituation. Neanmoins, quoy qu'elle paruft à peine joüir
d'un refte de vie, quelques voleurs ne
laifferent pas de jetter fur elle un œil
prophane & de temoigner une brutale
envie qu'ils auroient fatisfaite, fi Rolando ne les en'euft empêchez, en leur
repréfentant qu'ils devoient du moins attendre que la Dame fuft fortie de cet ac-
cablement de triftefe qui luy oftoit tout
fentiment. Le refpect qu'ils avoient pour
leur Capitaine, retint leur incontinence.
Sans cela rien ne pouvoit fauver la Dame. Sa mort mefme n'auroit peut-eftre
pas mis fon honneur en feureté.

Nous laifames encore cette malheu-
reufe femme dans l'eftat où elle eftoit.
Rolando fe contenta de charger Leonarde d'en avoir foin & chacun fe retira
dans fa chambre. Pour moy, lorfque je
fus couché, au lieu de me livrer au fom-

meil, je ne fis que m'occuper du malheur de la Dame. Je ne doutois point que ce ne fuſt une perſonne de qualité, & j'en trouvois ſon ſort plus deplorable. Je ne pouvois ſans fremir, me peindre les horreurs qui l'attendoient & je m'en ſentois auſſi vivement touché, que ſi le ſang ou l'amitié m'euſſent attaché à elle. Enfin, aprés avoir bien plaint ſa deſtinée, je reſvay aux moyens de preſerver ſon honneur du peril où il eſtoit & de me tirer en meſme temps du ſoûterrain. Je ſongeay que le vieux negre ne pouvoit ſe remüer, & que depuis ſon indiſpoſition, la cuiſiniere avoit la clef de la grille. Cette penſée m'échauffa l'imagination & me fit concevoir un projet que je digeray bien ; puis j'en commençay ſur le champ l'execution de la maniere ſuivante.

Je feignis d'avoir la colique. Je pouſſay d'abord des plaintes & des gemiſſemens. Enſuite élevant la voix, je jettay de grands cris. Les voleurs ſe reveillent & ſont bientoſt auprés de moy. Ils me demandent ce qui m'oblige à crier ainſi. Je repondis que j'avois une colique horrible & pour mieux le leur perſuader, je me mis à grincer les dents, à faire

des grimaces & des contorſions effroya-
bles & à m'agiter d'une étrange façon.
Aprés cela, je devins tout à coup tranquille, comme ſi mes douleurs m'euſſent
donné quelque relaſche. Un inſtant
aprés, je me remis à faire des bonds ſur
mon grabat & à me tordre les bras. En
un mot, je joüay ſi bien mon rolle, que
les voleurs, tout fins qu'ils eſtoient, s'y
laiſſerent tromper & crurent qu'en effet
je ſentois dès tranchées violentes. Auſſitoſt, ils s'empreſſent tous à me ſoulager.
L'un m'apporte une bouteille d'eau de
vie & m'en fait avaler la moitié, l'autre
me donne malgré moy un lavement
d'huile d'amandes douces, un autre va
chauffer une ſerviette & vient me l'appliquer toute bruſlante ſur le ventre.
J'avois beau crier miſericorde ; ils im-
putoient mes cris à ma colique & conti-
nuoient à me faire ſouffrir des maux ve-
ritables en voulant m'en oſter un que
je n'avois point. Enfin, ne pouvant plus y
reſiſter, je fus obligé de leur dire que je ne
ſentois plus de tranchées & que je les con-
jurois de me donner quartier. Ils ceſſerent
de me fatiguer de leurs remedes & je me
garday bien de me plaindre davantage, de
peur d'éprouver encore leur ſecours.

F ij

Cette ſcene dura prés de trois heures.
Aprés quoy, les voleurs jugeant que le
jour ne devoit pas eſtre fort éloigné, ſe
préparerent à partir pour Manſilla. Je
voulus me lever pour leur faire croire
que j'avois grande envie de les accompagner. Mais ils m'en empeſcherent;
Non non, Gil Blas, me dit le Seigneur
Rolando, demeure icy, mon fils. Ta
colique pourroit te reprendre. Tu vien-
dras une autre fois avec nous. Pour aujourd'huy, tu n'es pas en eſtat de nous
ſuivre. Je ne crus pas devoir inſiſter fort
ſur cela, de crainte qu'on ne ſe rendiſt
à mes inſtances. Je parus ſeulemeut trés-
mortifié de ne pouvoir eſtre de la partie. Ce que je fis d'un air ſi naturel,
qu'ils ſortirent tous du ſoûterrain, ſans
avoir le moindre ſoupçon de mon projet. Aprés leur depart, que j'avois tâché
de haſter par mes vœux, je me dis à
moy-meſme : Oh çà Gil Blas, c'eſt à
preſent qu'il faut avoir de la reſolution.
Arme-toy de courage, pour achever ce
que tu as ſi heureuſement commencé.
Domingo n'eſt point en état de s'oppoſer
à ton entrepriſe, & Leonarde ne peut
t'empeſcher de l'executer. Saiſi cette occaſion de t'eſchapper. Tu n'en trouveras

jamais peut-eſtre une plus favorable.
Ces reflexions me remplirent de confiance. Je me levay. Je pris mon épée &
mes piſtolets & j'allay d'abord à la cuiſine ; mais avant que d'y entrer, comme j'entendis parler Leonarde, je m'arreſtay pour l'écouter. Elle parloit à la
Dame inconnuë, qui avoit repris ſes eſ-
prits & qui conſiderant toute ſon infortune, pleuroit alors & ſe deſeſperoit :
Pleurez, ma fille, luy diſoit-elle, fondez
en larmes. N'épargnez point les ſoupirs.
Cela vous ſoulagera. Voſtre ſaiſiſſement
eſtoit dangereux ; mais il n'y a plus rien
à craindre, puiſque vous verſez des
pleurs. Voſtre douleur s'appaiſera peu à
peu & vous vous accouſtumerez à vivre icy avec nos Meſſieurs qui ſont
d'honneſtes gens. Vous ſerez mieux
traitée qu'une Princeſſe. Ils auront pour
vous mille complaiſances & vous témoi-
gneront tous les jours de l'affection. Il y
a bien des femmes qui voudroient eſtre
à voſtre place.

Je ne donnay pas le temps à Leonarde
d'en dire davantage. J'entray & luy mettant un piſtolet ſur la gorge, je la preſſay
d'un air menaçant de me remettre la
clef de la grille. Elle fut troublée de mon

action , & quoyque trés-avancée dans
sa carriere , elle se sentit encore assez
attachée à la vie, pour n'oser me refuser
ce que je luy demandois. Lorsque j'eus
la clef entre les mains , j'addressay la
parole à la Dame affligée : Madame, luy
di-je, le Ciel vous envoye un liberateur. Levez-vous pour me suivre. Je
vais vous mener où il vous plaira que
je vous conduise. La Dame ne fut pas
sourde à ma voix, & mes paroles firent
tant d'impression sur son esprit, que
rappellant tout ce qui luy restoit de
force, elle se leva , vint se jetter à mes
pieds, & me conjura de conserver son
honneur. Je la relevay & l'assuray
qu'elle pouvoit compter sur moy. Ensuite je pris des cordes que j'apperçus
dans la cuisine, & à l'aide de la Dame,
je liay Leonarde aux pieds d'une grosse
table, en luy protestant que je la tuë-
rois, si elle poussoit le moindre cri. Aprés
cela, j'allumay de la bougie & j'allay
avec l'Inconnuë à la chambre où estoient les especes d'or & d'argent. Je
mis dans mes poches autant de pistoles
& de double-pistoles qu'il y en put tenir ; & pour obliger la Dame à s'en charger aussi, je luy representay qu'elle ne

faifoit que reprendre fon bien. Quand
nous en eûmes une bonne provifion,
nous marchames vers l'écurie, où j'entray feul avéc mes piftolets en eftat. Je
comptois bien que le vieux negre, malgré fa goutte & fon rhumatifme, ne me
laifferoit pas tranquillement feller & bri-
der mon cheval, & j'eftois dans la refolution de le guerir pour jamais de fes
maux, s'il s'avifoit de vouloir faire le
méchant; mais par bonheur, il eftoit alors
fi accablé des douleurs qu'il avoit fouffertes & de celles qu'il fouffroit encore,
que je tiray mon cheval de l'écurie, fans
mefme qu'il paruft s'en appercevoir. La
Dame m'attendoit à la porte. Nous en-
filames promptement l'allée par où l'on
fortoit du foûterrain. Nous arrivons à
la grille. Nous l'ouvrons & nous parve-
vons enfin à la trape. Nous eûmes beaucoup de peine à la lever, ou plûtoft
pour en venir à bout, nous eûmes befoin
de la force nouvelle que nous prefta l'envie de nous fauver.

Le jour commençoit à paroiftre, lorfque nous nous vimes hors de cet abyf-
me. Nous fongeames auffi-toft à nous en
éloigner. Je me jettay en felle; la Dame
monta derriere moy, & fuivant au ga-

lop le premier sentier qui se présenta,
nous sortîmes bien-tost de la forest.
Nous entrames dans une plaine coupée
de plusieurs routes. Nous en prîmes une
au hazard. Je mourois de peur qu'elle
ne nous conduisist à Mansilla & que nous
ne rencontrassions Rolando & ses camarades. Heureusement ma crainte fut
vaine. Nous arrivames à la ville d'Astorga sur les deux heures aprés midy.
J'apperçus des gens qui nous regardoient
avec une extreme attention, comme si
c'eust esté pour eux un spectacle nouveau
de voir une femme à cheval derriere un
homme. Nous descendismes à la premiere hostellerie. J'ordonnay d'abord
qu'on mist à la broche une perdrix & un
lapreau. Pendant qu'on executoit mon
ordre, je conduisis la Dame à une chambre où nous commençames à nous entretenir. Ce que nous n'avions pû faire en
chemin, parce que nous estions venus
trop viste. Elle me témoigna combien
elle estoit sensible au service que je venois de luy rendre & me dit qu'aprés
une action si genereuse, elle ne pouvoit
se persuader que je fusse un compagnon
des brigands à qui je l'avois arrachée. Je
luy contay mon histoire, pour confirmer

la

la bonne opinion qu'elle avoit conceuë de moy. Par là, je l'engageay à me donner sa confiance & à m'apprendre ses malheurs, qu'elle me raconta comme je vais le dire dans le Chapitre suivant.

CHAPITRE XI.

Histoire de Doña Mencia de Mosquera.

JE suis née à Valladolid & je m'appelle Doña Mencia de Mosquera. D. Martin mon pere, aprés avoir consumé presque tout son patrimoine dans le service, fut tüé en Portugal à la teste d'un regiment qu'il commandoit. Il me laissa si peu de bien, que j'estois un assez mauvais party, quoyque je fusse fille unique. Je ne manquay pas toutefois d'amans, malgré la mediocrité de ma fortune. Plusieurs Cavaliers des plus considerables d'Espagne me rechercherent en mariage. Celuy qui s'attira mon attention, fut Don Alvar de Mello. Veritablement il estoit mieux fait que ses rivaux, mais des qualitez plus solides me determinerent en sa faveur. Il avoit de l'esprit, de la discretion, de la valeur &

de la probité. D'ailleurs, il pouvoit passer
pour l'homme du monde le plus galant.
Falloit-il donner une feste ? rien n'estoit
mieux entendu, & s'il paroissoit dans des
joustes, il y faisoit toûjours admirer sa
force & son adresse. Je le préferay donc
à tous les autres & je l'épousay.

Peu de jours aprés nostre mariage, il
rencontra dans un endroit écarté Don
André de Baësa qui avoit esté un de ses
rivaux. Ils se piquerent l'un l'autre &
mirent l'épée à la main. Il en coûta la
vie à D. André. Comme il estoit neveu
du Corregidor de Valladolid, homme
violent & mortel ennemi de la maison de
Mello, D. Alvar crut ne pouvoir assez
tost sortir de la ville. Il revint promptement au logis, où pendant qu'on luy
préparoit un cheval, il me conta ce qui
venoit de luy arriver. Ma chere Mencia, me dit-il ensuite, il faut nous sépa-
rer. Vous connoissez le Corregidor. Ne
nous flattons point. Il va me poursuivre
vivement. Vous n'ignorez pas quel est
son credit. Je ne seray pas en seureté
dans le Royaume. Il estoit si penetré de
sa douleur & de celle dont il me voyoit
saisie, qu'il n'en put dire davantage. Je
luy fis prendre de l'or & quelques pier-

reries. Puis il me tendit les bras & nous
ne fimes pendant un quart-d'heure que
confondre nos foupirs & nos larmes. Enfin, on vint l'avertir que le cheval eftoit
preft. Il s'arrache d'auprés de moy. Il
part & me laiffe dans un eftat qu'on ne
fçauroit reprefenter. Heureufe, fi l'excés de mon affliction m'euft alors fait
mourir ! que ma mort m'auroit épargné
de peines & d'ennuis ! Quelques heures
aprés que D. Alvar fut parti, le Corregidor apprit fa fuite. Il le fit pourfuivre
& n'épargna rien pour l'avoir en fa puif-
fance. Mon époux toutefois trompa fa
pourfuite & fceut fe mettre en feureté.
De maniere que le Juge fe voyant reduit
à borner fa vengeance à la feule fatisfaction d'ofter les bie   un homme dont il
auroit voulu verfer le fang, il n'y tra-
vailla pas en vain. Tout ce que D. Alvar pouvoit avoir de fortune fut confif-
qué.

Je demeuray dans une fituation trés-
affligeante. J'avois à peine de quoy fub-
fifter. Je commençay à mener une vie
retirée, n'ayant qu'une femme pour tout
domeftique. Je paffois les jours à pleurer, non une indigence que je fupportois
patiemment, mais l'abfence d'un époux

cheri dont je ne recevois aucunes nouvelles. Il m'avoit pourtant promis dans
nos tristes adieux qu'il auroit foin de
m'informer de fon fort dans quelque endroit du monde où fa mauvaife étoile
pust le conduire. Cependant fept années
s'écoulerent fans que j'entendiffe parler
de luy. L'incertitude où j'eftois de fa def-
tinée me caufoit une profonde trifteffe.
Enfin, j'appris qu'en combattant pour le
Roy de Portugal dans le Royaume de
Fez, il avoit perdu la vie dans une bataille. Un homme revenu depuis peu d'A-
frique me fit ce rapport, en m'affurant
qu'il avoit parfaitement connu D. Alvar
de Mello, qu'il avoit fervi dans l'armée
Portugaife avec luy & qu'il l'avoit veu
perir dans l'action. Il ajoûtoit à cela
d'autres circonftances encore qui ache-
verent de me perfuader que mon époux
n'eftoit plus.

Dans ce temps-là D. Ambrofio Me-
fia Carrillo Marquis de la Guardia vint
à Valladolid. C'eftoit un de ces vieux
Seigneurs qui par leurs manieres galantes
& polies font oublier leur age & fçavent
encore plaire aux femmes. Un jour, on
luy conta par hazard l'hiftoire de D. Alvar & fur le portrait qu'on luy fit de

moy, il eut envie de me voir. Pour fatisfaire fa curiofité, il gagna une de mes
parentes qui m'attira chez elle. Il s'y
trouva. Il me vit & je luy plus malgré
l'impreffion de douleur qu'on remarquoit
fur mon vifage ; mais que dis-je malgré ?
peut-eftre ne fut-il touché que de mon
air trifte & languiffant qui le prévenoit
en faveur de ma fidelité. Ma melancolie
peut-eftre fit naiftre fon amour. Auffi
bien, il me dit plus d'une fois qu'il me regardoit comme un prodige de conftance
& mefme qu'il envioit le fort de mon
mary, quelque deplorable qu'il fuft d'ailleurs. En un mot, il fut frappé de ma
veuë & il n'eut pas befoin de me voir
une feconde fois, pour prendre la refolution de m'époufer.

Il choifit l'entremife de ma parente,
pour me faire agréer fon deffein. Elle me
vint trouver & me repréfenta que mon
époux ayant achevé fon deftin dans le
Royaume de Fez, comme on nous l'a-
voit raporté, il n'eftoit pas raifonnable
d'enfevelir plus long-temps mes charmes : que j'avois affez pleuré un homme
avec qui je n'avois efté unie que quelques momens, & que je devois profiter
de l'occafion qui fe préfentoit : que je

ferois la plus heureuse femme du monde.
Là-deſſus, elle me vanta la nobleſſe du
vieux Marquis, ſes grands biens & ſon
bon caractere ; mais elle eut beau s'é-
tendre avec éloquence ſur tous les avantages qu'il poſſedoit, elle ne put me perſuader. Ce n'eſt pas que je doutaſſe de
la mort de D. Alvar, ni que la crainte de
le revoir tout à coup, lorſque j'y pen-
ſerois le moins, m'arreſtaſt. Le peu de
penchant, ou plûtoſt la repugnance que
je me ſentois pour un ſecond mariage,
aprés tous les malheurs du premier, faiſoit le ſeul obſtacle que ma parente eut
à lever. Auſſi, ne ſe rebuta-t-elle point.
Au contraire, ſon zele pour Don Ambroſio en redoubla. Elle engagea toute
ma famille dans les intereſts de ce vieux
Seigneur. Mes parens commencerent à
me preſſer d'accepter un parti ſi avantageux. J'en eſtois à tout moment obſe-
dée, importunée, tourmentée. Il eſt
vray que ma miſere, qui devenoit de
jour en jour plus grande, ne contribua
pas peu à laiſſer vaincre ma réſiſtance.

Je ne pus donc m'en défendre ; je ceday à leurs preſſantes inſtances & j'é-
pouſay le Marquis de la Guardia, qui dés
le lendemain de mes noces m'emmena

dans un trés-beau chasteau qu'il a auprés de Burgos entre Grajal & Rodillas.
Il conceut pour moy un amour violent. Je remarquois dans toutes ses actions une envie de me plaire. Il s'étudioit
à prévenir mes moindres desirs. Jamais
époux n'a eu tant d'égards pour une
femme , & jamais amant n'a fait voir
tant de complaisance pour une maistresse.
J'aurois passionnément aimé Don Ambrosio malgré la disproportion de nos
ages, si j'eusse esté capable d'aimer quelqu'un aprés Don Alvar. Mais les cœurs
constans ne sçauroient avoir qu'une passion. Le souvenir de mon premier époux
rendoit inutiles tous les soins que le second prenoit pour me plaire. Je ne pouvois donc payer sa tendresse que de purs
sentimens de reconnoissance.

J'estois dans cette disposition, quand
prenant l'air un jour à une fenestre de
mon appartement , j'apperceus dans le
jardin une maniere de paysan qui me regardoit avec attention. Je crus que c'estoit un garçon jardinier. Je pris peu garde à luy ; mais le lendemain, m'estant
remise à la fenestre, je le vis au mesme
endroit & il me parut encore fort attaché à me considerer. Cela me frappa. Je

G iiij

l'envisageay à mon tour & aprés l'avoir
observé quelque temps, il me sembla reconnoistre les traits du malheureux Don
Alvar. Cette apparition excita dans tous
mes sens un trouble inconcevable. Je
poussay un grand cri. J'estois alors par
bonheur seule avec Inés, celle de toutes
mes femmes qui avoit le plus de part à
ma confiance. Je luy dis le soupçon qui
agitoit mes esprits. Elle ne fit qu'en rire
& elle s'imagina qu'une legere ressem-
blance avoit trompé mes yeux. Rassu-
rez-vous, Madame, me dit-elle, & ne
pensez pas que vous ayez veu vostre premier époux. Quelle apparence y a-t-il
qu'il soit icy sous une forme de paysan?
Est-il mesme croyable qu'il vive encore? Je vais, ajoûta-t-elle, descendre
au jardin & parler à ce villageois. Je
sçauray quel homme c'est & je reviendray dans un moment vous en instruire.
Inés alla donc au jardin & peu de temps
aprés, je la vis rentrer dans mon appartement fort émeuë : Madame, dit-elle,
vostre soupçon n'est que trop bien éclair-
ci. C'est Don Alvar luy-mesme que vous
venez de voir. Il s'est découvert d'abord,
& il vous demande un entretien secret.

Comme je pouvois à l'heure mesme

recevoir Don Alvar, parce que le Marquis eftoit à Burgos, je chargeay ma fui-
vante de me l'amener dans mon cabinet
par un efcalier derobé. Vous jugez bien
que j'eftois dans une terrible agitation.
Je ne pus foûtenir la veuë d'un homme
qui eftoit en droit de m'accabler de reproches. Je m'évanoüis dés qu'il fe préfenta devant moy. Ils me fecoururent
promptement Inés & luy, & quand ils
m'eurent fait revenir de mon évanoüiffement, Don Alvar me dit : Madame,
remettez-vous de grace. Que ma préfence ne foit pas un fupplice pour vous.
Je n'ay pas deffein de vous faire la moindre peine. Je ne viens point en époux
furieux vous demander compte de la foy
jurée & vous faire un crime du fecond
engagement que vous avez contracté. Je
n'ignore pas que c'eft l'ouvrage de voftre famille. Toutes les perfecutions que
vous avez fouffertes à ce fujet, me font
connuës. D'ailleurs, on a repandu dans
Valladolid le bruit de ma mort & vous
l'avez crû avec d'autant plus de fonde-
ment, qu'aucune lettre de ma part ne
vous affuroit du contraire. Enfin, je
fçay de quelle maniere vous avez vêcu
depuis noftre cruelle féparation & que

la neceffité plûtoft que l'amour vous a
jettée dans les bras... Ah Seigneur, interrompi-je en pleurant, pourquoy
voulez-vous excufer voftre époufe ? elle
eft coupable, puifque vous vivez. Que
ne fuis-je encore dans la miferable fituation où j'eftois avant que d'époufer Don
Ambrofio ? Funefte hymenée ! helas,
j'aurois du moins dans ma mifere la con-
folation de vous revoir fans rougir.

Ma chere Mencia, reprit D. Alvar
d'un air qui marquoit jufqu'à quel point
il eftoit pénetré de mes larmes, je ne
me plains pas de vous ; & bien loin de
vous reprocher l'eftat brillant où je vous
retrouve, je jure que j'en rends graces
au Ciel. Depuis le trifte jour de mon départ de Valladolid, j'ay toûjours eu la
fortune contraire ; ma vie n'a efté qu'un
enchaînement d'infortunes & pour comble de malheurs, je n'ay pû vous donner de mes nouvelles. Trop feur de voftre amour, je me repréfentois fans ceffe
la fituation où ma fatale tendreffe vous
avoit reduite. Je me peignois Doña Mencia dans les pleurs. Vous faifiez le plus
grand de mes maux. Quelquefois, je
l'avouëray, je me fuis reproché comme
un crime le bonheur de vous avoir plû

J'ay souhaité que vous eussiez penché
vers quelqu'un de mes rivaux, puisque
la préference que vous m'aviez donnée
sur eux vous coûtoit si cher. Cependant
aprés sept années de souffrances, plus
épris de vous que jamais, j'ay voulu vous
revoir. Je n'ay pû resister à cette envie,
& la fin d'un long esclavage m'ayant
permis de la satisfaire, j'ay esté sous ce
deguisement à Valladolid, au hazard
d'estre découvert. Là j'ay tout appris.
Je suis venu ensuite à ce chasteau & j'ay
trouvé moyen de m'introduire chez le
jardinier, qui m'a retenu pour travailler
dans les jardins. Voila de quelle maniere je me suis conduit, pour parvenir
à vous parler secretement. Mais ne vous
imaginez pas que j'aye dessein de troubler par mon sejour icy la felicité dont
vous joüissez. Je vous aime plus que
moy-mesme. Je respecte vostre repos &
je vais aprés cet entretien achever loin
de vous de tristes jours que je vous sa-
crifie.

Non, Don Alvar, non, m'écriay-je
à ces paroles ! je ne souffriray pas que
vous me quittiez une seconde fois. Je
veux partir avec vous. Il n'y a que
la mort qui puisse desormais nous se-

parer. Croyez-moy , reprit-il, vivez avec Don Ambrosio. Ne vous associez point à mes malheurs. Laissez-m'en soûtenir tout le poids. Il me dit encore d'autres choses semblables ; mais plus il paroissoit vouloir s'immoler à mon bonheur , moins je me sentois disposée à y consentir. Lorsqu'il me vit ferme dans la résolution de le suivre , il changea tout à coup de ton & prenant un air plus content : Madame , me dit-il , puisque vous aimez encore assez Don Alvar, pour préferer sa misere à la prosperité où vous estes , allons donc demeurer à Betancos dans le fonds du Royaume de Galice. J'ay là une retraite assurée. Si mes disgraces m'ont osté tous mes biens, elles ne m'ont point fait perdre tous mes amis. Il m'en reste encore de fidelles, qui m'ont mis en estat de vous enlever. J'ay fait faire un carosse à Zamora par leur secours. J'ay acheté des mules & des chevaux & suis accompagné de trois Galiciens des plus resolus. Ils sont armez de carabines & de pistolets, & ils attendent mes ordres dans le village de Rodillas. Profitons, ajoûta-t-il, de l'absence de D. Ambrosio. Je vais faire venir le carosse jusqu'à la porte de ce chas-

teau & nous partirons dans le moment.
J'y confentis. D. Alvar vola vers Rodillas & revint en peu de temps avec fes
trois cavaliers m'enlever au milieu de
mes femmes, qui ne fçachant que penfer
de cet enlevement, fe fauverent fort ef-
frayées. Inés feule eftoit au fait, mais
elle refufa de lier fon fort au mien, parce
qu'elle aimoit un valet de chambre de
Don Ambrofio.

Je montay donc en caroffe avec Don
Alvar, n'emportant que mes hardes &
quelques pierreries que j'avois avant
mon fecond mariage, car je ne voulus
rien prendre de tout ce que le Marquis
m'avoit donné en m'époufant. Nous prîmes la route du Royaume de Galice,
fans fçavoir fi nous ferions affez heureux pour y arriver, Nous avions fujet
de craindre que D. Ambrofio à fon retour ne fe mift fur nos traces avec un
grand nombre de perfonnes & ne nous
joignift. Cependant nous marchames pendant deux jours fans voir paroiftre à nos
trouffes aucun cavalier. Nous efperions
que la troifiéme journée fe pafferoit de
mefme & deja nous nous entretenions
fort tranquillement. D. Alvar me contoit
la trifte avanture qui avoit donné lieu au

bruit de fa mort & comment aprés cinq
années d'efclavage il avoit recouvré la
liberté, quand nous rencontrâmes hier
fur le chemin de Leon les voleurs avec
qui vous eftiez. C'eft luy qu'ils ont tué
avec tous fes gens & c'eft luy qui fait
couler les pleurs que vous me voyez ré-
pandre en ce moment.

CHAPITRE XII.

De quelle maniere defagréable Gil Blas & la Dame furent interrompus.

DОña Mencia fondit en larmes
aprés avoir achevé ce recit. Je la
laiffay donner un libre cours à fes foupirs. Je pleuray mefme auffi, tant il eft
naturel de s'intereffer pour les malheureux & particulierement pour une belle
perfonne affligée. J'allois luy demander
quel parti elle vouloit prendre dans la
conjonture où elle fe trouvoit, & peut-
eftre alloit-elle me confulter là-deffus,
fi noftre converfation n'euft pas efté interrompuë; mais nous entendimes dans
l'hoftellerie un grand bruit qui malgré
nous attira noftre attention. Ce bruit ef-

toit caufé par l'arrivée du Corregidor fuivi de deux Alguazils * & de plufieurs Archers. Ils vinrent dans la chambre où
nous eftions. Un jeune Cavalier, qui les
accompagnoit, s'approcha de moy le premier & fe mit à regarder de prés mon
habit. Il n'eut pas befoin de l'examiner
long-temps. Par faint Jacques, s'écria-
t-il, voila mon pourpoint. C'eft luy-
mefme. Il n'eft pas plus difficile à re-
connoiftre que mon cheval. Vous pouvez arrefter ce galant fur ma parole. C'eft
un de ces voleurs qui ont une retraite
inconnuë en ce pays-cy.

A ce difcours, qui m'apprenoit que ce
Cavalier eftoit le Gentilhomme volé
dont j'avois par malheur toute la depoüille, je demeuray furpris, confus, decon-
certé. Le Corregidor, que fa charge obligeoit plûtoft à tirer une mauvaife confequence de mon embaras, qu'à l'expliquer favorablement, jugea que l'accufa-
tion n'eftoit point mal fondée, & pré-
fumant que la Dame pouvoit eftre com-
plice, il nous fit emprifonner tous deux
féparement. Ce Juge n'eftoit pas de
ceux qui ont le regard terrible, il avoit

---

* *Alguazil. C'eft un Huiffier executeur des or-*
dres du Corregidor; une maniere d'Exempt.

l'air doux & riant. Dieu sçait s'il en valoit mieux pour cela. Sitost que je fus en
prison, il y vint avec ses deux furets ; c'est
à dire ses Alguazils. Ils n'oublierent pas
leur bonne coustume ; ils commencerent
par me foüiller. Quelle aubeine pour ces
Messieurs! Ils n'avoient jamais peut-estre
fait un si beau coup. A chaque poignée
de pistoles qu'ils tiroient, je voyois leurs
yeux étinceler de joye. Le Corregidor
sur-tout paroissoit hors de luy - mesme.
Mon enfant, me disoit-il, d'un ton de
voix plein de douceur, nous faisons nostre charge ; mais ne crain rien. Si tu
n'es pas coupable, on ne te fera point
de mal. Cependant ils vuiderent tout
doucement mes poches & me prirent ce
que les voleurs mesmes avoient respecté,
je veux dire les quarante ducats de mon
oncle. Ils n'en demeurerent pas là :
leurs mains avides & infatigables me
parcoururent depuis la teste jusqu'aux
pieds. Ils me tournerent de tous costez
& me depoüillerent pour voir si je n'a-
vois point d'argent entre la peau & la
chemise. Aprés qu'ils eurent si bien fait
leur charge, le Corregidor m'interrogea.
Je luy contay ingenuëment tout ce qui
m'estoit arrivé. Il fit écrire ma déposi-
tion,

tion, puis il fortit avec fes gens & mes
efpeces & me laiffa tout nud fur la paille.

O vie humaine, m'écriai-je, quand
je me vis feul & dans cet eftat ! que tu
es remplie d'avantures bizarres & de
contretemps ! Depuis que je fuis forti
d'Oviedo, je n'éprouve que des difgraces. A peine fuis-je hors d'un peril, que je retombe dans un autre. En
arrivant dans cette ville, j'eftois bien
éloigné de penfer que j'y ferois bien-toft
connoiffance avec le Corregidor. En ai-
fant ces reflexions inutiles, je remis le
maudit pourpoint & le refte de l'habillement qui m'avoit porté malheur ; puis
m'exhortant moy-mefme à prendre courage : Allons, di-je, Gil Blas, aye de
la fermeté. Te fied-il bien de te defefperer dans une prifon ordinaire, après avoir
fait un fi penible effay de patience dans
le foûterrain ? Mais, helas, ajoutai-je
triftement, je m'abufe. Comment pour-
rai-je fortir d'icy ? on vient de m'en ofter les moyens. En effet, j'avois raifon de
parler ainfi ; un prifonnier fans argent
eft un oifeau à qui l'on a coupé les ailles.

Au lieu de la perdrix & du lapreau que
j'avois fait mettre à la broche, on m'apporta un petit pain bis avec une cruche

Tome I. H

d'eau & on me laiſſa ronger mon frein
dans mon cachot. J'y demeuray quinze
jours entiers ſans voir perſonne que le
concierge, qui avoit ſoin de venir tous
les matins renouveller ma proviſion. Dés
que je le voyois, j'affectois de luy parler, je tâchois de lier converſation avec
luy pour me deſennuyer un peu ; mais
ce perſonnage ne repondoit rien à tout
ce que je luy diſois. Il ne me fut pas poſſible d'en tirer une parole. Il entroit
meſme & ſortoit le plus ſouvent ſans me
regarder. Le ſeiziéme jour, le Corregidor parut & me dit : Tu peux t'abandonner à la joye. Je viens t'annoncer
une agreable nouvelle. J'ay fait conduire
à Burgos la Dame qui eſtoit avec toy. Je
l'ay interrogée avant ſon départ & ſes
reponſes vont à ta deſcharge. Tu ſeras
élargi dés aujourd'hui, pourveu que le
muletier avec qui tu es venu de Peñaflor
à Caçabelos, comme tu me l'as dit, con-
firme ta depoſition. Il eſt dans Aſtorga.
Je l'ay envoyé chercher. Je l'attends. S'il
convient de l'avanture de la queſtion, je
te mettray ſur le champ en liberté.

Ces paroles me réjoüirent. Dés ce
moment je me crus hors d'affaire. Je remerciay le Juge de la bonne & briève

juſtice qu'il vouloit me rendre, & je n'a-
vois pas encore achevé mon compliment,
que le muletier conduit par deux archers arriva. Je le reconnus auſſitoſt; mais
le muletier qui ſans doute avoit vendu
ma valiſe avec tout ce qui eſtoit dedans,
craignant d'eſtre obligé de reſtituer l'argent qu'il en avoit touché, s'il avoüoit
qu'il me reconnoiſſoit, dit effrontement
qu'il ne ſçavoit qui j'eſtois & qu'il ne
m'avoit jamais veu. Ah traiſtre, m'é-
criai-je, confeſſe plûtoſt que tu as vendu
mes hardes & rends témoignage à la verité. Regarde-moy bien. Je ſuis un de
ces jeunes gens que tu menaças de la
queſtion dans le bourg de Cacabelos & à
qui tu fis ſi grand peur. Le muletier
repondit d'un air froid que je luy parlois
d'une choſe dont il n'avoit aucune connoiſſance; & comme il ſoûtint juſqu'au
bout que je luy eſtois inconnu, mon
élargiſſement fut remis à une autre fois.
Il fallut m'armer d'une nouvelle patience, me reſoudre à jeuſner encore au pain
& à l'eau & à voir le ſilentieux concierge. Quand je ſongeois que je ne pouvois me tirer des griffes de la juſtice,
bien que je n'euſſe pas commis le moindre crime, cette penſée me mettoit au

defefpoir. Je regretois le foûterrain. Dans
le fonds, difois-je, j'y avois moins de
defagrément que dans ce cachot. Je fai-
fois bonne chere avec les voleurs. Je
m'entretenois avec eux & je vivois dans
la douce efperance de m'efchapper; au
lieu que malgré mon innocence, je feray
peut-eftre trop heureux de fortir d'icy
pour aller aux galeres.

***

CHAPITRE XIII.

Par quel hazard Gil Blas fortit enfin
de prifon & où il alla.

T Andis que je paffois les jours à m'é-
guayer dans mes reflexions, mes
avantures, telles que je les avois dictées
dans ma depofition, fe repandirent dans
la ville. Plufieurs perfonnes me voulurent voir par curiofité. Ils venoient l'un
aprés l'autre fe préfenter à une petite fé-
neftre par où le jour entroit dans ma prifon, & lorfqu'ils m'avoient confideré
quelque temps, ils s'en alloient. Je fus
furpris de cette nouveauté. Depuis que
j'eftois prifonnier, je n'avois pas veu un
feul homme fe montrer à cette feneftre

qui donnoit sur une cour où regnoient
le silence & l'horreur. Je compris par là
que je faisois du bruit dans la ville & je
ne sçavois si j'en devois concevoir un
bon ou un mauvais présage.

Un de ceux qui s'offrirent des premiers à ma venë, fut le petit Chantre de
Mondoñedo, qui avoit aussi bien que
moy craint la question & pris la fuite. Je
le reconnus & il ne feignit point de me
méconnoistre. Nous nous saluames de
part & d'autre ; puis nous nous enga-
geames dans un long entretien. Je fus
obligé de faire un nouveau détail de mes
avantures. De son costé, le Chantre me
conta ce qui s'estoit passé dans l'hostellerie de Caçabelos entre le muletier & la
jeune femme, aprés qu'une terreur panique nous en eut écartez. En un mot,
il m'apprit tout ce que j'en ay dit cy-de-
vant. Ensuite prenant congé de moy,
il me promit que sans perdre de temps,
il alloit travailler à ma delivrance. Alors,
toutes les personnes, qui estoient venuës
là comme luy par curiosité, me témoi-
gnerent que mon malheur excitoit leur
compassion. Ils m'assurerent mesme qu'ils
se joindroient au petit Chantre & feroient
tout leur possible pour me procurer la liberté.

Ils tinrent effectivement leur promeſſe. Ils parlerent en ma faveur au Corregidor , qui ne doutant plus de mon
innocence , ſur-tout lorſque le Chantre
luy eut conté ce qu'il ſçavoit, vint trois
ſemaines aprés dans ma priſon : Gil Blas,
me dit-il, je ne veux pas traîner les choſes en longueur. Va, tu es libre. Tu
peux ſortir quand il te plaira. Mais , di-
moy , pourſuivit-il , ſi l'on te menoit
dans la foreſt où eſt le ſoûterrain , ne
pourrois-tu pas le découvrir ? Non , Seigneur , lui repondi-je , comme je n'y ſuis
entré que la nuit & que j'en ſuis ſorti
avant le jour , il me ſeroit impoſſible de
reconnoiſtre l'endroit où il eſt. Là-deſſus,
le Juge ſe retira en diſant qu'il alloit ordonner au concierge de m'ouvrir les portes. En effet, un moment aprés, le geolier
vint dans mon cachot avec un de ſes
guichetiers qui portoit un paquet de toile. Ils m'oſterent tous deux d'un air grave & ſans me dire un ſeul mot mon pourpoint & mon haut-de-chauſſes qui eſtoient d'un drap fin & preſque neuf, puis
m'ayant reveſtu d'une vieille ſouquenille,
ils me mirent dehors par les épaules.

La confuſion que j'avois de me voir
ſi mal équippé , moderoit la joye qu'ont

ordinairement les prisonniers de recou-
vrer leur liberté. J'estois tenté de sortir
de la ville à l'heure mesme pour me sous-
traire aux yeux du peuple, dont je ne
soûtenois les regards qu'avec peine. Ma
reconnoissance pourtant l'emporta sur ma
honte. J'allay remercier le petit Chantre à qui j'avois tant d'obligation. Il ne
put s'empescher de rire, lorsqu'il m'apperceut. Comme vous voila, me dit-il !
la justice, à ce que je vois, vous en a
donné de toutes les façons. Je ne me
plains pas de la justice, luy repondi-je.
Elle est trés-équitable. Je voudrois seulement que tous ses Officiers fussent
d'honnestes gens. Ils devoient du moins
me laisser mon habit. Il me semble que
je ne l'avois pas mal payé. J'en conviens, reprit-il ; mais on vous dira que
ce sont des formalitez qui s'observent.
Hé vous imaginez-vous, par exemple,
que vostre cheval ait esté rendu à son
premier maistre ? non pas s'il vous plaist.
Il est actuellement dans les écuries du
Greffier où il a esté deposé comme une
preuve du vol. Je ne croy pas que le
pauvre Gentilhomme en retire seulement
la croupiere. Mais changeons de discours, continua-t-il. Quel est vostre

deſſein ? que prétendez-vous faire préſentement ? J'ay envie, luy di-je, de
prendre le chemin de Burgos. J'iray
trouver la Dame dont je ſuis le liberateur. Elle me donnera quelques piſtoles.
J'acheteray une ſoutanelle neuve & me
rendray à Salamanque où je tâcheray de
mettre mon latin à profit. Tout ce qui
m'embaraſſe, c'eſt que je ne ſuis point
encore à Burgos. Il faut vivre ſur la roû-
te. Je vous entends, repliqua-t-il ; &
je vous offre ma bourſe. Elle eſt un peu
platte à la verité ; mais vous ſçavez qu'un
Chantre n'eſt pas un Eveſque. En meſme temps, il la tira & me la mit entre
les mains de ſi bonne grace, que je ne
pus me défendre de la retenir telle qu'elle
eſtoit. Je le remerciay comme s'il m'euſt
donné tout l'or du monde, & luy fis mille
proteſtations de ſervice qui n'ont jamais
eu d'effet. Aprés cela, je le quittay &
ſortis de la ville, ſans aller voir les autres
perſonnes qui avoient contribüé à mon
élargiſſement. Je me contentay de leur
donner en moy-meſme mille benedictions.

Le petit Chantre avoit eu raiſon de
ne me pas vanter ſa bourſe ; j'y trouvay fort peu d'argent. Par bonheur,
j'eſtois accouſtumé depuis deux mois à
une

une vie trés-frugale & il me reſtoit encore quelques reaux, lorſque j'arrivay
au bourg de Ponte de Mula qui n'eſt pas
éloigné de Burgos. Je m'y arreſtay pour
demander des nouvelles de Doña Mencia. J'entray dans une hoſtellerie dont
l'hoſteſſe eſtoit une petite femme fort ſe-
che, vive & hagarde. Je m'apperceus
d'abord, à la mauvaiſe mine qu'elle me
fit, que ma ſouquenille n'eſtoit gueres de
ſon gouſt. Ce que je luy pardonnay volontiers. Je m'aſſis à une table. Je mangeay du pain & du fromage, & bû quelques coups d'un vin deteſtable qu'on m'a-
porta. Pendant ce repas qui s'accordoit
aſſez avec mon habillement, je voulus
entrer en converſation avec l'hoſteſſe.
Je la priay de me dire ſi elle connoiſſoit
le Marquis de la Guardia, ſi ſon chaſteau eſtoit éloigné du bourg, & ſur-
tout ſi elle ſçavoit ce que la Marquiſe
ſa femme pouvoit eſtre devenuë. Vous
demandez bien des choſes, me répondit-
elle d'un air dedaigneux. Elle m'apprit
pourtant, quoyque de fort mauvaiſe grace, que le chaſteau de D. Ambroſio n'eſtoit qu'à une petite lieuë de Ponte de
Mula.

Aprés que j'eus achevé de boire &

de manger, comme il estoit nuit, je temoignay que je souhaitois de me reposer & je demanday une chambre. A vous
une chambre, me dit l'hostesse en me
lançant un regard plein de mépris & de
fierté! Je n'ay point de chambre pour
les gens qui font leur souper d'un morceau de fromage. Tous mes lits font re-
tenus. J'attends des cavaliers d'importance qui doivent venir loger icy ce soir.
Tout ce que je puis faire pour vostre fervice, c'est de vous mettre dans ma gran-
ge. Ce ne fera pas, je pense, la premiere
fois que vous aurez couché sur la paille.
Elle ne croyoit pas fi bien dire qu'elle disoit. Je ne repliquay point à fon difcours
& je pris fagement le party de gagner le
pailler, où je m'endormis bientoft comme un homme qui depuis long-temps eftoit fait à la fatigue.

CHAPITRE XIV.

De la reception que D. Mencia luy fit
à Burgos.

JE ne fus pas pareſſeux à me lever le
lendemain matin. J'allay compter
avec l'hoſteſſe qui eſtoit deja ſur pied &
qui me parut un peu moins fiere & de
meilleure humeur que le ſoir précedent.
Ce que j'attribuay à la preſence de trois
honneſtes archers de la ſainte Hermandad qui s'entretenoient avec elle d'une
façon trés-familiere. Ils avoient couché
dans l'hoſtellerie & c'eſtoit ſans doute
pour ces cavaliers d'importance que tous
les lits avoient eſté rete us.

Je demanday dans le bourg le chemin
du chaſteau où je voulois me rendre. Je
m'addreſſay par hazard à un homme
du caractere de mon hoſte de Peñaflor.
Il ne ſe contenta pas de repondre à la
queſtion que je luy faiſois ; il m'apprit
que Don Ambroſio eſtoit mort depuis
trois ſemaines & que la Marquiſe ſa femme avoit pris le parti de ſe retirer dans
un Convent de Burgos qu'il me nomma.

I ij

Je marchay auſſi-toſt vers cette ville,
au lieu de ſuivre la route du chaſteau,
comme j'en avois deſſein auparavant, &
je volay d'abord au Monaſtere où demeuroit Doña Mencia. Je priay la Touriere de dire à cette Dame qu'un jeune
homme nouvellement ſorti des priſons
d'Aſtorga ſouhaitoit de luy parler. La
Touriere allla ſur le champ faire ce que
je deſirois. Elle revint & me fit entrer
dans un parloir où je ne fus pas long-
temps ſans voir paroiſtre en grand deüil
à la grille la veuve de D. Ambroſio.

Soyez le bien-venu, me dit cette Dame. Il y a quatre jours que j'ay écrit à
une perſonne d'Aſtorga. Je luy man-
dois de vous aller trouver de ma part &
de vous dire que je vous priois inſtam-
ment de me venir chercher au ſortir de
voſtre priſon. Je ne doutois pas qu'on
ne vous élargiſt bien-toſt. Les choſes
que j'avois dites au Corregidor à voſtre
deſcharge, ſuffiſoient pour cela. Auſſi
m'a-t-on fait reponſe que vous aviez recouvré la liberté ; mais qu'on ne ſçavoit
ce que vous eſtiez devenu. Je craignois
de ne vous plus revoir & d'eſtre privée
du plaiſir de vous temoigner ma reconnoiſſance. Conſolez-vous, ajouta-t-elle

en remarquant la honte que j'avois de
me préſenter à ſes yeux ſous un miſerable habillement. Que l'eſtat où je vous
vois ne vous faſſe point de peine. Aprés
le ſervice important que vous m'avez
rendu, je ſerois la plus ingrate de toutes les femmes, ſi je ne faiſois rien pour
vous. Je pretends vous tirer de la mauvaiſe ſituation où vous eſtes. Je le dois &
je le puis. J'ay des biens aſſez conſidera-
bles pour pouvoir m'aquiter envers vous
ſans m'incommoder.

Vous ſçavez, continua-t-elle, mes
avantures juſqu'au jour où nous fûmes
empriſonnez tous deux. Je vais vous conter ce qui m'eſt arrivé depuis. Lorſque
le Corregidor d'Aſtorga m'eut fait conduire à Burgos, aprés avoir entendu de
ma bouche un fidelle recit de mon hiſtoire, je me rendis au chaſteau d'Ambroſio. Mon retour y cauſa une extreme
ſurpriſe ; mais on me dit que je revenois
trop tard ; que le Marquis frappé de ma
fuite, comme d'un coup de foudre, eſtoit
tombé malade, & que les Medecins deſ-
eſperoient de ſa vie. Ce fut pour moy un
nouveau ſujet de me plaindre de la ri-
gueur de ma deſtinée. Cependant je le
fis avertir que je venois d'arriver. Puis

j'entray dans sa chambre & courus me
jetter à genoux au chevet de son lit, le
visage couvert de larmes & le cœur pressé
de la plus vive douleur. Qui vous ramene icy, me dit-il, dés qu'il m'apperceut ? venez-vous contempler vostre ouvrage ? ne vous suffit-il pas de m'oster
la vie ? faut-il pour vous contenter que
vos yeux soient témoins de ma mort ?
Seigneur, luy repondi-je, Inés a dû vous
dire que je fuyois avec mon premier
epoux ; & sans le triste accident qui me
l'a fait perdre, vous ne m'auriez jamais
reveuë. En mesme temps, je luy appris
que D. Alvar avoit esté tüé par des voleurs ; qu'ensuite on m'avoit menée dans
un soûterrain. Je racontay tout le reste,
& lorsque j'eus achevé de parler, Don
Ambrosio me tendit la main. C'est assez, me dit-il tendrement ; je cesse de
me plaindre de vous. Hé dois-je en effet
vous faire des reproches ? vous retrou-
vez un époux cheri : vous m'abandonnez pour le suivre : puis-je blasmer cette
conduite ? non, Madame, j'aurois tort
d'en murmurer. Aussi je n'ay point voulu
qu'on vous poursuivist. Je respectois dans
vostre ravisseur ses droits sacrez & le
penchant mesme que vous aviez pour

huy. Enfin, je vous fais justice & par
vostre retour icy vous regagnez toute
ma tendresse. Ouy, ma chere Mencia,
vostre présence me comble de joye ;
mais, helas, je n'en joüiray pas long-
temps. Je sens approcher ma derniere
heure. A peine m'estes - vous renduë,
qu'il faut vous dire un éternel adieu. A
ces paroles touchantes, mes pleurs redoublerent. Je ressentis & fis éclater
une affliction immoderée. Je doute que
la mort de D. Alvar que j'adorois m'ait
fait verser plus de larmes. D. Ambrosio
n'avoit pas un faux pressentiment de sa
mort ; il mourut dés le lendemain & je
demeuray maitresse du bien considerable
dont il m'avoit avantagée en m'epou-
sant. Je n'en pretends pas faire un mauvais usage. On ne me verra point, quoyque je sois jeune encore, passer dans les
bras d'un troisiéme epoux. Outre que
cela ne convient, ce me semble, qu'à
des femmes sans pudeur & sans delica-
tesse, je vous diray que je n'ay plus de
goust pour le monde. Je veux finir mes
jours dans ce Convent & en devenir une
bienfactrice.

Tel fut le discours que me tint
D. Mencia. Puis elle tira de dessous sa

robe une bourfe qu'elle me mit entre les
mains en me difant : Voila cent ducats
que je vous donne feulement pour vous
faire habiller. Revenez me voir aprés
cela. Je n'ay pas deffein de borner ma
reconnoiffance à fi peu de chofe. Je rendis mille graces à la Dame & luy juray
que je ne fortirois point de Burgos,
fans prendre congé d'elle. Enfuite de ce
ferment, que je n'avois pas envie de violer, j'allay chercher une hoftellerie. J'entray dans la premiere que je rencontray.
Je demanday une chambre, & pour prévenir la mauvaife opinion que ma fou-
quenille pouvoit encore donner de moy,
je dis à l'hofte que tel qu'il me voyoit,
j'eftois en eftat de bien payer mon gifte.
A ces mots, l'hofte appellé Majuelo,
grand railleur de fon naturel, me par-
courant des yeux depuis le haut jufqu'en
bas, me repondit d'un air froid & malin, qu'il n'avoit pas befoin de cette affurance pour eftre perfuadé que je ferois
beaucoup de depenfe chez luy : qu'au
travers de mon habillement il demefloit
en moy quelque chofe de noble & qu'enfin il ne doutoit pas que je ne fuffe un
Gentilhomme fort aifé. Je vis bien que
le traiftre me railloit, & pour mettre

fin tout à coup à ſes plaiſanteries, je luy
montray ma bourſe. Je comptay meſme
devant luy mes ducats ſur une table, &
je m'apperceus que mes eſpeces le diſ-
poſoient à juger de moy plus favorablement. Je le priay de me faire venir un
tailleur. Il vaut mieux, me dit-il, envoyer chercher un fripier. Il vous ap-
portera toute ſorte d'habits & vous ſerez habillé ſur le champ. J'approuvay
ce conſeil & reſolus de le ſuivre ; mais
comme le jour eſtoit preſt à ſe fermer,
je remis l'emplette au lendemain & je ne
ſongeay qu'à bien ſouper, pour me de-
dommager des mauvais repas que j'a-
vois faits depuis ma ſortie du ſoûterrain.

CHAPITRE XV.

De quelle façon s'habilla Gil Blas,
du nouveau preſent qu'il receut de la
Dame & dans quel équipage il par-
tit de Burgos.

ON me ſervit une copieuſe fricaſ-
ſée de pieds de mouton que je mangeay preſque toute entière. Je bus à proportion. Puis je me couchay. J'avois un

affez bon lit & j'efperois qu'un profond
fommeil ne tarderoit guere à s'emparer de
mes fens. Je ne pus toutefois fermer l'œil.
Je ne fis que refver à l'habit que je devois prendre. Que faut-il que je faffe,
difois-je ? fuivrai-je mon premier deffein ? acheterai-je une foutañelle pour aller à Salamanque chercher une place de
précepteur ? pourquoy m'habiller en licencié ? ai-je envie de me confacrer à
l'état ecclefiaftique ? y fuis-je entraîné
par mon penchant ? non. Je me fens
mefme des inclinations trés-oppofées à
ce parti-là. Je veux porter l'épée & tâcher de faire fortune dans le monde.

Je me refolus à prendre un habit de
cavalier. J'attendis le jour avec la derniere impatience, & fes premiers rayons
ne frapperent pas plûtoft mes yeux, que
je me levay. Je fis tant de bruit dans
l'hoftellerie, que je reveillay tous ceux
qui dormoient. J'appellay les valets qui
eftoient encore au lit & qui ne repondirent à ma voix qu'en me chargeant de
maledictions. Ils furent pourtant obligez
de fe lever & je ne leur donnay point de
repos, qu'ils ne m'euffent fait venir un
fripier. J'en vis bien-toft paroiftre un
qu'on m'amena. Il eftoit fuivi de deux

garçons qui portoient chacun un gros
paquet de toile verte. Il me salua fort civilement & me dit : Seigneur Cavalier,
vous estes bien-heureux qu'on se soit
addressé à moy plutost qu'à un autre. Je
ne veux point ici décrier mes confreres.
A Dieu ne plaise que je fasse le moindre
tort à leur reputation ! mais, entre nous,
il n'y en a pas un qui ait de la conscience. Ils sont tous plus durs que des Juifs.
Je suis le seul fripier qui ait de la morale.
Je me borne à un profit raisonnable. Je
me contente de la livre pour sol ; je veux
dire du sol pour livre. Graces au Ciel,
j'exerce rondement ma profession.

 Le fripier, aprés ce préambule, que
je pris sottement au pied de la lettre, dit
à ses garçons de défaire leurs paquets.
On me montra des habits de toute sorte
de couleurs. On m'en fit voir plusieurs
de drap tout uni. Je les rejettay avec
mépris, parce que je les trouvay trop
modestes ; mais ils m'en firent essayer un
qui sembloit avoir esté fait exprés pour
ma taille, & qui m'éblouït, quoy qu'il
fust un peu passé. C'estoit un pourpoint
à manches tailladées avec un haut-de-
chausses & un manteau. Le tout de velours bleu & brodé d'or. Je m'attachay

à celuy-là & je le marchanday. Le fripier, qui s'apperceut qu'il me plaisoit,
me dit que j'avois le goust delicat. Vive
Dieu, s'écria-t-il, on voit bien que vous
vous y connoissez. Apprenez que cet habit a esté fait pour un des plus grands
Seigneurs du Royaume, qui ne l'a pas
porté trois fois. Examinez-en le velours.
Il n'y en a point de plus beau ; & pour
la broderie, avoüez que rien n'est mieux
travaillé. Combien, luy di-je, voulez-
vous le vendre ? Soixante ducats, repondit-il. Je les ay refusez, ou je ne suis pas
honneste homme.   L'alternative estoit
convaincante. J'en offris quarante-cinq.
Il en valoit peut-estre la moitié. Seigneur Gentilhomme, reprit froidement
le fripier, je ne surfais point. Je n'ay
qu'un mot. Tenez, continua-t-il en me
présentant les habits que j'avois rebutez,
prenez ceux-cy. Je vous en feray meilleur marché. Il ne faisoit qu'irriter par
là l'envie que j'avois d'acheter celuy que
je marchandois ; & comme je m'imaginay qu'il ne vouloit rien rabattre, je luy
comptay soixante ducats. Quand il vit
que je les donnois si facilement, je croy
que, malgré sa morale, il fut bien fâché
de n'en avoir pas demandé davantage.

Assez satisfait pourtant d'avoir gagné la livre pour sol, il sortit avec ses garçons que je n'avois pas oubliez.

J'avois donc un manteau, un pourpoint & un haut-de-chausses fort propres. Il fallut songer au reste de l'habillement. Ce qui m'occupa toute la matinée. J'achetay du linge, un chapeau, des bas de soye, des souliers & une épée. Aprés quoy, je m'habillay. Quel plaisir j'avois de me voir si bien équippé ! Mes yeux ne pouvoient, pour ainsi dire, se rassasier de mon ajustement. Jamais paon n'a regardé son plumage avec plus de complaisance. Dés ce jour-là, je fis une seconde visite à Doña Mencia, qui me receut encore d'un air trés-gracieux. Elle me remercia de nouveau du service que je luy avois rendu. Là-dessus, grands complimens de part & d'autre. Puis me souhaitant toute sorte de prosperitez, elle me dit adieu & se retira sans me donner rien autre chose qu'une bague de trente pistoles, qu'elle me pria de garder pour me souvenir d'elle.

Je demeuray bien sot avec ma bague. J'avois compté sur un présent plus considerable. Ainsi, peu content de la generosité de la Dame, je regagnay mon

hoſtellerie en reſvant ; mais comme j'y
entrois, il y arriva un homme qui marchoit ſur mes pas, & qui tout à coup ſe
debataſſant de ſon manteau qu'il avoit
ſur le nez, laiſſa voir un gros ſac qu'il
portoit ſous l'aiſſelle. A l'apparition du
ſac qui avoit tout l'air d'eſtre plein d'eſpeces, j'ouvris de grands yeux, auſſi bien
que quelques perſonnes qui eſtoient pré-
ſentes, & je crus entendre la voix d'un
Seraphin, lorſque cet homme me dit en
poſant le ſac ſur une table : Seigneur
Gil Blas, voila ce que Madame la Marquiſe vous envoye. Je fis de profondes
reverences au porteur. Je l'accablay de
civilitez & dés qu'il fut hors de l'hoſtellerie, je me jettay ſur le ſac comme un
faucon ſur ſa proye & l'emportay dans
ma chambre. Je le deliay ſans perdre de
temps & j'y trouvay mille ducats. J'a-
chevois de les compter, quand l'hoſte
qui avoit entendu les paroles du porteur,
entra pour ſçavoir ce qu'il y avoit dans
le ſac. La veuë de mes eſpeces étalées
ſur une table le frappa vivement. Comment diable, s'ecria-t-il, voila bien de
l'argent. Il faut, pourſuivit-il en ſouriant
d'un air malicieux, que vous ſçachiés
tirer bon parti des femmes. Il n'y a pas

vingt-quatre heures que vous estes à Burgos & vous avez deja des Marquises
fous contribution.

Ce difcours ne me deplut point. Je
fus tenté de laiffer Majuelo dans fon erreur. Je fentois qu'elle me faifoit plaifir.
Je ne m'étonne pas fi les jeunes gens aiment à paffer pour hommes à bonnes-
fortunes. Cependant l'innocence de mes
mœurs l'emporta fur ma vanité. Je
defabufay mon hofte. Je luy contay l'hiftoire de D. Mencia, qu'il écouta fort attentivement. Je luy dis enfuite l'eftat de
mes affaires ; & comme il paroiffoit entrer dans mes interefts, je le priay de
m'aider de fes confeils. Il refva quelque
temps ; puis il me dit d'un air ferieux :
Seigneur Gil Blas, j'ay de l'inclination
pour vous ; & puifque vous avez affez
de confiance en moy pour me parler à
cœur ouvert, je vais vous dire fans flate-
rie à quoy je vous croy propre. Vous me
femblez né pour la Cour. Je vous confeille d'y aller & de vous attacher à quelque grand Seigneur. Mais tâchez de vous
mefler de fes affaires où d'entrer dans fes
plaifirs. Autrement, vous perdrez voftre
temps chez luy. Je connois les Grands.
Ils comptent pour rien le zele & l'atta-

chement d'un honneste-homme. Ils ne
se soucient que des personnes qui leur
font necessaires. Vous avez encore une
ressource, continua-t-il ; vous estes jeune, bienfait, & quand vous n'auriez pas
d'esprit, c'est plus qu'il n'en faut pour
entester une riche veuve ou quelque jolie femme mal mariée. Si l'amour ruine
des hommes qui ont du bien, il en fait
souvent subsister d'autres qui n'en ont
pas. Je suis donc d'avis que vous alliez
à Madrid ; mais il ne faut pas que vous
y paroissiez sans suite. On juge là comme ailleurs sur les apparences & vous n'y
serez considéré qu'à proportion de la figure qu'on vous verra faire. Je veux
vous donner un valet ; un domestique
fidelle ; un garçon sage ; en un mot, un
homme de ma main. Achetez deux mules, l'une pour vous, l'autre pour luy,
& partez le plutost qu'il vous sera possible.

Ce conseil estoit trop de mon goust,
pour ne le pas suivre. Dés le lendemain,
j'achetay deux belles mules & j'arrestay
le valet dont on m'avoit parlé. C'estoit
un garçon de trente ans qui avoit l'air
simple & devot. Il me dit qu'il estoit du
Royaume de Galice & qu'il se nommoit
Am-

Ambroiſe de Lamela. Au lieu que les autres domeſtiques ſont fort intereſſez ; celuy-cy ne ſe ſoucioit point de gagner de bons gages. Il me témoigna meſme qu'il eſtoit homme à ſe contenter de ce que je voudrois bien avoir la bonté de luy donner. J'achetay auſſi des bottines avec une valiſe pour ſerrer mon linge & mes ducats. Enſuite je ſatisfis mon hoſte, & le jour ſuivant je partis de Burgos avant l'aurore pour aller à Madrid.

CHAPITRE XVI.

Qui fait voir qu'on ne doit pas trop compter ſur la proſperité.

NOus couchames à Dueñas la premiere journée, & nous arrivames la ſeconde à Valladolid ſur les quatre heures aprés midy. Nous deſcendimes à une hoſtellerie qui me parut devoir eſtre une des meilleures de la ville. Je laiſſay le ſoin des mules à mon valet & montay dans une chambre où je fis porter ma valiſe par un garçon du logis. Comme je me ſentois un peu fatigué, je me jettay ſur mon lit ſans oſter mes bottines & je

Tome I. K

m'endormis insensiblement. Il estoit presque nuit, lorsque je me reveillay. J'appellay Ambroise. Il ne se trouva point
dans l'hostellerie, mais il arriva bien-
tost. Je luy demanday d'où il venoit:
il me repondit, d'un air pieux, qu'il sortoit d'une Eglise où il estoit allé remercier le Ciel de nous avoir préservez de
tout mauvais accident depuis Burgos jusqu'à Valladolid. J'approuvay son action.
Ensuite, je luy ordonnay de faire mettre
à la broche un poulet pour mon souper.

Dans le temps que je luy donnois cet
ordre, mon hoste entra dans ma chambre un flambeau à la main. Il éclairoit
une Dame qui me parut plus belle que
jeune & trés-richement vétuë. Elle s'appuyoit sur un vieil Ecuyer & un petit
More luy portoit la queuë. Je ne fus
pas peu surpris, quand cette Dame, aprés
m'avoir fait une profonde reverence,
me démanda si par hazard je n'estois
point le Seigneur Gil Blas de Santillane?
Je n'eus pas sitost repondu qu'ouy,
qu'elle quitta la main de son Ecuyer pour
venir m'embrasser avec un transport de
joye qui redoubla mon étonnement. Le
Ciel, s'écria-t-elle, soit à jamais beni
de cette avanture ! C'est vous, Seigneur

Cavalier, c'eſt vous que je cherche. A
ce debut , je me reſſouvins du paraſite de
Peñaflor , & j'allois ſoupçonner la Dame
d'eſtre une franche avanturiere ; mais ce
qu'elle ajouta m'en fit juger plus avanta-
geuſement. Je ſuis, pourſuivit-elle , couſine germaine de Doña Mencia de Moſ-
quera, qui vous a tant d'obligation. J'ay
receu ce matin une lettre de ſa part. Elle
me mande qu'ayant appris que vous alliez à Madrid, elle me prie de vous bien
regaler , ſi vous paſſez par icy. Il y a
deux heures que je parcours toute la ville.
Je vais d'hoſtellerie en hoſtellerie m'informer des étrangers qui y ſont , & j'ay
jugé ſur le portrait que voſtre hoſte m'a
fait de vous que vous pouviez eſtre le liberateur de ma couſine. Ah puiſque je
vous ay rencontré , continua-t-elle , je
veux vous faire voir combien je ſuis ſenſible aux ſervices qu'on rend à ma famille & particulierement à ma chere
couſine. Vous viendrez, s'il vous plaît ,
dés ce moment loger chez moy. Vous y
ferez plus commodément qu'icy. Je voulus m'en défendre & repréſenter à la Dame que je pourrois l'incommoder chez
elle ; mais il n'y eut pas moyen de reſiſter à ſes inſtances. Il y avoit à la porte

de l'hoſtellerie un caroſſe qui nous attendoit. Elle prit ſoin elle - même de faire
mettre ma valiſe dedans, parce qu'il y
avoit, diſoit-elle, bien des fripons à Valladolid. Ce qui n'eſtoit que trop veritable. Enfin je montay en caroſſe avec elle
& ſon vieil Ecuyer & je me laiſſay de
cettte maniere enlever de l'hoſtellerie,
au grand déplaiſir de l'hoſte qui ſe voyoit
par là ſévrer de la dépenſe qu'il avoit
compté que je ferois chez-luy.

Noſtre caroſſe aprés avoir quelque
temps roulé, s'arreſta. Nous en deſcendimes pour entrer dans une aſſez grande
maiſon, & nous montames dans un appartement qui n'eſtoit pas mal propre &
que vingt ou trente bougies éclairoient.
Il y avoit là pluſieurs domeſtiques à qui
la Dame demanda d'abord ſi D. Raphaël
eſtoit arrivé. Ils repondirent que non.
Alors m'addreſſant la parole : Seigneur
Gil Blas, me dit-elle, j'attends mon frere
qui doit revenir ce ſoir d'un chaſteau que
nous avons à deux lieuës d'icy. Quelle
agréable ſurpriſe pour luy de trouver
dans ſa maiſon un homme à qui toute
noſtre famille eſt ſi redevable ! Dans le
moment qu'elle achevoit de parler ainſi,
nous entendimes du bruit & nous appri-

mes en mefme temps qu'il eftoit caufé
par l'arrivée de Don Raphaël. Ce Cavalier parut bien-toſt. Je vis un jeune
homme de belle taille & de fort bon air.
Je fuis ravie de voſtre retour, mon
frere, luy dit la Dame. Vous m'aiderez
à bien recevoir le Seigneur Gil Blas de
Santillane. Nous ne ſçaurions affez reconnoiſtre ce qu'il a fait pour D. Mencia
noſtre parente. Tenez, ajouta-t-elle en
luy préfentant une lettre, lifez ce qu'elle
m'écrit. D. Raphaël ouvrit le billet &
lut tout haut ces mots : *Ma chere Ca-*
mille, le Seigneur Gil Blas de Santil-
lane qui m'a fauvé l'honneur & la vie,
vient de partir pour la Cour. Il paf-
fera fans doute par Valladolid. Je vous
conjure par le fang & plus encore par
l'amitié qui nous unit, de le regaler &
de le retenir quelque temps chez vous.
Je me flatte que vous me donnerez cette
fatisfaction, & que mon liberateur, re-
cevra de vous & de D. Raphaël mon
coufin toute forte de bons traitemens. A
Burgos, voſtre affectionnée coufine Doña
Mencia.

   Comment, s'écria D. Raphaël, aprés
avoir leu la lettre, c'eſt à ce Cavalier
que ma parente doit l'honneur & la vie ?

Ah je rends graces au Ciel de cette heureuſe rencontre! En parlant de cette ſorte,
il s'aprocha de moy & me ſerrant étroi-
tement entre ſes bras : Quelle joye,
pourſuivit-il, j'ay de voir icy le Seigneur
Gil Blas de Santillane. Il n'eſtoit pas beſoin que ma couſine la Marquiſe nous
recommandaſt de vous regaler. Elle n'a-
voit ſeulement qu'à nous mander que
vous deviez paſſer par Valladolid. Cela
ſuffiſoit. Nous ſçavons bien, ma ſœur
Camille & moy, comme il en faut uſer
avec un homme qui a rendu le plus
grand ſervice du monde à la perſonne de
noſtre famille que nous aimons le plus
tendrement. Je répondis le mieux qu'il
me fut poſſible à ces diſcours, qui furent
ſuivis de beaucoup d'autres ſemblables &
entremeſlez de mille careſſes. Aprés quoy,
s'appercevant que j'avois encore mes
bottines, il me les fit oſter par ſes valets.

Nous paſſames enſuite dans une chambre où l'on avoit ſervi. Nous nous
mimes à table, le Cavalier, la Dame
& moy. Ils me dirent cent choſes obligeantes pendant le ſouper. Il ne m'eſ-
chappoit pas un mot qu'ils ne relevaſſent
comme un trait admirable & il falloit

voir l'attention qu'ils avoient tous deux
à me présenter de tous les mets. D. Raphaël beuvoit souvent à la santé de Doña
Mencia. Je suivois son exemple, & il me
sembloit quelquefois que Camille, qui
trinquoit avec nous, me lançoit des regards qui signifioient quelque chose. Je
crus mesme remarquer qu'elle prenoit
son temps pour cela, comme si elle eust
craint que son frere ne s'en apperceust.
Il n'en fallut pas davantage pour me
persuader que la Dame en tenoit, & je
me flattay de profiter de cette découverte, pour peu que je demeurasse à
Valladolid. Cette esperance fut cause
que je me rendis sans peine à la priere
qu'ils me firent de vouloir bien passer
quelques jours chez eux. Ils me remer-
cierent de ma complaisance, & la joye
qu'en temoigna Camille confirma l'opinion que j'avois qu'elle me trouvoit fort
à son gré.

D. Raphaël me voyant determiné à
faire quelque sejour chez luy, me pro-
posa de me méner à son chasteau. Il
m'en fit une description magnifique &
me parla des plaisirs qu'il prétendoit m'y
donner. Tantost, disoit-il, nous pren-
drons le divertissement de la chasse,

tantoſt celuy de la peſche ; & ſi vous aimez la promenade, nous avons des bois &
des jardins delicieux. D'ailleurs, nous aurons bonne compagnie. J'eſpere que vous
ne vous ennuyerez point. J'acceptay la
propoſition & il fut reſolu que nous irions
à ce beau chaſteau dés le jour ſuivant.
Nous nous levames de table en formant
un ſi agréable deſſein. Don Raphaël en
parut tranſporté de joye. Seigneur Gil
Blas, dit-il en m'embraſſant, je vous
laiſſe avec ma ſœur. Je vais de ce pas
donner les ordres neceſſaires & faire
avertir toutes les perſonnes que je veux
mettre de la partie. A ces paroles, il
ſortit de la chambre où nous eſtions, &
je continuay de m'entretenir avec la Dame, qui ne dementit point par ſes diſcours les douces œillades qu'elle m'a-
voit jettées. Elle me prit la main & regardant ma bague : Vous avez là, dit-
elle, un diamant aſſez joli. Mais il eſt
bien petit. Vous connoiſſez - vous en
pierreries ? Je repondis que non. J'en
ſuis faehée, reprit-elle ; car vous me
diriez ce que vaut celle-cy. En achevant
ces mots, elle me montra un gros rubis
qu'elle avoit au doigt ; & pendant que je
le conſiderois, elle me dit : Un de mes
oncles,

oncles, qui a esté Gouverneur dans les
habitations que les Espagnols ont aux
Isles Philippines, m'a donné ce rubis.
Les Joüailliers de Valladolid l'estiment
trois cens pistoles. Je le croirois bien,
luy di-je ; je le trouve parfaitement beau.
Puisqu'il vous plaist, repliqua-t-elle, je
veux faire un troc avec vous. Aussitost
elle prit ma bague & me mit la sienne
au petit doigt. Aprés ce troc, qui me parut une maniere galante de faire un present, Camille me serra la main & me regarda d'un air tendre ; puis tout à coup
rompant l'entretien, elle me donna le
bonsoir & se retira toute confuse, comme
si elle eust eu honte de me faire trop connoistre ses sentimens.

Quoyque galant des plus novices, je
sentis tout ce que cette retraite précipi-
tée avoit d'obligeant pour moy ; & je
jugeay que je ne passerois point mal le
temps à la campagne. Plein de cette idée
flateuse & de l'estat brillant de mes affaires, je m'enfermay dans la chambre
où je devois coucher, aprés avoir dit à
mon valet de me venir reveiller de bonne
heure le lendemain. Au lieu de songer
à me reposer, je m'abandonnay aux reflexions agréables que ma valise qui es-

Tome I. L

toit sur une table & mon rubis m'inspirerent. Graces au Ciel, disois-je, si j'ay
esté malheureux, je ne le suis plus. Mille
ducats d'un costé ; une bague de trois
cens pistoles de l'autre : me voila pour
long-temps en fonds. Majuelo ne m'a
point flatté. Je le vois bien. J'enflam-
meray milles femmes à Madrid, puisque
j'ay plû si facilement à Camille. Les bontez de cette genereuse Dame se présen-
toient à mon esprit avec tous leurs charmes, & je goûtois aussi par avance les
divertissemens que D. Raphaël me préparoit dans son chasteau. Cependant parmi tant d'images de plaisir, le sommeil
ne laissa pas de venir repandre sur moy
ses pavots. Dés que je me sentis assoupir,
je me deshabillay & me couchay.

Le lendemain matin, lorsque je me
reveillay, je m'apperceus qu'il estoit
déja tard. Je fus assez surpris de ne pas
voir paroistre mon valet, aprés l'ordre
qu'il avoit receu de moy. Ambroise,
di-je en moy - même, mon fidelle Ambroise est à l'Eglise, ou bien il est aujour-
d'huy fort paresseux. Mais je perdis bien-
tost cette opinion de luy pour en prendre
une plus mauvaise ; car m'estant levé,
& ne voyant plus ma valise, je le soup-

çonnay de l'avoir volée pendant la nuit.
Pour éclaircir mes soupçons, j'ouvris la
porte de ma chambre & j'appellay l'hypocrite à plusieurs reprises. Il vint à ma
voix un vieillard, qui me dit : Que souhai-
tez-vous, Seigneur ? tous vos gens sont
sortis de ma maison avant le jour. Comment de vostre maison, m'écriai-je? Est-ce
que je ne suis pas icy chez Don Raphaël?
Je ne sçay ce que c'est que ce Cavalier,
dit-il. Vous estes dans un hostel garni &
j'en suis l'hoste. Hier au soir, une heure
avant vostre arrivée, la Dame qui a
soupé avec vous vint icy & arresta cet
appartement pour un grand-Seigneur,
disoit-elle, qui voyage *incognito*. Elle
m'a mesme payé d'avance.

Je fus alors au fait. Je sceus ce que
je devois penser de Camille & de D. Raphaël ; & je compris que mon valet ayant
une entiere connoissance de mes affaires,
m'avoit vendu à ces fourbes. Au lieu de
n'imputer qu'à moy ce triste incident &
de songer qu'il ne me seroit point arrivé,
si je n'eusse pas eu l'indiscretion de m'ouvrir à Majuelo sans necessité, je m'en
pris à la fortune innocente & maudis cent
fois mon étoile. Le maistre de l'hostel
garni, à qui je contay l'avanture qu'il

sçavoit peut-estre aussi bien que moy ;
se montra sensible à ma douleur. Il me
plaignit & me témoigna qu'il estoit très-
mortifié de ce que cette scene se fust passée chez luy ; mais je croy, malgré ses
demonstrations, qu'il n'avoit pas moins
de part à cette fourberie, que mon hoste
de Burgos, à qui j'ay toûjours attribüé
l'honneur de l'invention.

CHAPITRE XVII.

*Quel parti prit Gil Blas aprés l'avan-
ture de l'hostel garni.*

LOrsque j'eus bien deploré mon malheur, je fis reflexion qu'au lieu de
ceder à mon chagrin, je devois plûtost
me roidir contre mon mauvais sort. Je
rappellay mon courage, & pour me consoler, je disois en m'habillant : Je suis
encore trop heureux que les fripons
n'ayent pas emporté mes habits & quelques ducats que j'ay dans mes poches. Je
leur tenois compte de cette discretion.
Ils avoient mesme esté assez genereux
pour me laisser mes bottines, que je donnay à l'hoste pour un tiers de ce qu'elles

m'avoient cousté. Enfin, je sortis de l'hostel garni, sans avoir, Dieu mercy, besoin de personne pour porter mes hardes. La premiere chose que je fis, fut
d'aller voir si mes mules ne seroient pas
dans l'hostellerie où j'estois descendu le
jour précedent. Je jugeois bien qu'Ambroise ne les y avoit pas laissées, & plust
au Ciel que j'eusse toûjours jugé aussi
sainement de luy. J'appris que dés le soir
mesme, il avoit eu soin de les en retirer.
Ainsi, comptant de ne les plus revoir
non plus que ma valise, je marchois
tristement dans les ruës en resvant au
parti que je devois prendre. Je fus tenté
de retourner à Burgos pour avoir encore une fois recours à Doña Mencia ;
mais considerant que ce seroit abuser
des bontez de cette Dame & que d'ailleurs je passerois pour une beste, j'abandonnay cette pensée. Je juray bien aussi
que dans la suite je serois en garde contre les femmes. Je me serois alors défié
de la chaste Suzanne. Je jettois de temps
en temps les yeux sur ma bague, & quand
je venois à songer que c'estoit un présent
de Camille, j'en soupirois de douleur. Helas, disois-je en moy-mesme, je ne me
connois point en rubis ; mais je connois

les gens qui les troquent. Je ne croy pas qu'il ſoit neceſſaire que j'aille chez un Joüaillier pour eſtre perſuadé que je ſuis un ſot.

Je ne laiſſay pas toutefois de vouloir m'éclaircir de ce que valoit ma bague & je l'allay montrer à un lapidaire qui l'eſtima trois ducats. A cette eſtimation, quoy-qu'elle ne m'étonnaſt point, je donnay au diable la niece du Gouverneur des Iſles Philippines, ou plûtoſt je ne fis que luy en renouveller le don. Comme je ſortois de chez le lapidaire, il paſſa prés de moy un jeune homme qui s'ar-reſta pour me conſiderer. Je ne me le re-mis pas d'abord, bien que je le connuſſe parfaitement. Comment donc, Gil Blas, me dit-il, feignez-vous d'ignorer qui je ſuis? ou deux années ont-elles ſi fort changé le fils du Barbier Nuñez, que vous le méconnoiſſiez? Reſſouvenez-vous de Fabrice voſtre compatriote & voſtre compagnon d'école. Nous avons ſi ſou-vent diſputé chez le Docteur Godinez ſur les univerſaux & les degrez meta-phyſiques.

Je le reconnus avant qu'il euſt achevé ces paroles & nous nous embraſſames tous deux avec tranſport. Hé mon ami,

reprit-il ensuite, que je suis ravi de te
rencontrer ! je ne puis t'exprimer la joye
que j'en ressens. ... Mais, poursuivit-il
d'un air surpris, dans quel estat t'offres-
tu à ma veuë ? Vive Dieu, te voila vêtu
comme un Prince ! Une belle épée, des
bas de soye, un pourpoint & un manteau de velours relevez d'une broderie
d'argent. Malpeste ! Cela sent diablement les bonnes fortunes. Je vais parier que quelque vieille femme liberale
te fait part de ses largesses. Tu te trom-
pes, luy di-je ; mes affaires ne sont pas
si florissantes que tu te l'imagines. A
d'autres, repliqua-t-il, à d'autres. Tu
veux faire le discret. Et ce beau rubis
que je vous vois au doigt, Monsieur
Gil Blas, d'où vous vient-il, s'il vous
plaist ? Il me vient, luy reparti-je, d'u-
ne franche friponne. Fabrice, mon cher
Fabrice, bien loin d'estre la cocluche
dés femmes de Valladolid, appren, mon
ami, que j'en suis la duppe.

Je prononçay ces dernieres paroles
si tristement, que Fabrice vit bien qu'on
m'avoit joüé quelque tour. Il me pressa
de luy dire pourquoy je me plaignois
ainsi du beau sexe. Je me resolus sans
peine à contenter sa curiosité ; mais

L iiij

comme j'avois un affez long recit à faire, & que d'ailleurs nous ne voulions
pas nous féparer fitoft, nous entrames
dans un cabaret pour nous entretenir
plus commodément. Là, je luy contay
en dejeufnant tout ce qui m'eftoit arrivé depuis ma fortie d'Oviedo. Il trouva mes avantures affez bizarres, &
aprés m'avoir temoigné qu'il prenoit
beaucoup de part à la fafcheufe fituation
où j'eftois, il me dit : Il faut fe con-
foler, mon enfant, de tous les malheurs de la vie. Un homme d'efprit
eft-il dans la mifere ? il attend avec patience un temps plus heureux. Jamais,
comme dit Ciceron, il ne doit fe laiffer
abattre jufqu'à ne fe plus fouvenir qu'il
eft homme. Pour moy, je fuis de ce
caractere-là. Mes difgraces ne m'ac-
cablent point. Je fuis toûjours au deffus de la mauvaife fortune. Par exemple, j'aimois une fille de famille d'O-
viedo. J'en eftois aimé. Je la demanday
en mariage à fon pere. Il me la refufa.
Un autre en feroit mort de douleur :
moy, admire la force de mon efprit,
j'enlevay la petite perfonne. Elle eftoit
vive, étourdie, coquette ; le plaifir par
confequent la determinoit toûjours au

préjudice du devoir. Je la promenay
pendant six mois dans le Royaume de
Galice ; de là, comme je l'avois mise
dans le goust de voyager, elle eut envie d'aller en Portugal ; mais elle prit
un autre compagnon de voyage. Autre
sujet de desespoir. Je ne succombay
point encore sous le poids de ce nouveau malheur ; & plus sage que Me-
nelas, au lieu de m'armer contre le Pâ-
ris qui m'avoit soufflé mon Helene,
je luy sceus bon gré de m'en avoir défait. Aprés cela, ne voulant plus retourner dans les Asturies, pour éviter
toute discution avec la justice, je m'a-
vançay dans le Royaume de Leon, de-
pensant de ville en ville l'argent qui
me restoit de l'enlevement de mon in-
fante ; car nous avions tous deux fait
nostre main en partant d'Oviedo. J'arrivay à Palencia avec un seul ducat, sur
quoy je fus obligé d'acheter une paire
de souliers. Le reste ne me mena pas
bien loin. Ma situation devint embaras-
sante. Je commençois déja mesme à
faire diette. Il fallut promptement prendre un parti. Je resolus de me mettre
dans le service. Je me plaçay d'abord
chez un gros marchand de drap qui

avoit un fils libertin. J'y trouvay un
afile contre l'abstinence, & en mefme
temps un grand embarras. Le pere m'ordonna d'épier son fils : le fils me pria
de l'aider à tromper son pere. Il falloit opter. Je préferay la priere au
commandement & cette préference me
fit donner mon congé. Je paffay enfuite au service d'un vieux peintre, qui
voulut par amitié m'enseigner les principes de son art ; mais en me les montrant il me laiffoit mourir de faim. Cela
me degoufta de la peinture & du fé-
jour de Palencia. Je vins à Valladolid,
où par le plus grand bonheur du monde, j'entray dans la maison d'un Ad-
miniftrateur de l'Hofpital. J'y demeure
encore & je fuis charmé de ma condition. Le Seigneur Manuel Ordoñez
mon maiftre eft un homme d'une pieté
profonde. Il marche toûjours les yeux
baiffez avec un gros rofaire à la main.
On dit que dés fa jeuneffe n'ayant en
veuë que le bien des pauvres, il s'y eft
attaché avec un zele infatiguable. Auffi
fes foins ne font-ils pas demeurez fans
recompenfe. Tout luy a profperé. Quelle
benediction ? en faifant les affaires des
pauvres, il s'eft enrichi.

Quand Fabrice m'eut tenu ce difcours, je luy dis : Je fuis bien aife que
tu fois fatisfait de ton fort ; mais, entre nous, tu pourrois, ce me femble,
faire un plus beau rolle dans le monde. Tu n'y penfes pas, Gil Blas, me
repondit-il. Sçache que pour un homme de mon humeur, il n'y a point de
fituation plus agréable que la mienne.
Le métier de laquais eft penible, je l'a-
voüe, pour un imbecille ; mais il n'a
que des charmes pour un garçon d'efprit. Un genie fuperieur qui fe met en
condition, ne fait pas fon fervice ma-
teriellement comme un nigaud. Il entre
dans une maifon, pour commander plûtoft que pour fervir. Il commence par
étudier fon maiftre. Il fe prefte à fes
defauts, gagne fa confiance & le mene
enfuite par le nez. C'eft ainfi que je
me fuis conduit chez mon Adminiftra-
teur. Je connus d'abord le pelerin. Je
m'apperceus qu'il vouloit paffer pour
un faint perfonnage. Je feignis d'en eftre la duppe. Cela ne coufte rien. Je
fis plus. Je le copiay, & joüant devant luy le mefme rolle qu'il fait devant les autres, je trompay le trompeur & je fuis devenu peu à peu fon

factoton. J'espere que quelque jour je
pourray sous ses auspices me mesler des
affaires des pauvres. Je feray peut-estre
fortune aussi, car je me sens autant d'a-
mour que luy pour leur bien.

Voila de belles esperances, repri-je,
mon cher Fabrice ; & je t'en felicite.
Pour moy, je reviens à mon premier
dessein. Je vais convertir mon habit
brodé en soutanelle, me rendre à Salamanque, & là me rangeant sous les
drapeaux de l'Université, remplir l'employ de Précepteur. Beau projet, s'e-
cria Fabrice ! l'agreable imagination !
Quelle folie de vouloir à ton âge te
faire pedant ? Sçais-tu bien, malheureux, à quoy tu t'engages en prenant
ce parti ? Sitost que tu seras placé,
toute la maison t'observera. Tes moindres actions seront scrupuleusement
examinées. Il faudra que tu te con-
traignes sans cesse. Que tu te pares
d'un exterieur hypocrite & paroisses
posseder toutes les vertus. Tu n'auras
presque pas un moment à donner à tes
plaisirs. Censeur éternel de ton écolier, tu passeras les journées à luy enseigner le Latin & à le reprendre quand
il dira ou fera des choses contre la bien-

séance. Aprés tant de peine & de contrainte, quel sera le fruit de tes soins ? Si le petit Gentilhomme est un mauvais sujet, on dira que tu l'auras mal élevé ; & les parens te renvoyeront sans recompense. Peut-estre mesme sans te payer tes appointemens. Ne me parle donc point d'un poste de Précepteur. C'est un Benefice à charge d'ames. Mais parle-moy de l'employ d'un laquais. C'est un Benefice simple qui n'engage à rien. Un maistre a-t-il des vices ? le génie superieur qui le sert, les flatte & souvent mesme les fait tourner à son profit. Un valet vit sans inquietude dans une bonne maison. Aprés avoir bû & mangé tout son saoul, il s'endort tranquillement comme un enfant de famille, sans s'embarasser du boucher ni du boulanger.

Je ne finirois point, mon enfant, poursuivit-il, si je voulois dire tous les avantages des valets. Croy-moy, Gil Blas, perds pour jamais l'envie d'estre Précepteur, & sui mon exemple. Ouy, mais Fabrice, luy reparti-je, on ne trouve pas tous les jours des Administrateurs ; & si je me resolvois à servir, je voudrois du moins n'estre pas mal placé. Oh tu as raison, me dit-il, & j'en

fais mon affaire. Je te reponds d'une bonne condition, quand ce ne feroit que pour
arracher un galant homme à l'Univerfité.

La prochaine mifere dont j'eftois
menacé, & l'air fatisfait qu'avoit Fabrice me perfuadant plus que fes rai-
fons, je me déterminay à me mettre
dans le fervice. Là-deffus, nous fortimes du cabaret & mon compatriote
me dit : Je vais de ce pas te conduire
chez un homme à qui s'addreffent la
plufpart des laquais qui font fur le pa-
vé. Il a des grifons qui l'informent de
tout ce qui fe paffe dans les familles. Il
fçait où l'on a befoin de valets & il tient
un regiftre exact non feulement des places vacantes, mais mefme des bonnes &
des mauvaifes qualitez des maiftres. C'eft
un homme qui a efté Frere dans je ne
fçay quel Convent de Religieux. Enfin,
c'eft luy qui m'a placé.

En nous entretenant d'un bureau
d'addreffe fi fingulier, le fils du Barbier Nuñes me mena dans un cul de
fac. Nous entrâmes dans une petite
maifon, où nous trouvames un homme de cinquante ans, qui écrivoit fur
une table. Nous le faluames, affez ref-
pectueufement mefme ; mais foit qu'il

fust fier de son naturel, soit que n'ayant
coustume de voir que des laquais & des
cochers, il eust pris l'habitude de recevoir son monde cavalierement, il ne se
leva point. Il se contenta de nous faire
une legere inclination de teste. Il me
regarda pourtant avec attention. Je vis
bien qu'il estoit surpris qu'un jeune
homme en habit de velours brodé voulust devenir laquais. Il avoit plûtost
lieu de penser que je venois luy en demander un. Il ne put toutefois douter
long-temps de mon intention, puisque
Fabrice luy dit d'abord : Seigneur Arias
de Londoña, vous voulez bien que je
vous présente le meilleur de mes amis.
C'est un garçon de famille que ses malheurs reduisent à la necessité de servir. Enseignez-luy, de grace, une bonne condition & comptez sur sa reconnoissance. Messieurs, repondit froidement Arias, voila comme vous estes
tous. Avant qu'on vous place, vous
faites les plus belles promesses du monde. Estes-vous bien placez ? vous ne
vous en souvenez plus. Comment donc,
reprit Fabrice ? vous plaignez-vous de
moy ? n'ai-je pas bien fait les choses ? Vous auriez pû les faire encore

mieux , repartit Arias. Voſtre condition vaut un employ de Commis & vous
m'avez payé comme ſi je vous euſſe
mis chez un Auteur. Je pris alors la
parole & dis au Seigneur Arias que pour
luy faire connoiſtre que je n'eſtois pas
un ingrat , je voulois que la reconnoiſſance précedaſt le ſervice. En meſme temps , je tiray de mes poches deux
ducats que je luy donnay , avec promeſſe de n'en pas demeurer là , ſi je me
voyois dans une bonne maiſon.

Il parut content de mes manieres. J'aime , dit-il , qu'on en uſe de la ſorte avec
moy. Il y a , continua-t-il , d'excellens
poſtes vacans. Je vais vous les nommer &
vous choiſirez celuy qu'il vous plaira. En
achevant ces paroles , il mit ſes lunettes,
ouvrit un regiſtre qui eſtoit ſur la table,
tourna quelques feüillets & commença de
lire dans ces termes : Il faut un láquais
au Capitaine Torbellino , homme emporté , brutal & fantaſque. Il gronde ſans
ceſſe , jure , frappe & le plus ſouvent eſ-
tropie ſes domeſtiques. Paſſons à un autre , m'ecriai-je à ce portrait. Ce Capi-
taine-là n'eſt pas de mon gouſt. Ma vivacité fit ſoûrire Arias , qui pourſuivit ainſi
ſa lecture : Doña Manuela de Sandoval,
Doüai-

Doüairiere furannée, hargneufe & bizarre eft actuellement fans laquais. Elle n'en a qu'un d'ordinaire ; encore ne le peut-elle garder un jour entier. Il y a dans la maifon depuis dix ans un habit qui fert à tous les valets qui entrent de quelque taille qu'ils foient. On peut dire qu'ils ne font que l'effayer ; car il eft encore tout neuf, quoyque deux mille laquais l'ayent porté. Il manque un valet au Docteur Alvar Fañez. C'eft un Medecin Chymifte. Il nourrit bien fes domeftiques, les entretient proprement ; leur donne mefme de gros gages ; mais il fait fur eux l'épreuve de fes remedes. Il y a fouvent des places de laquais à remplir chez cet homme-là.

Oh je le croy bien, interrompit Fabrice en riant. Vive Dieu, vous nous enfeignez là de bonnes conditions. Patience, dit Arias de Londoña. Nous ne fommes pas au bout. Il y a de quoy vous contenter. Là-deffus, il continua de lire de cette forte : Doña Alfonfa de Solis vieille devote qui paffe les deux tiers de la journée dans l'Eglife & veut que fon valet y foit toûjours auprés d'elle, n'a point de laquais depuis trois femaines. Le Licencié Sedillo vieux Chanoine du Chapitre de cette vil-

Tome I. M

le, chaſſa hier au ſoir ſon valet… Alte
là, Seigneur Arias de Londoña, s'écria
Fabrice en cet endroit. Nous nous en tenons à ce dernier poſte. Le Licencié Sedillo eſt des amis de mon maiſtre & je le
connois parfaitement. Je ſçay qu'il a pour
gouvernante une vieille beate, qu'on nomme la Dame Jacinte & qui diſpoſe de tout
chez luy. C'eſt une des meilleures maiſons de Valladolid. On y vit doucement
& l'on y fait trés-bonne chere. D'ailleurs,
le Chanoine eſt un homme infirme, un
vieux goutteux qui fera bien-toſt ſon teſtament. Il y a un legs à eſperer. La charmante perſpective pour un valet. Gil
Blas, ajoûta-t-il, en ſe tournant de mon
coſté, ne perdons point de temps, mon
ami. Allons tout à l'heure chez le Licencié. Je veux te préſenter moy-meſme &
te ſervir de repondant. A ces mots, de
crainte de manquer une ſi belle occaſion,
nous primes bruſquement congé du Seigneur Arias, qui m'aſſura pour mon argent, que ſi cette condition m'échappoit,
je pouvois compter qu'il m'en feroit trouver une auſſi bonne.

Fin du premier Livre.

HISTOIRE
DE
GIL BLAS
DE SANTILLANE.
LIVRE SECOND.

CHAPITRE PREMIER.

Fabrice mene & fait recevoir Gil Blas chez le Licencié Sedillo. Dans quel estat estoit ce Chanoine. Portrait de sa Gouvernante.

NOUS avions si grand-peur d'arriver trop tard chez le vieux Licencié, que nous ne fimes qu'un saut du cul de sac à la maison. Nous en trouvames la porte

M ij

fermée. Nous frappames. Une fille de
dix ans, que la Gouvernante faisoit paſſer pour ſa niece en depit de la mediſan-
ce, vint ouvrir, & comme nous luy de-
mandions ſi l'on pouvoit parler au Chanoine, la Dame Jacinte parut. C'eſtoit
une perſonne déja parvenuë à l'âge de
diſcretion, mais belle encore, & j'admiray particulierement la fraiſcheur de
ſon teint. Elle portoit une longue robe
d'une étoffe de laine la plus commune,
avec une large ceinture de cuir, d'où
pendoit d'un coſté un trouſſeau de clefs,
& de l'autre un chapelet à gros grains.
D'abord que nous l'apperceumes, nous
la ſaluames avec beaucoup de reſpect.
Elle nous rendit le ſalut fort civilement,
mais d'un air modeſte & les yeux baiſſez.

J'ai appris, luy dit mon camarade,
qu'il faut un honneſte garçon au Seigneur Licencié Sedillo & je viens luy en
préſenter un dont j'eſpere qu'il ſera content. La Gouvernante leva les yeux à
ces paroles, me regarda fixement, &
ne pouvant accorder ma broderie avec le
diſcours de Fabrice, elle demanda ſi c'eſtoit moy qui recherchois la place va-
cante. Ouy, luy dit le fils de Nuñez,
c'eſt ce jeune homme. Tel que vous le

voyez, il luy est arrivé des disgraces qui l'obligent à se mettre en condition. Il se consolera de ses malheurs, ajoûta-t-il d'un ton doucereux, s'il a le bonheur d'entrer dans cette maison & de vivre avec la vertueuse Jacinte, qui meriteroit d'estre la gouvernante du Patriarche des Indes. A ces mots, la vieille Beate cessa de me regarder, pour considerer le gracieux personnage qui luy parloit ; & frappée de ses traits qu'elle crut ne luy estre pas inconnus : J'ay une idée confuse de vous avoir veu, luy dit-elle ; aidez-moy à la debroüiller. Chaste Jacinte, luy repondit Fabrice, il m'est bien glorieux de m'estre attiré vos regards. Je suis venu deux fois dans cette maison avec mon maistre le Seigneur Manuel Ordoñez Administrateur de l'Hospital. Hé justement, repliqua la Gouvernante, je m'en souviens & je vous remets. Ah puisque vous appartenez au Seigneur Ordoñez, il faut que vous soyez un garçon de bien & d'honneur. Vostre condition fait vostre eloge & ce jeune homme ne sçauroit avoir un meilleur repondant que vous. Venez, poursuivit-elle, je vais vous faire parler au Seigneur Sedillo. Je croy qu'il sera bien-aise d'avoir un garçon de voſtre main.

Nous ſuivimes la Dame Jacinte. Le
Chanoine eſtoit logé par bas & ſon appartement conſiſtoit en quatre pieces de
plein pied bien boiſées. Elle nous pria
d'attendre un moment dans la premiere
& nous y laiſſa pour paſſer dans la ſeconde où eſtoit le Licencié. Aprés y
avoir demeuré quelque temps en particulier avec luy pour le mettre au fait,
elle vint nous dire que nous pouvions entrer. Nous apperceûmes le vieux poda-
gre enfoncé dans un fauteüil, un oreiller
ſous la teſte, des couſſins ſous les bras
& les jambes appuyées ſur un gros carreau plein de duvet. Nous nous approchames de luy ſans ménager les reverences, & Fabrice portant encore la
parole, ne ſe contenta pas de redire ce
qu'il avoit dit à la Gouvernante, il ſe mit
à vanter mon merite & s'étendit principalement ſur l'honneur que je m'eſtois
acquis chez le Docteur Godinez dans
les diſputes de Philoſophie, comme s'il
euſt fallu que je fuſſe un grand Philoſo-
phe, pour eſtre valet d'un Chanoine. Cependant par le bel eloge qu'il fit de moy,
il ne laiſſa pas de jetter de la poudre aux
yeux du Licencié, qui remarquant d'ail-

leurs que je ne deplaiſois pas à la Dame
Jacinte, dit à mon repondant : L'ami,
je reçois à mon ſervice le garçon que
tu m'amenes. Il me revient aſſez & je
juge favorablement de ſes mœurs, puiſqu'il m'eſt préſenté par un domeſtique
du Seigneur Ordoñez.

D'abord que Fabrice vit que j'eſtois
arreſté, il fit une grande reverence au
Chanoine, une autre encore plus profonde à la Gouvernante, & ſe retira fort
ſatisfait, aprés m'avoir dit tout bas que
nous nous reverrions & que je n'avois
qu'à reſter là. Dés qu'il fut ſorti, le Licencié me demanda comment je m'appellois, pourquoy j'avois quitté ma patrie, & par ſes queſtions il m'engagea
devant la Dame Jacinte à raconter mon
hiſtoire. Je les divertis tous deux, ſur-
tout par le recit de ma derniere avanture. Camille & D. Raphaël leur don-
nérent une ſi forte envie de rire, qu'il en
penſa couſter la vie au vieux goutteux ;
car comme il rioit de toute ſa force, il
luy prit une toux ſi violente, que je crus
qu'il alloit paſſer. Il n'avoit pas encore
fait ſon teſtament, jugez ſi la Gouvernante fut alarmée. Je la vis tremblante,
éperduë courir au ſecours du bon-hom-

me , & faifant ce qu'on fait pour foulager les enfans qui touffent, luy frotter
le front & luy taper le dos. Ce ne fut
pourtant qu'une fauffe alarme. Le vieillard ceffa de touffer & fa Gouvernante
de le tourmenter. Alors je voulus achever mon recit ; mais la Dame Jacinte
craignant une feconde toux, s'y oppofa.
Elle m'emmena mefme de la chambre
du Chanoine dans une garderobbe, où
parmi plufieurs habits eftoit celuy de
mon prédeceffeur. Elle me le fit prendre
& mit à fa place le mien, que je n'eftois
pas fâché de conferver, dans l'efperance
qu'il me ferviroit encore. Nous allâmes
enfuite tous deux préparer le difner.

Je ne parus pas neuf dans l'art de faire
la cuifine. Il eft vray que j'en avois fait
l'heureux apprentiffage fous la Dame
Leonarde, qui pouvoit paffer pour une
bonne cuifiniere. Elle n'eftoit pas toutefois comparable à la Dame Jacinte. Celle-cy l'emportoit peut-eftre fur le cuifi-
nier mefme de l'Archevefque de Tolede.
Elle excelloit en tout. On trouvoit fes bif-
ques exquifes, tant elle fçavoit bien choi-
fir & mefler les fucs de viandes qu'elle
y faifoit entrer, & fes hâchis eftoient af-
faifonnez d'une maniere qui les rendoit
tres-

très-agréables au goust. Quand le dîf-
ner fut prest, nous retournames dans la
chambre du Chanoine, où pendant que
je dreſſois une table auprés de ſon fauteüil, la Gouvernante paſſa ſous le menton du vieillard une ſerviette & la luy
attacha aux épaules. Un moment aprés,
je ſervis un potage qu'on auroit pû preſenter au plus fameux Directeur de Madrid & deux entrées qui auroient eu de
quoy piquer la ſenſualité d'un Viceroy,
ſi la Dame Jacinte n'y euſt pas épargné les épices, de peur d'irriter la
goutte du Licencié. A la veuë de ces
bons plats, mon vieux maiſtre que je
croyois perclus de tous ſes membres,
me montra qu'il n'avoit pas entierement
encore perdu l'uſage de ſes bras. Il s'en
aida pour ſe debaraſſer de ſon oreiller &
de ſes couſſins, & ſe diſpoſa gayement
à manger. Quoyque la main luy trem-
blaſt, elle ne refuſa pas le ſervice. Il la
faiſoit aller & venir aſſez librement, de
façon pourtant qu'il répandoit ſur la
nappe & ſur ſa ſerviette la moitié de
ce qu'il portoit à ſa bouche. J'oſtay la
biſque, lorſqu'il n'en voulut plus, &
j'apportay une perdrix flanquée de deux
cailles roſties que la Dame Jacinte luy

depeça. Elle avoit aussi soin de luy faire boire de temps en temps de grands coups de vin un peu trempé, dans une couppe d'argent large & profonde qu'elle luy tenoit comme à un enfant de quinze mois. Il s'acharna sur les entrées & ne fit pas moins d'honneur aux petits pieds. Quand il se fut bien empiffré, la Beate luy détacha sa serviette, luy remit son oreiller & ses coussins, puis le laissant dans son fauteüil gouster tranquillement le repos qu'on prend d'ordinaire aprés le disner, nous desservîmes & nous allâmes manger à nostre tour.

Voila de quelle maniere disnoit tous les jours nostre Chanoine, qui estoit peut-estre le plus grand mangeur du Chapitre. Mais il soupoit plus legerement. Il se contentoit d'un poulet & de quelques compotes de fruits. Je faisois bonne chere dans cette maison. J'y menois une vie trés-douce. Je n'y avois qu'un desagrément : c'est qu'il me falloit veiller mon maistre & passer la nuit comme un garde-malade. Outre une retention d'urine qui l'obligeoit à demander dix fois par heure son pot de chambre, il estoit sujet à süer, & quand cela arrivoit, je luy changeois de chemise. Gil

Blas, me dit-il dés la seconde nuit, tu
as de l'adresse & de l'activité. Je prévoy que je m'accommoderay bien de ton
service. Je te recommande seulement
d'avoir de la complaisance pour la Dame Jacinte. C'est une fille qui me sert
depuis quinze années avec un zele tout
particulier. Elle a un soin de ma personne,
ne, que je ne puis assez reconnoistre.
Aussi, je te l'avouë, elle m'est plus chere
que toute ma famille. J'ay chassé de
chez moy, pour l'amour d'elle, mon
neveu, le fils de ma propre sœur. Il n'a-
voit aucune consideration pour cette pauvre fille ; & bien loin de rendre justice
à l'attachement sincere qu'elle a pour
moy, l'insolent la traittoit de fausse devote ; car aujourd'huy la vertu ne paroist
qu'hypocrisie aux jeunes gens. Graces
au Ciel, je me suis défait de ce maraud-
là. Je préfere aux droits du sang l'affection qu'on me temoigne, & je ne me
laisse prendre seulement que par le bien
qu'on me fait. Vous avez raison, Monsieur, di-je alors au Licencié. La reconnoissance doit avoir plus de force sur
nous que les loix de la nature. Sans doute, reprit-il ; & mon testament fera bien
voir que je ne me soucie guere de mes

parens. Ma Gouvernante y aura bonne
part, & tu n'y seras point oublié, si tu
continuës comme tu commences à me
servir. Le valet que j'ay mis dehors hier,
a perdu par sa faute un bon legs. Si ce
miserable ne m'eust pas obligé par ses
manieres à luy donner son congé, je
l'aurois enrichi ; mais c'estoit un orgüeilleux qui manquoit de respect à la Dame
Jacinte : un paresseux qui craignoit la
peine. Il n'aimoit point à me veiller &
c'estoit pour luy une chose bien fati-
guante, que de passer les nuits à me soulager. Ah le malheureux, m'ecriai-je,
comme si le genie de Fabrice m'eust in-
spiré ! il ne meritoit pas d'estre auprès
d'un aussi honneste homme que vous.
Un garçon qui a le bonheur de vous ap-
partenir, doit avoir un zele infatiguable.
Il doit se faire un plaisir de son devoir &
ne se pas croire occuppé, lors mesme
qu'il suë sang & eau pour vous.

Je m'apperceus que ces paroles plu-
rent fort au Licencié. Il ne fut pas moins
content de l'assurance que je luy donnay
d'estre toûjours parfaitement soumis aux
volontez de la Dame Jacinte. Voulant
donc passer pour un valet que la fatigue
ne pouvoit rebuter, je faisois mon ser-

vice de la meilleure grace qu'il m'eſtoit
poſſible. Je ne me plaignois point d'eſtre
toutes les nuits ſur pied. Je ne laiſſois
pas pourtant de trouver cela trés-deſa-
gréable, & ſans le legs dont je repaiſ-
ſois mon eſperance, je me ſerois bien-
toſt dégoûté de ma condition. Je me
repoſois, à la verité, quelques heures
pendant le jour. La Gouvernante, je luy
dois cette juſtice, avoit beaucoup d'é-
gard pour moy. Ce qu'il falloit attribuer
au ſoin que je prenois de gagner ſes bonnes graces par des manieres complai-
ſantes & reſpectueuſes. Eſtois-je à table
avec elle & ſa niece qu'on appelloit Ineſille ? je leur changeois d'aſſiettes ; je
leur verſois à boire ; j'avois une attention toute particuliere à les ſervir. Je
m'inſinuay par là dans leur amitié. Un
jour que la Dame Jacinte eſtoit ſortie
pour aller à la proviſion, me voyant
ſeul avec Ineſille, je commençay à l'entretenir. Je luy demanday ſi ſon pere &
ſa mere vivoient encore. Oh que non,
me repondit-elle. Il y a bien long-temps,
bien long-temps qu'ils ſont morts ; car
ma bonne tante me l'a dit, & je ne les
ay jamais veus. Je crus pieuſement la
petite fille, quoyque ſa reponſe ne fuſt

pas categorique, & je la mis si bien en train de parler, qu'elle m'en dit plus que je n'en voulois sçavoir. Elle m'apprit ou plûtost je compris, par les naïvetez qui luy échapperent, que sa bonne tante avoit un bon ami qui demeuroit aussi auprés d'un vieux Chanoine dont il administroit le temporel, & que ces heureux domestiques comptoient d'assembler les dépoüilles de leurs maistres par un hymenée dont ils goustoient les douceurs par avance. J'ay déja dit que la Dame Jacinte, bien qu'un peu surannée, avoit encore de la fraischeur. Il est vray qu'elle n'épargnoit rien pour se conserver. Outre qu'elle prenoit tous les matins un clystere, elle avaloit pendant le jour & en se couchant d'excellens coulis. De plus, elle dormoit tranquillement la nuit, tandis que je veillois mon maistre. Mais ce qui peut-estre contribuoit encore plus que toutes ces choses à luy rendre le teint frais, c'estoit, à ce que me dit Inesille, une fontaine qu'elle avoit à chaque jambe.

CHAPITRE II.

De quelle maniere le Chanoine, estant tombé malade, fut traitté ; ce qu'il en arriva ; & ce qu'il laissa par testament à Gil Blas.

JE servis pendant trois mois le Licencié Sedillo, sans me plaindre des mauvaises nuits qu'il me faisoit passer. Au bout de ce temps-là, il tomba malade. La fievre le prit, & avec le mal qu'elle luy causoit, il sentit irriter sa goutte. Pour la premiere fois de sa vie, qui avoit esté longue, il eut recours aux Medecins. Il demanda le Docteur Sangrado, que tout Valladolid regardoit comme un Hippocrate. La Dame Jacinte auroit mieux aimé que le Chanoine eust commencé par faire son testament. Elle luy en toucha mesme quelques mots ; mais outre qu'il ne se croyoit pas encore proche de sa fin, il avoit de l'opiniâtreté dans certaines choses. J'allay donc chercher le Docteur Sangrado. Je l'amenay au logis. C'estoit un grand homme sec & pasle, & qui depuis quarante ans pour

N iiij

le moins occuppoit le cizeau des Parques.
Ce ſçavant Medecin avoit l'exterieur
grave. Il pezoit ſes diſcours & donnoit
de la nobleſſe à ſes expreſſions. Ses raiſonnemens paroiſſoient géometriques,
& ſes opinions fort ſingulieres.

Aprés avoir obſervé mon maiſtre, il
luy dit d'un air doctoral : Il s'agit icy de
ſuppléer au defaut de la tranſpiration ar-
reſtée. D'autres, à ma place, ordonne-
roient ſans doute des remedes ſalins, uri-
neux , volatils & qui pour la pluſpart
participent du ſouffre & du mercure.
Mais les purgatifs & les ſudorifiques ſont
des drogues pernicieuſes. Toutes les préparations chymiques ne ſemblent faites
que pour nuire. J'employe des moyens
plus ſimples & plus ſeurs. A quelle nourriture, continua-t-il, eſtes-vous accouſtumé ? Je mange ordinairement, repondit le Chanoine, des biſques & des viandes ſucculentes. Des biſques & des viandes ſucculentes, s'écria le Docteur avec
ſurpriſe ! Ah vrayement je ne m'étonne
point ſi vous eſtes malade ! Les mets delicieux ſont des plaiſirs empoiſonnez : ce
ſont des pieges que la volupté tend aux
hommes pour les faire perir plus ſeure-
ment. Il faut que vous renonciez aux

alimens de bon gouſt. Les plus fades
ſont les meilleurs pour la ſanté. Comme
le ſang eſt inſipide, il veut des mets qui
tiennent de ſa nature. Et beuvez-vous
du vin, ajoûta-t-il ? Ouy, dit le Licencié, du vin trempé. Oh trempé, tant
qu'il vous plaira, reprit le Medecin.
Quel déréglement ? voila un regime
épouvantable ! Il y a long-temps que
vous devriez eſtre mort. Quel âge avez-
vous ? J'entre dans ma ſoixante-neuvié-
me année, repondit le Chanoine. Juſtement repliqua le Medecin : une vieilleſſe
anticipée eſt toûjours le fruit de l'intemperance. Si vous n'euſſiez bû que de
l'eau claire toute voſtre vie, & que vous
vous fuſſiez contenté d'une nourriture
ſimple, de pommes cuites, par exemple,
vous ne ſeriez pas préſentement tour-
menté de la goutte, & tous vos membres feroient encore facilement leurs fonctions. Je ne deſeſpere pas toutefois de
vous remettre ſur pied, pourveu que
vous vous abandonniez à mes ordonnances. Le Licencié promit de luy obeïr en
toutes choſes.

Alors Sangrado m'envoya chercher
un Chirurgien qu'il me nomma & fit tirer à mon maiſtre ſix bonnes palettes

de sang ; pour commencer à suppléer
au defaut de la transpiration. Puis il
dit au Chirurgien : Maistre Martin
Oñez , revenez dans trois heures en
faire autant & demain vous recommen-
cerez. C'est une erreur de penser que le
sang soit necessaire à la conservation de
la vie. On ne peut trop saigner un malade. Comme il n'est obligé à aucun mouvement ou exercice considerable, & qu'il
n'a rien à faire que de ne point mourir,
il ne luy faut pas plus de sang pour vivre
qu'à un homme endormi. La vie dans
tous les deux ne consiste que dans le poulx
& dans la respiration. Lorsque le Docteur eut ordonné de frequentes & co-
pieuses saignées , il dit qu'il falloit aussi
donner au Chanoine de l'eau chaude à
tout moment ; assurant que l'eau beuë en
abondance pouvoit passer pour le veritable specifique contre toutes sortes de
maladies. Il sortit ensuite, en disant d'un
air de confiance à la Dame Jacinte & à
moy , qu'il repondoit de la vie du malade , si on le traittoit de la maniere qu'il
venoit de prescrire. La Gouvernante,
qui jugeoit peut-estre autrement que
luy de sa methode, protesta qu'on la sui-
vroit avec exactitude. En effet, nous

mîmes promptement de l'eau à chauffer ;
& comme le Medecin nous avoit recom-
mandé fur toutes chofes de ne la point
épargner, nous en fimes d'abord boire
à mon maiſtre deux ou trois pintes à
longs traits. Une heure aprés, nous reï-
terames ; puis retournant encore de
temps en temps à la charge, nous ver-
fames dans fon eſtomac un deluge d'eau.
D'un autre coſté, le Chirurgien nous fe-
condant par la quantité de fang qu'il
tiroit, nous reduiſimes en moins de deux
jours le vieux Chanoine à l'extremité.

Ce bon Ecclefiaſtique n'en pouvant
plus, comme je voulois luy faire avaler encore un grand verre du ſpecifique,
me dit d'une voix foible : Arreſte, Gil
Blas ; ne m'en donne pas davantage,
mon ami. Je vois bien qu'il faut mourir,
malgré la vertu de l'eau ; & quoyqu'il
me reſte à peine une goutte de fang, je
ne m'en porte pas mieux pour cela. Ce
qui prouve bien que le plus habile Medecin du monde ne ſçauroit prolonger
nos jours, quand leur terme fatal eſt arrivé. Va me chercher un Notaire. Je
veux faire mon teſtament. A ces derniers mots, que je n'eſtois pas faché
d'entendre, j'affectay de paroiſtre fort

trifte, & cachant l'envie que j'avois de
m'acquitter de la commiffion qu'il me
donnoit : Hé mais, Monfieur, luy di-
je, vous n'eftes pas fi bas, Dieu mercy,
que vous ne puiffiez vous relever. Non,
non, repartit-il, mon enfant ; c'en eft
fait. Je fens que la goutte remonte &
que la mort s'approche. Hafte-toy d'aller où je t'ay dit. Je m'apperceus, effectivement, qu'il changeoit à veuë d'œil,
& la chofe me parut fi preffante, que
je fortis vifte pour faire ce qu'il m'or-
donnoit, laiffant auprés de luy la Dame
Jacinte, qui craignoit encore plus que
moy qu'il ne mouruft fans tefter. J'entray dans la maifon du premier Notaire
dont on m'enfeigna la demeure, & le
trouvant chez luy : Monfieur, luy di-je,
le Licencié Sedillo mon maiftre tire à fa
fin. Il veut faire écrire fes dernieres volontez. Il n'y a pas un moment à perdre.
Le Notaire eftoit un petit vieillard gay
qui fe plaifoit à railler. Il me demanda
quel Medecin voyoit le Chanoine. Je luy
repondis que c'eftoit le Docteur Sangrado. A ce nom, prenant brufquement
fon manteau & fon chapeau : Vive Dieu,
s'écria-t-il, partons donc en diligence,
car ce Docteur eft fi expeditif, qu'il ne

donne pas le temps à ſes malades d'appeller des Notaires. Cet homme-là m'a
bien ſoufflé des teſtamens.

En parlant de cette ſorte, il s'em-
preſſa de ſortir avec moy, & pendant
que nous marchions tous deux à grands
pas pour prévenir l'agonie, je luy dis;
Monſieur, vous ſçavez qu'un teſtateur
mourant manque ſouvent de memoire.
Si par hazard mon maiſtre vient à m'oublier, je vous prie de le faire ſouvenir
de mon zele. Je le veux bien, mon enfant, me repondit le petit Notaire. Tu
peux compter là-deſſus. Je l'exhorteray
meſme à te donner quelque choſe de
conſiderable, pour peu qu'il ſoit diſpoſé
à reconnoiſtre tes ſervices. Le Licencié,
quand nous arrivames dans ſa chambre, avoit encore tout ſon bon ſens. La
Dame Jacinte, le viſage baigné de pleurs
de commande, eſtoit auprés de luy. Elle
venoit de joüer ſon rolle & de préparer
le bon-homme à luy faire beaucoup de
bien. Nous laiſſames le Notaire ſeul
avec mon maiſtre & paſſames, elle &
moy, dans l'antichambre, où nous rencontrames le Chirurgien, que le Medecin envoyoit pour faire une nouvelle &
derniere ſaignée. Nous l'arreſtames. At-

tendez, Maiſtre Martin, luy dit la Gouvernante ; vous ne ſçauriez entrer préſentement dans la chambre du Seigneur
Sedillo. Il va dicter ſes dernieres volontez à un Notaire qui eſt avec luy. Vous
le ſaignerez quand il aura fait ſon teſtament.

Nous avions grand-peur, la Beate &
moy, que le Licencié ne mouruſt en teſ-
tant ; mais par bonheur, l'acte qui cau-
ſoit noſtre inquietude ſe fit. Nous vîmes ſortir le Notaire, qui me trouvant
ſur ſon paſſage, me frappa ſur l'épaule &
me dit en ſoûriant : On n'a point oublié
Gil Blas. A ces mots, je reſſentis une
joye toute des plus vives, & je ſceus ſi
bon gré à mon maiſtre de s'eſtre ſouvenu
de moy, que je me promis de bien prier
Dieu pour luy aprés ſa mort, qui ne
manqua pas d'arriver bien-toſt ; car le
Chirurgien l'ayant encore ſaigné, le
pauvre vieillard, qui n'eſtoit déja que
trop affoibli, expira preſque dans le moment. Comme il rendoit les derniers
ſoupirs, le Medecin parut & demeura
un peu ſot, malgré l'habitude qu'il avoit
de depeſcher ſes malades. Cependant loin
d'imputer la mort du Chanoine à la boiſſon & aux ſaignées, il ſortit en diſant

d'un air froid qu'on ne luy avoit pas
tiré assez de sang, ni fait boire assez d'eau
chaude. L'executeur de la haute Medecine, je veux dire le Chirurgien, voyant
aussi qu'on n'avoit plus besoin de son
ministere, suivit le Docteur Sangrado.

Sitost que nous vimes le patron sans
vie, nous fimes, la Dame Jacinte, Ine-
fille & moy, un concert de cris fune-
bres, qui fut entendu de tout le voisinage. La Beate, sur-tout, qui avoit le plus
grand sujet de se réjoüir, poussoit des
accens si plaintifs, qu'elle sembloit estre
la personne du monde la plus touchée. La
chambre en un instant se remplit de gens
moins attirez par la compassion que par
la curiosité. Les parens du defunt n'eurent pas plûtost vent de sa mort, qu'ils
vinrent fondre au logis & faire mettre
le séellé par-tout. Ils trouverent la Gouvernante si affligée, qu'ils crurent d'a-
bord que le Chanoine n'avoit point fait
de testament. Mais ils apprirent bien-
tost qu'il y en avoit un revestu de toutes
les formalitez necessaires, & lorsqu'on
vint à l'ouvrir & qu'ils virent que le tes-
tateur avoit disposé de ses meilleurs effets
en faveur de la Dame Jacinte & de la petite fille, ils firent son oraison funebre

dans des termes peu honorables à ſa memoire. Ils apoſtropherent en meſme
temps la Beate & me donnerent auſſi
quelques loüanges. Il faut avoüer que
je les meritois bien : le Licencié, devant
Dieu ſoit ſon ame, pour m'engager à
me ſouvenir de luy toute ma vie, s'ex-
pliquoit ainſi pour mon compte par un
article de ſon teſtament : *Item, puiſ-*
que Gil Blas eſt un garçon qui a déja
de la litterature, pour achever de le
rendre ſçavant, je luy laiſſe ma biblio-
theque, tous mes livres & mes manu-
ſcrits ſans aucune exception.

J'ignorois où pouvoit eſtre cette pré-
tenduë bibliotheque. Je ne m'eſtois point
apperceu qu'il y en euſt dans la maiſon.
Je ſçavois ſeulement qu'il y avoit quelques papiers avec cinq ou ſix volumes
ſur deux petits ais de ſapin dans le cabinet de mon maiſtre. C'eſtoit là mon legs.
Encore les livres ne me pouvoient-ils eſtre d'une grande utilité. L'un avoit pour
titre : le Cuiſinier parfait ; l'autre traittoit de l'indigeſtion & de la maniere de
la guerir ; & les autres eſtoient les quatre parties du breviaire, que les vers
avoient à demi - rongez. A l'égard des
manuſcrits, le plus curieux contenoit toutes

res les pieces d'un procez que le Chanoine avoit eu autrefois pour sa Prében-
de. Aprés avoir examiné mon legs avec
plus d'attention qu'il n'en meritoit, je
l'abandonnay aux parens qui me l'avoient
tant envié. Je leur remis mesme l'habit
dont j'estois revestu & je repris le mien,
bornant à mes gages le fruit de mes services. J'allay chercher ensuite une autre maison. Pour la Dame Jacinte, outre les sommes qui luy avoient esté le-
guées, elle eut encore de bonnes nippes,
qu'à l'aide de son bon ami, elle avoit de-
tournées pendant la maladie du Licencié.

CHAPITRE III.

Gil Blas s'engage au service du Doc-
teur Sangrado, & devient un
celebre Medecin.

JE resolus d'aller trouver le Seigneur
Arias de Londoña & de choisir dans
son registre une nouvelle condition ; mais
comme j'estois prest d'entrer dans le cul
de sac où il demeuroit, je rencontray le
Docteur Sangrado, que je n'avois point

veu depuis le jour de la mort de mon
maiſtre, & je pris la liberté de le ſalüer.
Il me remit dans le moment, quoyque
j'euſſe changé d'habit, & temoignant quelque joye de me voir : Hé te voila, mon
enfant, me dit-il, je penſois à toy tout à
l'heure. J'ay beſoin d'un bon garçon
pour me ſervir, & je ſongeois que tu
ſerois bien mon fait, ſi tu ſçavois lire
& écrire. Monſieur, luy repondi-je,
ſur ce pied-là je ſuis donc voſtre affaire.
Cela eſtant, reprit-il, tu es l'homme
qu'il me faut. Vien chez moy. Tu n'y
auras que de l'agrément. Je te traitteray
avec diſtinction. Je ne te donneray point
de gages ; mais rien ne te manquera.
J'auray ſoin de t'entretenir proprement,
& je t'enſeigneray le grand art de guerir
toutes les maladies. En un mot, tu ſeras
plûtoſt mon éleve que mon valet.

J'acceptay la propoſition du Docteur,
dans l'eſperance que je pourrois ſous un
ſi ſçavant maiſtre me rendre illuſtre dans
la Medecine. Il me mena chez luy ſur le
champ, pour m'inſtaller dans l'employ
qu'il me deſtinoit, & cet employ conſiſtoit à écrire le nom & la demeure des
malades qui l'envoyoient chercher pendant qu'il eſtoit en ville. Il y avoit pour

cet effet au logis un regiſtre, dans lequel
une vieille ſervante, qu'il avoit pour
tout domeſtique, marquoit les addreſſes ;
mais outre qu'elle ne ſçavoit point l'ortographe, elle écrivoit ſi mal, qu'on ne
pouvoit le plus ſouvent déchiffrer ſon
écriture. Il me chargea du ſoin de tenir
ce livre, qu'on pouvoit juſtement appeller un regiſtre mortuaire, puiſque les
gens dont je prenois les noms mouroient
preſque tous. J'inſcrivois, pour ainſi parler, les perſonnes qui vouloient partir
pour l'autre monde, comme un Commis dans un bureau de voiture publique
écrit le nom de ceux qui retiennent des
places. J'avois ſouvent la plume à la
main, parce qu'il n'y avoit point en ce
temps-là de Medecin à Valladolid plus
accredité que le Docteur Sangrado. Il
s'eſtoit mis en reputation dans le public
par un verbiage ſpecieux ſoûtenu d'un
air impoſant, & par quelques cures heu-
reuſes qui luy avoient fait plus d'honneur qu'il n'en meritoit.

Il ne manquoit pas de pratique, ni
par conſequent de bien. Il n'en faiſoit
pas toutefois meilleure chere. On vivoit
chez luy trés-frugalement. Nous ne
mangions d'ordinaire que des pois, des

feves, des pommes cuites ou du fromage.
Il difoit que ces alimens eftoient les plus
convenables à l'eftomac, comme eftant
les plus propres à la trituration, c'eft à
dire à eftre broyez plus aifément. Neanmoins, bien qu'il les cruft de facile di-
geftion, il ne vouloit point qu'on s'en
raffafiaft. En quoy, certes, il fe montroit
fort raifonnable. Mais s'il nous défen-
doit, à la fervante & à moy, de manger
beaucoup, en recompenfe, il nous per-
mettoit de boire de l'eau à difcretion.
Bien loin de nous prefcrire des bornes
là-deffus, il nous difoit quelquefois : Beuvez, mes enfans. La fanté confifte dans
la foupleffe & l'humectation des parties.
Beuvez de l'eau abondamment. C'eft un
diffolvant univerfel. L'eau fond tous les
fels. Le cours du fang eft-il rallenti ? elle
le precipite. Eft-il trop rapide ? elle en
arrefte l'impetuofité. Noftre Docteur
eftoit de fi bonne foy fur cela, qu'il ne
beuvoit jamais luy mefme que de l'eau,
bien qu'il fuft dans un âge avancé. Il dé-
finiffoit la vieilleffe une phthifie naturelle
qui nous deffeche & nous confume ; &
fur cette définition, il deploroit l'ignorance de ceux qui nomment le vin le lait
des vieillards. Il foûtenoit que le vin les

tife & les détruit, & difoit fort éloquem-
ment que cette liqueur funefte eft pour
eux comme pour tout le monde un ami
qui trahit & un plaifir qui trompe.

Malgré ces beaux raifonnemens, aprés
avoir efté huit jours dans cette maifon,
il me prit un cours de ventre & je commençay à fentir de grands maux d'eftomac, que j'eus la temerité d'attribuer
au diffolvant univerfel & à la mauvaife
nourriture que je prenois. Je m'en plaignis à mon maiftre dans la penfée qu'il
pourroit fe relafcher & me donner un
peu de vin à mes repas ; mais il eftoit
trop ennemi de cette liqueur, pour me
l'accorder. Si tu te fens, me dit-il, quelque dégouft pour l'eau pure, il y a des
fecours innocens pour fouftenir l'eftomac
contre la fadeur des boiffons aqueufes.
La fauge, par exemple, & la veronique
leur donnent un gouft delectable ; & fi
tu veux les rendre encore plus delicieu-
fes, tu n'as qu'à y mefler de la fleur d'œil-
let, de romarin ou de coquelicot.

Il avoit beau vanter l'eau & m'enfeigner le fecret d'en compofer des breu-
vages exquis, j'en beuvois avec tant de
moderation, que s'en eftant apperceu, il
me dit : Hé vrayement, Gil Blas, je ne

m'étonne point si tu ne joüis pas d'une parfaite santé. Tu ne bois pas assez, mon ami. L'eau prise en petite quantité ne sert qu'à developper les parties de la bile & qu'à leur donner plus d'activité ; au lieu qu'il les faut noyer par un délayant co-pieux. Ne crain pas, mon enfant, que l'a-bondance de l'eau affoiblisse ou refroidisse ton estomac. Loin de toy cette terreur panique que tu te fais peut-estre de la boisson frequente. Je te garantis de l'é-venement; & si tu ne me trouves pas bon pour t'en repondre, Celse mesme t'en sera garant. Cet oracle latin fait un éloge admirable de l'eau. Ensuite il dit en ter-mes exprés que ceux qui pour boire du vin s'excusent sur la foiblesse de leur es-tomac, font une injustice manifeste à ce viscere & cherchent à couvrir leur sen-sualité.

Comme j'aurois eu mauvaise grace de me montrer indocile en entrant dans la carriere de la Medecine, je parus per-suadé qu'il avoit raison. J'avoüeray mes-me que je le crus effectivement. Je con-tinuay donc à boire de l'eau sur la garan-tie de Celse. Ou plûtost je commençay à noyer la bile en beuvant copieusement de cette liqueur, & quoyque de jour en

jour je m'en fentiffe plus incommodé, le
préjugé l'emportoit fur l'experience. J'a-
vois, comme on voit, une heureufe dif-
pofition à devenir Medecin. Je ne pus
pourtant refifter toûjours à la violence
de mes maux, qui s'accrurent à un point,
que je pris enfin la refolution de fortir
de chez le Docteur Sangrado. Mais il
me chargea d'un nouvel employ, qui me
fit changer de fentiment. Ecoute, mon
enfant, me dit-il un jour, je ne fuis point
de ces maiftres durs & ingrats qui laif-
fent vieillir leurs domeftiques dans la fer-
vitude, avant que de les recompenfer.
Je fuis content de toy. Je t'aime, & fans
attendre que tu m'ayes fervi plus long-
temps, je vais faire ton bonheur. Je
veux tout à l'heure te découvrir le fin
de l'art falutaire que je profeffe depuis
tant d'années. Les autres Medecins en
font confifter la connoiffance dans mille
fciences penibles, & moy, je pretends
t'abreger un chemin fi long, & t'épargner la peine d'étudier la Phyfique, la
Pharmacie, la Botanique & l'Anatomie.
Sçache, mon ami, qu'il ne faut que fai-
gner & faire boire de l'eau chaude. Voila
le fecret de guerir toutes les maladies du
monde. Ouy, ce merveilleux fecret que

je te revele, & que la nature, impene-
trable à mes confreres, n'a pû derober
à mes observations, est renfermé dans
ces deux points : dans la saignée & dans
la boisson frequente. Je n'ay plus rien à
t'apprendre. Tu sçais la Medecine à
fonds, & profitant du fruit de ma longue
experience, tu deviens tout d'un coup
aussi habile que moy. Tu peux, continua-t-il, me soulager présentement. Tu
tiendras le matin nostre registre & l'a-
présmidy tu sortiras pour aller voir une
partie de mes malades. Tandis que j'auray soin de la Noblesse & du Clergé, tu
iras pour moy dans les maisons du tiers-
estat où l'on m'appellera, & lorsque tu
auras travaillé quelque temps, je te feray aggreger à nostre Corps. Tu es sça-
vant, Gil Blas, avant que d'estre Medecin ; au lieu que les autres sont long-
temps Medecins & la pluspart toute leur
vie, avant que d'estre sçavans.

Je remerciay le Docteur de m'avoir si
promptement rendu capable de luy servir de substitut ; & pour reconnoistre
les bontez qu'il avoit pour moy, je l'as-
furay que je suivrois toute ma vie ses
opinions, quand elles seroient contraires
à celles d'Hippocrate. Cette assurance
pourtant

pourtant n'eſtoit pas tout à fait ſincere.
Je deſapprouvois ſon ſentiment ſur l'eau
& je me propoſois de boire du vin tous
les jours en allant voir mes malades. Je
pendis au croc une ſeconde fois mon habit, pour en prendre un de mon maiſtre
& me donner l'air d'un Medecin. Aprés
quoy, je me diſpoſay à exercer la Medecine aux deſpens de qui il appartien-
droit. Je debutay par un Alguazil qui
avoit une pleuréſie. J'ordonnay qu'on
le ſaignaſt ſans miſericorde, & qu'on ne
luy plaigniſt point l'eau. J'entray enſuite
chez un Patiſſier à qui la goutte faiſoit
pouſſer de grands cris. Je ne menageay
pas plus ſon ſang que celuy de l'Alguazil, & je ne luy défendis point la boiſſon. Je receus douze reaux pour mes ordonnances : ce qui me fit prendre tant
de gouſt à la profeſſion, que je ne demanday plus que playe & boſſe. En ſor-
tant de la maiſon du Patiſſier, je rencontray Fabrice que je n'avois point vû
depuis la mort du Licencié Sedillo. Il
me regarda pendant quelques momens
avec ſurpriſe ; puis il ſe mit à rire de
toute ſa force en ſe tenant les coſtez. Ce
n'eſtoit pas ſans raiſon. J'avois un manteau qui trainoit à terre avec un pour-

Tome I. P

point & un haut-de-chausses quatre fois
plus longs & plus larges qu'il ne falloit.
Je pouvois passer pour une figure origi-
nale. Je le laissay s'épanoüir la rate, non
sans estre tenté de suivre son exemple;
mais je me contraignis pour garder le
decorum dans la ruë, & mieux contrefaire le Medecin qui n'est pas un animal
risible. Si mon air ridicule avoit excité
les ris de Fabrice, mon serieux les redoubla; & lorsqu'il s'en fut bien donné:
Vive Dieu, Gil Blas, me dit-il, te voila
plaisamment équippé. Qui diable t'a de-
guisé de la sorte? Tout beau, mon ami,
luy repondi-je, tout beau; respecte un
nouvel Hippocrate. Appren que je suis
le substitut du Docteur Sangrado, qui
est le plus fameux Medecin de Valladolid. Je demeure chez luy depuis trois semaines. Il m'a montré la Medecine à
fonds; & comme il ne peut fournir à tous
les malades qui le demandent, j'en vois
une partie pour le soulager. Il va dans
les grandes maisons, & moy dans les petites. Fort bien, reprit Fabrice; c'est à
dire qu'il t'abandonne le sang du peuple
& se reserve celuy des personnes de qualité. Je te felicite de ton partage. Il vaut
mieux avoir affaire à la populace qu'au

grand monde. Vive un Medecin de faux-
bourg ! ſes fautes ſont moins en veuë &
ſes aſſaſſinats ne font point de bruit.
Ouy, mon enfant, ajoûta-t-il, ton ſort
me paroiſt digne d'envie, & pour parler
comme Alexandre, ſi je n'eſtois pas Fabrice, je voudrois eſtre Gil Blas.

Pour faire voir au fils du Barbier Nuñez qu'il n'avoit pas tort de vanter le
bonheur de ma condition préſente, je
luy montray les reaux de l'Alguazil &
du Patiſſier. Puis nous entrames dans un
cabaret, pour en boire une partie. On
nous apporta d'aſſez bon vin, que l'envie d'en gouſter me fit trouver encore
meilleur qu'il n'eſtoit. J'en bus à longs
traits, & n'en deplaiſe à l'oracle latin, à
meſure que j'en verſois dans mon eſtomac, je ſentois que ce viſcere ne me ſçavoit pas mauvais gré des injuſtices que
je luy faiſois. Nous demeurames long-
temps dans ce cabaret, Fabrice & moy.
Nous y rimes bien aux deſpens de nos
maiſtres ; comme cela ſe pratique entre
les valets. Enſuite voyant que la nuit ap-
prochoit, nous nous ſeparames, aprés
nous eſtre mutuellement promis que le
jour ſuivant l'apréſdinée nous nous re-
trouverions au meſme lieu.

CHAPITRE IV.

Gil Blas continuë d'exercer la Mede-
cine avec autant de succés que de ca-
pacité. Avanture de la bague re-
trouvée,

JE ne fus pas fitoft au logis, que le
Docteur Sangrado y arriva. Je luy
parlay des malades que j'avois veus &
luy remis entre les mains huit reaux qui
me reſtoient des douze que j'avois receus
pour mes ordonnances. Huit reaux, me
dit-il aprés les avoir comptez, c'eſt peu
de choſe pour deux viſites ; mais il faut
tout prendre. Auſſi les prit-il preſque
tous. Il en garda ſix & me donnant les
deux autres ; Tien, Gil Blas, pourſuivit-il, voila pour commencer à te faire
un fonds ; je t'abandonne le quart de ce
que tu m'apporteras. Tu ſeras bien-toſt
riche, mon ami ; car il y aura, s'il plaiſt
à Dieu, bien des maladies cette année.

J'avois lieu d'eſtre content de mon
partage, puiſqu'ayant deſſein de retenir
toûjours le quart de ce que je recevrois
en ville, & touchant encore le quart du

reste, c'estoit, si l'arithmetique est une
science certaine, la moitié du tout qui
me revenoit. Cela m'inspira une nouvelle ardeur pour la Medecine. Le lendemain, dés que j'eus disné, je repris
mon habit de substitut & me remis en
campagne. Je visitay plusieurs malades
que j'avois inscrits, & je les traittay
tous de la mesme maniere, bien qu'ils
eussent des maux differens. Jusques là,
les choses s'estoient passées sans bruit,
& personne, grace au Ciel, ne s'estoit
encore revolté contre mes ordonnances ;
mais quelque excellente que soit la pratique d'un Medecin, elle ne sçauroit manquer de censeurs. J'entray chez un marchand Epicier qui avoit un fils hydropique. J'y trouvay un petit Medecin brun,
qu'on nommoit le Docteur Cuchillo, &
qu'un parent du maistre de la maison
venoit d'amener. Je fis de profondes reverences à tout le monde & particulierement au personnage que je jugeay
qu'on avoit appellé pour le consulter sur
la maladie dont il s'agissoit. Il me salua
d'un air grave ; puis m'ayant envisagé
quelques momens avec beaucoup d'attention : Seigneur Docteur, me dit-il,
je vous prie d'excuser ma curiosité : je

croyois connoiſtre tous les Medecins de
Valladolid mes confreres, & je vous
avouë que vos traits me ſont inconnus.
Il faut que depuis trés-peu de temps
vous ſoyez venu vous établir dans cette
ville. Je repondis que j'eſtois un jeune
praticien & que je ne travaillois encore
que ſous les auſpices du Docteur Sangrado. Je vous felicite, reprit-il poliment, d'avoir embraſſé la methode
d'un ſi grand homme. Je ne doute point
que vous ne ſoyez déja trés-habile, quoyque vous paroiſſiez fort jeune. Il dit cela
d'un air ſi naturel, que je ne ſçavois s'il
avoit parlé ſerieuſement ou s'il s'eſtoit
moqué de moy ; & je reſvois à ce que je
devois luy repliquer, lorſque l'Epicier
prenant ce moment pour parler, nous
dit : Meſſieurs, je ſuis perſuadé que
vous ſçavez parfaitement l'un & l'autre
l'art de la Medecine. Examinez, s'il
vous plaiſt, mon fils & ordonnez ce que
vous jugerez à propos qu'on faſſe pour
le guerir.

Là-deſſus le petit Medecin ſe mit à
obſerver le malade, & aprés m'avoir
fait remarquer tous les ſymptomes qui
découvroient la nature de la maladie, il
me demanda de quelle maniere je pen-

fois qu'on dust le traitter. Je suis d'avis,
répondi-je, qu'on le saigne tous les jours
& qu'on luy fasse boire de l'eau chaude
abondamment. A ces paroles, le petit
Medecin me dit en souriant d'un air plein
de malice : Et vous croyez que ces remedes luy sauveront la vie ? N'en doutez pas, m'écriai-je d'un ton ferme. Ils
doivent produire cet effet, puisque ce
sont des specifiques contre toutes sortes
de maladies. Demandez au Seigneur Sangrado. Sur ce pied-là, reprit-il, Celse a
grand tort d'assurer que pour guerir plus
facilement un hydropique, il est à propos de luy faire souffrir la soif & la faim.
Oh Celse, luy reparti-je, n'est pas mon
oracle. Il se trompoit comme un autre,
& quelquefois je me sçay bon gré d'aller contre ses opinions. Je reconnois à
vos discours, me dit Cuchillo, la pratique seure & satisfaisante dont le Docteur
Sangrado veut insinuer la methode aux
jeunes praticiens. La saignée & la boisson sont sa Medecine universelle. Je ne
suis pas surpris si tant d'honnestes gens
perissent entre ses mains. . . N'en venons point aux invectives, interrompi-je
assez brusquement. Un homme de vostre
profession a bonne grace de faire de pa-

reils reproches. Allez, allez, Monſieur le Docteur, ſans ſaigner & ſans faire boire de l'eau chaude, on envoye bien des malades en l'autre monde ; & vous en avez peut-eſtre vous-meſme expedié plus qu'un autre. Si vous en voulez au Seigneur Sangrado, écrivez contre luy. Il vous repondra, & nous verrons de quel coſté ſeront les rieurs. Par ſaint Jacques & par ſaint Denis, interrompit-il à ſon tour avec emportement, vous ne connoiſſez guere le Docteur Cuchillo. Sçachez, mon ami, que j'ay bec & ongles & que je ne crains nullement San-grado, qui, malgré ſa préſomption & ſa vanité, n'eſt qu'un original. La figure du petit Medecin me fit mépriſer ſa colere. Je luy repliquay avec aigreur. Il me re-partit de la meſme ſorte & bien-toſt nous en vinmes aux gourmades. Nous eûmes le temps de nous donner quelques coups de poing & de nous arracher l'un à l'au-tre une poignée de cheveux, avant que l'Epicier & ſon parent puſſent nous ſe-parer. Lorſqu'ils en furent venus à bout, ils me payerent ma viſite & retinrent mon antagoniſte qui leur parut apparem-ment plus habile que moy.

Aprés cette avanture, peu s'en fallut

qu'il ne m'en arrivaſt une autre. J'allay
voir un gros Chantre qui avoit la fievre.
Sitoſt qu'il m'entendit parler d'eau chaude, il ſe montra ſi recalcitrant contre
ce ſpecifique, qu'il ſe mit à jurer. Il me
dit un million d'injures & me menaça
meſme de me jetter par les feneſtres. Je
ſortis de chez luy plus viſte que je n'y
eſtois entré. Je ne voulus plus voir de
malades ce jour-là & je gagnay l'hoſtellerie où j'avois donné rendez-vous à Fabrice. Il y eſtoit déja. Comme nous nous
trouvames en humeur de boire, nous fimes la debauche & nous nous en retournames chez nos maiſtres en bon eſtat,
c'eſt à dire entre deux vins. Le Seigneur
Sangrado ne s'apperceut point de mon
yvreſſe, parce que je luy racontay avec
tant d'action le demeſlé que j'avois eu
avec le petit Docteur, qu'il prit ma vivacité pour un effet de l'émotion qui me
reſtoit encore de mon combat. D'ailleurs, il entroit pour ſon compte dans
le rapport que je luy faiſois, & ſe ſentant piqué contre Cuchillo : Tu as bien
fait, Gil Blas, me dit-il, de défendre
l'honneur de nos remedes contre ce petit
avorton de la Faculté. Il prétend donc
qu'on ne doit pas permettre les boiſſons

aqueuses aux hydropiques : l'ignorant !
Je soûtiens, moy, qu'il faut leur en accorder l'usage. Ouy, l'eau, poursuivit-
il, peut güerir toute sorte d'hydropisies,
comme elle est bonne pour les rhuma-
tismes & pour les pasles couleurs. Elle
est encore excellente dans ces fievres où
l'on brusle & glace tout à la fois, & mer-
veilleuse mesme dans ces maladies qu'on
impute à des humeurs froides, sereuses,
phlegmatiques & pituiteuses. Cette opinion paroist étrange aux jeunes Medecins tels que Cuchillo, mais elle est trés-
soûtenable en bonne Medecine, & si ces
gens-là estoient capables de raisonner en
Philosophes, au lieu qu'ils me décrient, ils
deviendroient mes plus zelez partisans.

Il ne me soupçonna donc point d'a-
voir beu, tant il estoit en colere ; car
pour l'aigrir encore davantage contre le
petit Docteur, j'avois mis dans mon
rapport quelques circonstances de mon
cru. Cependant tout occuppé qu'il estoit
de ce que je venois de luy dire, il ne
laissa pas de s'apercevoir que je beuvois
ce soir-là plus d'eau qu'à l'ordinaire. Effectivement, le vin m'avoit fort alteré.
Tout autre que Sangrado se seroit défié
de la soif qui me pressoit & des grands

coups que j'avalois. Mais luy, il s'imagina bonnement que je commençois à
prendre goust aux boiſſons aqueuſes : A
ce que je vois, Gil Blas, me dit-il en
ſouriant, tu n'as plus tant d'averſion
pour l'eau. Vive Dieu, tu la bois comme
du neſtar. Cela ne m'étonne point, mon
ami. Je ſçavois bien que tu t'accouſtu-
merois à cette liqueur. Monſieur, luy
repondi-je, chaque choſe a ſon temps.
Je donnerois à l'heure qu'il eſt un muid
de vin pour une pinte d'eau. Cette réponſe charma le Docteur, qui ne perdit
pas une ſi belle occaſion de relever l'excellence de l'eau. Il entreprit d'en faire
un nouvel éloge, non en orateur froid,
mais en enthouſiaſte : Mille fois, s'écria-
t-il, mille & mille fois plus eſtimables &
plus innocens que les cabarets de nos
jours, ces thermopoles des ſiecles paſſez, où l'on n'alloit pas honteuſement
proſtituer ſon bien & ſa vie en ſe gor-
geant de vin ; mais où l'on s'aſſembloit
pour s'amuſer honneſtement & ſans riſ-
que à boire de l'eau chaude. On ne peut
trop admirer la ſage prévoyance de ces
anciens maiſtres de la vie civile, qui
avoient établi des lieux publics où l'on
donnoit de l'eau à boire à tout venant,

& qui renfermoient le vin dans les boutiques des Apotiquaires , pour n'en permettre l'ufage que par ordonnance des
Medecins. Quel trait de fageffe ? C'eft
fans doute , ajoûta-t-il , par un heureux
refte de cette ancienne frugalité digne du
fiecle d'or , qu'il fe trouve encore aujourd'huy des perfonnes qui , comme toy
& moy , ne boivent que de l'eau , & qui
croyent fe préferver ou fe guerir de tous
maux , en beuvant de l'eau chaude , qui
n'a pas boüilli ; car j'ay obfervé que l'eau,
quand elle a boüilli , eft plus pefante &
moins commode à l'eftomac.

Tandis qu'il tenoit ce difcours élo-
quent , je penfay plus d'une fois éclater
de rire. Je garday pourtant mon ferieux.
Je fis plus. J'entray dans les fentimens
du Docteur. Je blafmay l'ufage du vin &
plaignis les hommes d'avoir malheureufement pris gouft à une boiffon fi perni-
cieufe. Enfuite , comme je ne me fentois pas encore bien defalteré , je remplis
d'eau un grand gobelet & aprés avoir
beu à longs traits : Allons , Monfieur ,
di-je à mon maiftre , abreuvons-nous de
cette liqueur bienfaifante. Faifons revi-
vre dans voftre maifon ces anciens thermopoles que vous regrettez fi fort. Il ap-

plaudit à ces paroles & m'exhorta pendant une heure entiere à ne boire jamais que de l'eau. Pour m'accouſtumer à cette boiſſon, je luy promis d'en boire une grande quantité tous les ſoirs, & pour tenir plus facilement ma promeſſe, je me couchay dans la reſolution d'aller tous les jours au cabaret.

Le deſagrément que j'avois eu chez l'Epicier, ne m'empeſcha pas d'ordonner dés le lendemain des ſaignées & de l'eau chaude. Au ſortir d'une maiſon où je venois de voir un Poëte qui avoit la phréneſie, je rencontray dans la ruë une vieille femme qui m'aborda pour me demander ſi j'eſtois Medecin. Je luy repondis qu'ouy. Cela eſtant, reprit-elle, je vous ſupplie trés-humblement de venir avec moy. Ma niece eſt malade depuis hier, & j'ignore quelle eſt ſa maladie. Je ſuivis la vieille, qui me conduiſit à ſa maiſon & me fit entrer dans une chambre aſſez propre, où je vis une perſonne alitée. Je m'approchay d'elle pour l'obſerver. D'abord ſes traits me frapperent, & aprés l'avoir enviſagée quelques momens, je reconnus, à n'en pouvoir douter, que c'eſtoit l'avanturiere qui avoit ſi bien fait le rolle de

Camille. Pour elle, il ne me parut point
qu'elle me remiſt, ſoit qu'elle fuſt acca-
bléc de ſon mal, ſoit que mon habit de
Medecin me rendiſt meconnoiſſable à ſes
yeux. Je luy pris le bras, pour luy taſ-
ter le poulx, & j'apperceus ma bague à
ſon doigt. Je fus terriblement émeu à la
veuë d'un bien dont j'eſtois en droit de
me ſaiſir, & j'eus grande envie de faire
un effort pour le reprendre; mais conſiderant que ces femmes ſe mettroient à
crier, & que D. Raphaël où quelqu'autre défenſeur du beau ſexe pourroit ac-
courir à leurs cris, je me garday de ceder à la tentation. Je ſongeay qu'il valoit mieux diſſimuler, & conſulter là-
deſſus Fabrice. Je m'arreſtay à ce dernier parti. Cependant la vieille me preſ-
ſoit de luy apprendre de quel mal ſa
niece eſtoit atteinte. Je ne fus pas aſſez
ſot pour avoüer que je n'en ſçavois rien.
Au contraire, je fis le capable, & co-
piant mon maiſtre, je dis gravement
que le mal provenoit de ce que la malade ne tranſpiroit point : qu'il falloit
par conſequent ſe haſter de la ſaigner,
parce que la ſaignée eſtoit le ſubſtitut
naturel de la tranſpiration : & j'ordonnay auſſi de l'eau chaude, pour

faire les choses suivant nos regles.

J'abregeay ma visite le plus qu'il me
fut possible, & je courus chez le fils de
Nuñez, que je rencontray comme il sortoit pour aller faire une commission dont
son maistre venoit de le charger. Je luy
contay ma nouvelle avanture, & luy demanday s'il jugeoit à propos que je fisse
arrester Camille par des gens de justice.
Hé non, me repondit-il ; ce ne seroit
pas le moyen de ravoir ta bague. Ces
gens-là n'aiment point à faire des resti-
tutions. Souvien-toy de ta prison d'Astorga ; ton cheval, ton argent, jusqu'à
ton habit : tout n'est-il pas demeuré entre leurs mains ? Il faut plûtost nous servir de nostre industrie pour rattrapper
ton diamant. Je me charge du soin de
trouver quelque ruse pour cet effet. Je
vais y resver en allant à l'Hospital où
j'ay deux mots à dire au pourvoyeur de
la part de mon maistre. Toy, va m'attendre à nostre cabaret, & ne t'impa-
tiente point. Je t'y joindray dans peu
de temps.

Il y avoit pourtant déja plus de trois
heures que j'estois au rendez-vous, quand
il y arriva. Je ne le reconnus pas d'a-
bord. Outre qu'il avoit changé d'habit,

& natté ses cheveux, une moustache pos-
tiche luy couvroit la moitié du visage. Il
portoit une grande épée dont la garde
avoit pour le moins trois pieds de cir-
conference, & marchoit à la teste de
cinq hommes qui avoient comme luy
l'air determiné, des moustaches épaisses
avec de longues rapieres : Serviteur au
Seigneur Gil Blas, dit-il en m'abordant.
Il voit en moy un Alguazil de nouvelle
fabrique & dans ces braves gens qui
m'accompagnent des archers de la mesme trempe. Il n'a qu'à nous mener chez
la femme qui luy a volé un diamant &
nous le luy ferons rendre sur ma parole.
J'embrassay Fabrice, à ce discours, qui
me faisoit connoistre le stratagesme qu'il
pretendoit employer pour moy, & je luy
temoignay que j'approuvois fort l'ex-
pedient qu'il avoit imaginé. Je saluay
aussi les faux archers. C'estoit trois domestiques & deux garçons barbiers de
ses amis qu'il avoit engagez à faire ce
personnage. J'ordonnay qu'on apportast
du vin pour abreuver la brigade, &
nous allames tous ensemble chez Camille
à l'entrée de la nuit. Nous frappames à
la porte que nous trouvames fermée. La
vieille vint ouvrir, & prenant les person-

nes

nes qui eſtoient avec moy pour des le-
vriers de Juſtice, qui n'entroient pas dans
cette maiſon ſans ſujet, elle demeura fort
effrayée. Raſſurez-vous, ma bonne mere,
luy dit Fabrice ; nous ne venons icy que
pour une petite affaire, qui ſera bien-toſt
terminée. A ces mots, nous nous avan-
çames & gagnames la chambre de la
malade, conduits par la vieille qui marchoit devant nous, & à la faveur d'une
bougie qu'elle tenoit dans un flambeau
d'argent. Je pris ce flambeau. Je m'approchay du lit, & faiſant remarquer mes
traits à Camille : Perfide, luy di-je, re-
connoiſſez ce trop credule Gil Blas que
vous avez trompé. Ah ſcelerate, je vous
rencontre enfin. Le Corregidor a receu
ma plainte, & il a chargé cet Alguazil de
vous arreſter. Allons, Monſieur l'Officier, di-je à Fabrice, faites voſtre charge. Il n'eſt pas beſoin, repondit-il en
groſſiſſant ſa voix, de m'exhorter à remplir mon devoir. Je me remets cette
créature-là. Il y a long-temps qu'elle
eſt marquée en lettres rouges ſur mes
tablettes. Levez-vous, ma Princeſſe,
ajoûta-t-il. Habillez-vous promptement. Je vais vous ſervir d'écuyer &
vous conduire aux priſons de cette ville,

Tome I. Q

fi vous l'avez pour agréable.

A ces paroles, Camille, toute malade qu'elle eſtoit, s'appercevant que
deux archers à grandes mouſtaches ſe
préparoient à la tirer de ſon lit par force,
ſe mit d'elle-meſme à ſon ſeant, joignit
les mains d'une maniere ſuppliante &
me regardant avec des yeux où la frayeur
eſtoit peinte : Seigneur Gil Blas, me dit-
elle, ayez pitié de moy. Je vous en conjure par la chaſte mere à qui vous devez
le jour. Quoyque je ſois trés-coupable,
je ſuis encore plus malheureuſe. Je vais
vous rendre voſtre diamant & ne me
perdez point. En parlant de cette ſorte,
elle tira de ſon doigt ma bague & me la
donna. Mais je luy répondis que mon
diamant ne ſuffiſoit point, & que je voulois qu'on me reſtituaſt encore les mille
ducats qui m'avoient eſté volez dans
l'hoſtel garni. Oh pour vos ducats, Seigneur, repliqua - t - elle, ne me les demandez point. Le traiſtre D. Raphaël,
que je n'ay pas veu depuis ce temps-là,
les emporta dés la nuit meſme. Hé petite mignone, dit alors Fabrice, n'y a-
t-il qu'à dire pour vous tirer d'intrigue,
que vous n'avez pas eû de part au gaſ-
teau ? Vous n'en ſerez pas quitte à ſi bon

marché. C'est assez que vous soyez des
complices de Don Raphaël, pour meriter qu'on vous demande compte de vostre vie passée. Vous devez bien avoir des
choses sur la conscience. Vous viendrez,
s'il vous plaist, en prison faire une con-
fession générale. J'y veux mener aussi,
continua - t - il, cette bonne vieille ; je
juge qu'elle sçait une infinité d'histoires
curieuses que Monsieur le Corregidor ne
sera pas fâché d'entendre.

Les deux femmes, à ces mots, mirent
tout en usage pour nous attendrir. Elles
remplirent la chambre de cris, de plaintes & de lamentations. Tandis que la
vieille à genoux, tantost devant l'Alguazil & tantost devant les archers, tachoit
d'exciter leur compassion, Camille me
prioit de la maniere du monde la plus
touchante de la sauver des mains de la
justice. Je feignis de me laisser fléchir :
Monsieur l'Officier, di-je au fils de Nuñez, puisque j'ay mon diamant, je me
console du reste. Je ne souhaitte pas
qu'on fasse de la peine à cette pauvre
femme. Je ne veux point la mort du
pécheur. Fy donc, répondit - il, vous
avez de l'humanité. Vous ne seriez pas
bon à estre Exempt. Il faut, poursui-

Q ij

vit-il, que je m'acquitte de ma commiſ-
ſion. Il m'eſt expreſſément ordonné d'arreſter ces Infantes. Monſieur le Corre-
regidor en veut faire un exemple. Hé,
de grace, repriſ-je, ayez quelque égard
à ma priere, & relaſchez-vous un peu
de voſtre devoir en faveur du preſent
que ces Dames vont vous offrir. Oh c'eſt
une autre affaire, repartit-il ; voila ce qui
s'appelle une figure de Rhétorique bien
placée. C'à, voyons. Qu'ont-elles à me
donner ? J'ay un collier de perles, luy
dit Camille, & des pendans d'oreilles d'un
prix conſiderable. Ouy, mais interrompit-il bruſquement, ſi cela vient des Iſles
Philippines, je n'en veux point. Vous
pouvez les prendre en aſſurance, reprit-
elle ; je vous les garantis fins. En meſme temps, elle ſe fit apporter par la
vieille une petite boëtte d'où elle tira le
collier & les pendans, qu'elle mit entre
les mains de Monſieur l'Alguazil. Bien
qu'il ne ſe connuſt guere mieux que moy
en pierreries, il ne douta pas que celles
qui compoſoient les pendans ne fuſſent
fines, auſſi bien que les perles. Ces bijoux, dit-il aprés les avoir conſiderez attentivement, me paroiſſent de bon aloy,
& ſi l'on ajoûte à cela le flambeau d'ar-

gent que tient le Seigneur Gil Blas, je ne
reponds plus de ma fidelité. Je ne croy
pas, di-je alors à Camille, que vous vou-
liez pour une bagatelle rompre un ac-
commodement si avantageux pour vous.
En prononçant ces dernieres paroles,
j'ostay la bougie, que je remis à la vieille, & livray le flambeau à Fabrice, qui
s'en tenant là, peut-estre parce qu'il
n'appercevoit plus rien dans la chambre
qui se pust aisément emporter, dit aux
deux femmes : Adieu, mes Princesses,
demeurez tranquilles. Je vais parler à
Monsieur le Corregidor & vous rendre
plus blanches que la nege. Nous sçavons
luy tourner les choses comme il nous
plaist, & nous ne luy faisons des rapports
fidelles, que quand rien ne nous oblige à
luy en faire de faux.

CHAPITRE V.

*Suite de l'avanture de la bague retrou-
vée ; Gil Blas abandonne la Medecine & le séjour de Valladolid.*

APrés avoir executé de cette maniere le projet de Fabrice, nous

fortimes de chez Camille, en nous applaudiffant d'un fuccés qui furpaffoit noftre attente ; car nous n'avions compté
que fur la bague. Nous emportions fans
façon tout le refte. Bien loin de nous
faire un fcrupule d'avoir volé des cour-
tifanes, nous nous imaginions avoir fait
une action meritoire. Meffieurs, nous
dit Fabrice, lorfque nous fumes dans la
ruë, je fuis d'avis que nous regagnions
noftre cabaret, où nous pafferons la nuit
à nous rejoüir. Demain, nous vendrons
le flambeau, le collier, les pendans d'o-
reilles, & nous en partagerons l'argent
en freres. Aprés quoy, chacun reprendra le chemin de fa maifon, & s'excu-
fera du mieux qu'il luy fera poffible auprés de fon maiftre. La penfée de Monfieur l'Alguazil nous parut trés-judi-
cieufe. Nous retournames tous au cabaret, les uns jugeant qu'ils trouveroient
facilement une excufe pour avoir décou-
ché, & les autres ne fe fouciant guere
d'eftre chaffez de chez eux.

Nous fimes apprefter un bon fouper
& nous nous mimes à table avec autant
d'appetit que de gayeté. Le repas fut af-
faifonné de mille difcours agreables. Fabrice fur-tout qui fçavoit donner de l'en-

joüément à la conversation, divertit fort
la compagnie. Il luy eschappa je ne sçay
combien de traits plein de sel Castillan,
qui vaut bien le sel Attique. Dans le
temps que nous estions le plus en train
de rire, nostre joye fut tout à coup troublée par un évenement impreveu. Il entra dans la chambre où nous soupions un
homme assez bien fait, suivi de deux autres de trés-mauvaise mine. Aprés ceux-
là, trois autres parurent, & nous en
comptames jusqu'à douze qui survinrent
ainsi trois à trois. Ils portoient des carabines avec des épées & des bayonnet-
tes. Nous vimes bien que c'estoient des
archers de la patroüille, & il ne nous fut
pas difficile de juger de leur intention.
Nous eumes d'abord quelque envie de
resister, mais ils nous enveloperent en un
instant & nous tinrent en respect tant
par leur nombre, que par leurs armes à
feu. Messieurs, nous dit le Commandant
d'un air railleur, je sçay par quel ingenieux artifice vous venez de retirer une
bague des mains de certaine avanturiere.
Certes, le trait est excellent & merite
bien une recompense publique. Aussi,
ne peut-elle vous échapper ; la justice,
qui vous destine chez elle un logement,

ne manquera pas de reconnoiſtre un ſi
bel effort de genie. Toutes les perſonnes
à qui ce diſcours s'addreſſoit en furent
déconcertées. Nous changeames de contenance & ſentimes à noſtre tour la meſme frayeur que nous avions inſpirée chez
Camille. Fabrice pourtant , quoyque
paſle & défait, voulut nous juſtifier. Seigneur, dit-il, nous n'avons pas eu une
mauvaiſe intention , & par conſequent
on doit nous pardonner cette petite ſupercherie. Comment diable , repliqua le
Commandant avec colere, vous appellez cela une petite ſupercherie ? Sçavez-
vous bien qu'il y va de la corde ? Outre
qu'il n'eſt pas permis de ſe rendre juſtice
ſoy-meſme , vous avez emporté un flambeau, un collier & des pendans d'oreilles ; & qui pis eſt , pour faire ce vol,
vous vous eſtes traveſtis en archers. Des
miſerables ſe deguiſer en honneſtes gens
pour mal faire ! Je vous trouveray trop
heureux ſi l'on ne vous condamne qu'à
faucher le grand pré. Lorſqu'il nous eut
fait comprendre que la choſe eſtoit encore plus ſerieuſe, que nous ne l'avions
penſé d'abord , nous nous jettames tous
à ſes pieds & le priames d'avoir pitié de
noſtre jeuneſſe ; mais nos prieres furent
inu-

inutiles. Il rejetta, de plus, la propoſition que nous fimes de luy abandonner le
collier, les pendans & le flambeau. Il
refuſa meſme ma bague, parce que je la
luy offrois, peut-eſtre, en trop bonne
compagnie. Enfin, il ſe montra inexo-
rable. Il fit deſarmer mes compagnons
& nous emmena, tous enſemble aux priſ-
ſons de la ville. Comme on nous y con-
duiſoit, un des archers m'apprit que la
vieille, qui demeuroit avec Camille, nous
ayant ſoupçonnez de n'eſtre pas de ve-
ritables valets de pied de la Juſtice, elle
nous avoit ſuivis juſqu'au cabaret : &
que là ſes ſoupçons s'eſtant tournez en
certitude, elle en avoit averti la patroüille pour ſe vanger de nous.

On nous foüilla d'abord par-tout. On
nous oſta le collier, les pendans & le
flambeau. On m'arracha pareillement
ma bague avec le rubis des Iſles Philippines, que j'avois par malheur dans mes
poches. On ne me laiſſa pas ſeulement les
reaux que j'avois receus ce jour-là pour
mes ordonnances. Ce qui me prouva que
les gens de juſtice de Valladolid ſçavoient
auſſi bien faire leur charge que ceux
d'Aſtorga, & que tous ces Meſſieurs
avoient des manieres uniformes. Tandis

qu'on me spolioit de mes bijoux & de
mes especes, l'Officier de la patroüille
qui estoit présent, contoit nostre avanture aux ministres de la spoliation. Le
fait leur parut si grave, que la plufpart
d'entr'eux nous trouvoient dignes du dernier supplice. Les autres, moins feve-
res, difoient que nous pourrions en estre
quittes pour chacun deux cens coups de
foüet avec quelques années de service
fur mer. En attendant la décision de
Monfieur le Corregidor, on nous enferma dans un cachot où nous nous couchames fur la paille dont il estoit presque
auffi jonché qu'une écurie où l'on a fait
la litiere aux chevaux. Nous aurions pû
y demeurer long-temps & n'en fortir
que pour aller aux galeres, fi, dés le
lendemain, le Seigneur Manuel Ordóñez
n'eust entendu parler de nostre affaire,
& refolu de tirer Fabrice de prison. Ce
qu'il ne pouvoit faire fans nous delivrer
tous avec luy. C'estoit un homme fort
estimé dans la ville. Il n'épargna point
les follicitations ; & tant par fon credit,
que par celuy de fes amis, il obtint au
bout de trois jours nostre élargissement.
Mais nous ne fortimes point de ce lieu-là
comme nous y estions entrez ; le flam-

beau , le collier , les pendans , ma bague
& le rubis, tout y resta. Cela me fit
souvenir de ces vers de Virgile qui com-
mencent par *Sic vos non votis.*

D'abord que nous fumes en liberté ,
nous retournames chez nos maistres. Le
Docteur Sangrado me receut bien : Mon
pauvre Gil Blas, me dit-il, je n'ay sceu
que ce matin ta disgrace. Je me préparois à solliciter fortement pour toy. Il
faut te consoler de cet accident, mon
ami, & t'attacher plus que jamais à la
Medecine. Je repondis que j'estois dans
ce dessein , & veritablement je m'y donnay tout entier. Bien loin de manquer
d'occupation , il arriva , comme mon
maistre l'avoit si heureusement prédit,
qu'il y eut bien des maladies. La petite
verole & des fievres malignes commencerent à regner dans la ville & dans les
fauxbourgs. Tous les Medecins de Valladolid eurent de la pratique & nous particulierement. Il ne se passoit point de
jour que nous ne vissions chacun huit
ou dix malades. Ce qui suppose bien de
l'eau beuë & du sang repandu. Mais je
ne sçay comment cela se faisoit : ils mouroient tous, soit que nous les traittas-
sions fort mal, soit que leurs maladies

R ij

fussent incurables. Nous faisions rarement trois visites à un mesme malade.
Dés la seconde, ou nous apprenions qu'il
venoit d'estre enterré, ou nous le trou-
vions à l'agonie. Comme je n'estois qu'un
jeune Medecin qui n'avoit pas encore
eu le temps de s'endurcir au meurtre, je
m'affligeois des evenemens funestes
qu'on pouvoit m'imputer. Monsieur, di-
je un soir au Docteur Sangrado, j'at-
teste icy le Ciel que je suis exactement
vostre methode. Cependant tous mes
malades vont en l'autre monde. On diroit qu'ils prennent plaisir à mourir pour
décrediter nostre Medecine. J'en ay rencontré aujourd'huy deux qu'on portoit
en terre. Mon enfant, me repondit-il,
je pourrois te dire à peu prés la mesme
chose. Je n'ay pas souvent la satisfaction
de guerir les personnes qui tombent entre mes mains ; & si je n'estois pas aussi
seur de mes principes que je le suis, je
croirois mes remedes contraires à presque toutes les maladies que je traitte. Si
vous m'en voulez croire, Monsieur, repri-je, nous changerons de pratique.
Donnons par curiosité des préparations
chymiques à nos malades. Le pis qu'il
en puisse arriver, c'est qu'elles produi-

feût le mefme effet que noftre eau chaude
& nos faignées, Je ferois volontiers cet
effay, repliqua-t-il, fi cela ne tiroit point
à confequence ; mais j'ay publié un livre
où je vante la frequente faignée & l'u-
fage de la boiffon : veux-tu que j'aille
décrier mon ouvrage ? Oh vous avez
raifon, luy reparti-je, il ne faut point
accorder ce triomphe à vos ennemis. Ils
diroient que vous vous laiffez defabufer.
Ils vous perdroient de reputation. Pe-
riffent plûtoft le peuple, la Nobleffe &
le Clergé. Allons donc toûjours noftre
train. Aprés tout, nos confreres, malgré l'averfion qu'ils ont pour la faignée,
ne fçavent pas faire de plus grands mi-
racles que nous ; & je croy que leurs
drogues valent bien nos fpecifiques.

Nous continuames à travailler fur
nouveaux frais, & nous y procedames
de maniere qu'en moins de fix femaines,
nous fimes autant de veuves & d'orphe-
lins que le fiege de Troye. Il fembloit
que la pefte fuft dans Valladolid, tant
on y faifoit de funerailles. Il venoit tous
les jours au logis quelque pere nous demander compte d'un fils que nous luy
avions enlevé, ou bien quelque oncle qui
nous reprochoit la mort de fon neveu.

Pour les neveux & les fils dont les oncles
& les peres s'estoient mal trouvez de
nos remedes, ils ne paroissoient point
chez nous. Les maris estoient aussi fort
discrets : ils ne nous chicannoient point
sur la perte de leurs femmes. Les personnes affligées dont il nous falloit essuyer
les reproches, avoient quelquefois une
douleur brutale. Ils nous appelloient
ignorans, assassins. Ils ne menageoient
point les termes. J'estois emeu de leurs
épithetes ; mais mon maistre, qui estoit
fait à cela, les écoutoit de sang froid.
J'aurois pû comme luy m'accoustumer
aux injures, si le Ciel, pour oster sans
doute aux malades de Valladolid un de
leurs fleaux, n'eust fait naistre une occasion de me degouster de la Medecine,
que je pratiquois avec si peu de succés.

Il y avoit dans nostre voisinage un jeu
de paume où les faineans de la ville s'as-
sembloient chaque jour. On y voyoit un
de ces braves de profession qui s'érigent
en maistres & decident les differends dans
les tripots. Il estoit de Biscaye & se faisoit appeller Don Rodrigue de Mondra-
gon. Il paroissoit avoir trente ans. C'estoit un homme d'une taille ordinaire,
mais sec & nerveux. Outre deux petits

yeux étincelans qui luy roûloient dans la
teste & sembloient menacer tous ceux
qu'il regardoit, un nez fort épatté luy
tomboit sur une moustache rousse, qui
s'élevoit en croc jusqu'à la temple. Il
avoit la parole si rude & si brusque, qu'il
n'avoit qu'à parler, pour inspirer de l'effroy. Ce casseur de raquettes s'estoit
rendu le tyran du jeu de paume. Il jugeoit imperieusement les contestations
qui survenoient entre les joüeurs, & il
ne falloit point qu'on appellast de ses jugemens, à moins que l'appellant ne voulust se resoudre à recevoir de luy le lendemain un cartel de defi. Tel que je
viens de representer le Seigneur D. Rodrigue, que le Don qu'il mettoit à la
teste de son nom, n'empeschoit pas d'estre roturier, il fit une tendre impression
sur la maîtresse du tripot. C'estoit une
femme de quarante ans, riche, assez
agréable, & veuve depuis quinze mois.
J'ignore comment il put luy plaire. Ce
ne fut pas sans doute par sa beauté : ce
fut apparemment par ce je ne sçay quoy
qu'on ne sçauroit dire. Quoyqu'il en soit,
elle eut du goust pour luy & forma le
dessein de l'épouser ; mais dans le temps
qu'elle se preparoit à consommer cette

affaire, elle tomba malade & malheureufement pour elle, je devins fon Medecin. Quand fa maladie n'auroit pas efté
une fievre maligne, mes remedes fuffi-
foient pour la rendre dangereufe. Au
bout de quatre jours, je remplis de deüil
le tripot. La paumiere alla où j'envoyois
tous mes malades, & fes parens s'em-
parerent de fon bien. D. Rodrigue au
defefpoir d'avoir perdu fa maîtreffe, ou
plûtoft l'efperance d'un mariage trés-
avantageux pour luy, ne fe contenta pas
de jetter feu & flammes contre moy; il
jura qu'il me pafferoit fon épée au travers du corps & m'extermineroit à la
premiere veuë. Un voifin charitable m'a-
vertit de ce ferment & me confeilla de
ne point fortir du logis, de peur de rencontrer ce diable d'homme. Cet avis,
quoyque je n'euffe pas envie de le negliger, me remplit de trouble & de frayeur.
Je m'imaginois fans ceffe que je voyois
entrer dans noftre maifon le Bifcayen furieux. Je ne pouvois goûter un moment
de repos. Cela me détacha de la Medecine, & je ne fongeay plus qu'à m'af-
franchir de mon inquietude. Je repris
mon habit brodé, & aprés avoir dit
adieu à mon maiftre qui ne put me rete-

nir, je fortis de la ville à la pointe du jour, non fans crainte de trouver Don Rodrigue en mon chemin.

CHAPITRE VI.

*Quelle route il prit en fortant de Val-
laddolid, & quel homme le joignit
en chemin.*

JE marchois fort vifte & regardois de temps en temps derriere moy, pour voir fi ce redoûtable Bifcayen ne fuivoit point mes pas. J'avois l'imagination fi remplie de cet homme-là, que je pre-nois pour luy tous les arbes & les buif-fons. Je fentois à tout moment mon cœur treffaillir d'effroy. Je me raffuray pour-tant aprés avoir fait une bonne lieuë & je continuay plus doucement mon chemin vers Madrid, ou je me propofois d'aller. Je quittois fans peine le fejour de Valla-dolid ; tout mon regret eftoit de me fé-parer de Fabrice, mon cher Pylade, à qui je n'avois pû mefme faire mes adieux. Je n'eftois nullement fâché d'avoir re-noncé à la Medecine ; au contraire, je demandois pardon à Dieu de l'avoir exer-

cée. Je ne laiſſay pas de compter avec
plaiſir l'argent que j'avois dans mes poches, bien que ce fuſt le ſalaire de mes
aſſaſſinats. Je reſſemblois aux femmes
qui ceſſent d'eſtre libertines, mais qui
gardent toûjours à bon compte le profit
de leur libertinage. J'avois en reaux, à
peu prés, la valeur de cinq ducats. C'eſtoit là tout mon bien. Je me promettois
avec cela de me rendre à Madrid, où je
ne doutois point que je ne trouvaſſe quelque bonne condition. D'ailleurs, je ſou-
haitois paſſionnément d'eſtre dans cette
ſuperbe ville, qu'on m'avoit vantée comme l'abregé de toutes les merveilles du
monde.

Tandis que je rappellois tout ce que
j'en avois oüi dire, & que je joüiſſois
par avance des plaiſirs qu'on y prend,
j'entendis la voix d'un homme qui marchoit ſur mes pas, & qui chantoit à plein
gozier. Il avoit ſur le dos un ſac de cuir,
une guitarre penduë au cou, & il portoit une aſſez longue épée. Il alloit ſi
bon train, qu'il me joignit en peu de
temps. C'eſtoit un des deux garçons Barbiers avec qui j'avois eſté en priſon pour
l'avanture de la bague. Nous nous re-
connumes d'abord l'un l'autre, quoyque

nous euffions changé d'habit, & nous
demeurames fort étonnez de nous rencontrer inopinément fur un grand chemin. Si je luy temoignay que j'eftois ravi
de l'avoir pour compagnon de voyage, il
me parut de fon cofté fentir une extreme
joye de me revoir. Je luy comptay pourquoy j'abandonnois Valladolid, & luy,
pour me faire la mefme confidence,
m'apprit qu'il avoit eu du bruit avec
fon maiftre, & qu'ils s'eftoient dit tous
deux reciproquement un éternel adieu.
Si j'euffe voulu, ajoûta-t-il, demeurer
plus long-temps à Valladolid, j'y aurois
trouvé dix boutiques pour une ; car,
fans vanité, j'ofe dire qu'il n'eft point de
Barbier en Efpagne, qui fçache mieux
que moy rafer à poil & à contrepoil, &
mettre une mouftache en papillotte. Mais
je n'ay pû refifter davantage au violent
defir que j'ay de retourner dans ma patrie, d'où il y a dix années entieres que
je fuis forti. Je veux refpirer un peu l'air
du pays, & fçavoir dans quelle fituation
font mes parens. Je feray chez eux
aprés demain, puifque l'endroit qu'ils
habitent & qu'on appelle Olmedo, eft
un gros village en deçà de Segovie.

Je refolus d'accompagner ce Barbier

jusques chez luy, & d'aller à Segovie
chercher quelque commodité pour Madrid. Nous commençames à nous entretenir de choses indifferentes en pour-
suivant nostre route. Ce jeune homme
estoit de bonne humeur & avoit l'esprit
agréable. Au bout d'une heure de conversation, il me demanda si je me sentois de l'appetit. Je luy repondis qu'il le
verroit à la premiere hostellerie. En attendant que nous y arrivions, me dit-il,
nous pouvons faire une pause. J'ay dans
mon sac de quoy dejeuner. Quand je
voyage, j'ay toûjours soin de porter des
provisions. Je ne me charge point d'habits, de linge, ni d'autres hardes inutiles. Je ne veux rien de superflu. Je ne
mets dans mon sac que des munitions de
bouche avec mes rasoirs & une savon-
nette. Je loüay sa prudence & consentis
de bon cœur à la pause qu'il proposoit.
J'avois faim, & je me préparois à faire
un bon repas. Aprés ce qu'il venoit de
dire, je m'y attendois. Nous nous dé-
tournames un peu du grand chemin, pour
nous asseoir sur l'herbe. Là, mon garçon Barbier étala ses vivres, qui consis-
toient dans cinq ou six oignons avec quelques morceaux de pain & de fromage;

mais ce qu'il produisit comme la meilleure piece du sac, fut un petit outre
rempli, disoit-il, d'un vin delicat &
friand. Quoyque les mets ne fussent pas
bien savoureux, la faim qui nous pressoit
l'un & l'autre ne nous permit pas de les
trouver mauvais ; & nous vuidames aussi
l'outre, où il y avoit environ deux pintes d'un vin qu'il se seroit fort bien passé
de me vanter. Nous nous levames aprés
cela, & nous nous remimes en marche
avec beaucoup de gayeté. Le Barbier,
à qui Fabrice avoit dit qu'il m'estoit arrivé des avantures trés-particulieres,
me pria de les luy apprendre moy-mesme. Je crus ne pouvoir rien refuser à un
homme qui m'avoit si bien regalé. Je
luy donnay la satisfaction qu'il demandoit. Ensuite, je luy dis que pour reconnoistre ma complaisance, il falloit qu'il me
contast aussi l'histoire de sa vie. Oh pour
mon histoire, s'écria-t-il, elle ne merite
guere d'estre entenduë. Elle ne contient
que de simples faits. Neanmoins, ajoûta-t-il, puisque nous n'avons rien de
meilleur à faire, je vais vous la raconter
telle qu'elle est. En mesme temps, il en
fit le recit à peu prés de cette sorte.

CHAPITRE VII.

Histoire du garçon Barbier.

FErnand Perés de la Fuente mon grand pere, je prends la chose de loin, aprés avoir été pendant cinquante ans Barbier du village d'Olmedo, mourut & laissa quatre fils. L'aisné nommé Nicolas, s'empara de sa boutique & luy succeda dans sa profession. Bertrand le puisné, se mettant le commerce en teste devint marchand Mercier ; & Thomas, qui estoit le troisiéme, se fit Maistre d'école. Pour le quatriéme, qu'on appelloit Pedro, comme il se sentoit né pour les belles lettres, il vendit une petite piece de terre qu'il avoit euë pour son partage, & alla demeurer à Madrid, où il esperoit qu'un jour il se feroit distinguer par son sçavoir & par son esprit. Ses trois autres freres ne se separerent point. Ils s'establirent à Olmedo, en se mariant avec des filles de laboureurs, qui leur apporterent en mariage peu de bien ; mais en recompense une grande fécondité. Elles firent des enfans comme

l'envy l'une de l'autre. Ma mere, femme
du Barbier, en mit au monde six pour
sa part dans les cinq premieres années de
son mariage. Je fus du nombre de ceux-
là. Mon pere m'apprit de trés-bonne
heure à raser; & lorsqu'il me vit parvenu
à l'âge de quinze ans, il me chargea les
épaules de ce sac que vous voyez, me
ceignit d'une longue épée, & me dit:
Va, Diego, tu es en estat présentement
de gagner ta vie; va courir le pays. Tu
as besoin de voyager pour te degourdir
& te perfectionner dans ton art. Pars,
& ne revien à Olmedo qu'aprés avoir
fait le tour de l'Espagne. Que je n'entende point parler de toy avant ce temps-
là. En achevant ces paroles, il m'em-
brassa de bonne amitié & me poussa hors
du logis.

   Tels furent les adieux de mon pere.
Pour ma mere, qui avoit moins de ru-
desse dans ses mœurs, elle parut plus
sensible à mon depart. Elle laissa couler
quelques larmes & me glissa mesme dans
la main un ducat à la derobée. Je sortis
donc ainsi d'Olmedo & pris le chemin
de Segovie. Je n'eus pas fait deux cens
pas, que je m'arrestay pour visiter mon
sac. J'eus envie de voir ce qu'il y avoit

dedans, & de connoiftre précifement ce
que je poffedois. J'y trouvay une trouffe
où eftoient deux rafoirs qui fembloient
avoir rafé dix generations, tant ils eftoient ufez, avec une bandelette de cuir
pour les repaffer & un morceau de fa-
von. Outre cela, une chemife de chan-
vre toute neuve, une vieille paire de
fouliers de mon pere, & ce qui me rejoüit plus que tout le refte, une vingtaine
de reaux enveloppez dans un chiffon de
linge. Voila quelles eftoient mes facul-
tez. Vous jugez bien par là que Maiftre
Nicolas le Barbier comptoit beaucoup
fur mon fçavoir-faire, puifqu'il me laiffoit partir avec fi peu de chofe. Cependant la poffeffion d'un ducat & de vingt
reaux ne manqua pas d'éblouïr un jeune
homme qui n'avoit jamais eu d'argent.
Je crus mes finances inépuifables, &
tranfporté de joye, je continuay mon
chemin, en regardant de moment en moment la garde de ma rapiere, dont la la-
me me battoit, à chaque pas, le molet ou
s'embaraffoit dans mes jambes.

J'arrivay fur le foir au village d'Ata-
quinés avec un trés-rude appetit. J'allay
loger à l'hoftellerie, & comme fi j'euffe
efté en eftat de faire de la depenfe, je
deman-

demanday d'un ton haut à fouper. L'hofte me confidera quelque temps & voyant
à qui il avoit affaire, il me dit d'un air
doux : C'à, mon Gentilhomme, vous ferez fatisfait. On va vous traitter comme
un Prince. En parlant de cette forte, il
me mena dans une petite chambre, où
il m'apporta, un quart d'heure aprés,
un civet de matou, que je mangeay avec
la mefme avidité, que s'il euft efté de
lievre ou de lapin. Il accompagna cet
excellent ragouft d'un vin qui eftoit fi
bon, difoit-il, que le Roy n'en beuvoit
pas de meilleur. Je m'apperceus pourtant que c'eftoit du vin gafté. Mais cela
ne m'empefcha pas de luy faire autant
d'honneur qu'au matou. Il fallut enfuite, pour achever d'eftre traitté comme un Prince, que je me couchaffe dans
un lit plus propre à caufer l'infomnie qu'à
l'ofter. Peignez - vous un grabat fort
étroit & fi court que je ne pouvois éten-
dre les jambes, tout petit que j'eftois.
D'ailleurs, il n'avoit, pour matelat &
lit de plume, qu'une fimple paillaffe pi-
quée & couverte d'un drap mis en dou-
ble, qui, depuis le dernier blanchiffage,
avoit fervi peut-eftre à cent voyageurs.
Néanmoins dans ce lit, que je viens de

Tome I. S

repréſenter, l'eſtomac plein du civet &
de ce vin delicieux que l'hoſte m'avoit
donné, graces à ma jeuneſſe & à mon
temperament, je dormis d'un profond
ſommeil & paſſay la nuit ſans indigeſtion.

Le jour ſuivant, lorſque j'eus déjeuné & bien payé la bonne chere qu'on
m'avoit faite, je me rendis tout d'une
traitte à Segovie. Je n'y fus pas ſitoſt,
que j'eus le bonheur de trouver une boutique, où l'on me receut pour ma nourriture & mon entretien ; mais je n'y demeuray que ſix mois : un garçon Barbier
avec qui j'avois fait connoiſſance, &
qui vouloit aller à Madrid, me debau-
cha, & je partis pour cette ville avec
luy. Je me plaçay là ſans peine ſur le
meſme pied qu'à Segovie. J'entray dans
une boutique des plus achalandées. Il
eſt vray qu'elle eſtoit auprés de l'Egliſe
de ſainte Croix, & que la proximité *du
Theatre du Prince* y attiroit bien de la
pratique. Mon maiſtre, deux grands
garçons & moy, nous ne pouvions preſque ſuffire à ſervir les hommes qui venoient s'y faire raſer. J'en voyois de
toutes ſortes de conditions ; mais entr'autres des Comediens & des Auteurs. Un

Jour deux perſonnages de cette derniere
eſpece s'y trouverent enſemble. Ils commencerent à s'entretenir des Poëtes & des
Poëſies du temps, & je leur entendis pro-
noncer le nom de mon oncle. Cela me rendit plus attentif à leur diſcours que je ne
l'avois eſté : Don Juan de Zavaleta, diſoit
l'un, eſt un auteur ſur lequel il me paroiſt
que le public ne doit pas compter. C'eſt
un eſprit froid, un homme ſans imagination. Sa derniere piece l'a furieuſement
décrié. Et Luis Velez de Guevara, diſoit l'autre, ne vient-il pas de donner un
bel ouvrage au public ? a-t-on jamais
rien vû de plus miſerable ? Ils nomme-
rent encore je ne ſçay combien d'autres
Poëtes dont j'ay oublié les noms ; je me
ſouviens ſeulement qu'ils en dirent beaucoup de mal. Pour mon oncle, ils en firent une mention plus honorable. Ils
convinrent tous deux que c'eſtoit un garçon de merite. Ouy, dit l'un, Don Pedro de la Fuente eſt un auteur excellent.
Il y a dans ſes livres une fine plaiſanterie
meſlée d'érudition, qui les rend piquans
& pleins de ſel. Je ne ſuis pas ſurpris
s'il eſt eſtimé de la Cour & de la ville, &
ſi pluſieurs Grands luy font des penſions.
Il y a déja bien des années, dit l'autre,

qu'il joüit d'un affez gros revenu. Il a
fa nourriture & fon logement chez le
Duc de Medina Celi. Il ne fait point de
depenfe. Il doit eftre fort bien dans fes
affaires.

Je ne perdis pas un mot de tout ce
que ces Poëtes dirent de mon oncle.
Nous avions appris dans la famille qu'il
faifoit du bruit à Madrid par fes ouvrages. Quelques perfonnes en paffant par
Olmedo, nous l'avoient dit ; mais comme il negligeoit de nous donner de fes
nouvelles & qu'il paroiffoit fort détaché
de nous, de noftre cofté, nous vivions
dans une trés-grande indifference pour
luy. Bon fang toutefois ne peut mentir.
Dés que j'entendis dire qu'il eftoit dans
une belle paffe & que je fceus où il demeuroit, je fus tenté de l'aller trouver.
Une chofe m'embaraffoit : les Auteurs
l'avoient appellé Don Pedro. Ce Don
me fit quelque peine & je craignis que
ce ne fuft un autre Poëte que mon oncle.
Cette crainte pourtant ne m'arrefta point.
Je crus qu'il pouvoit eftre devenu noble
ainfi que bel efprit, & je refolus de le
voir. Pour cet effet, avec la permiffion
de mon maiftre, je m'ajuftay un matin le
mieux que je pus & je fortis de noftre

boutique, un peu fier d'eftre neveu d'un
homme qui s'eftoit acquis tant de reputation par fon genie. Les Barbiers ne font
pas les gens du monde les moins fufcep-
tibles de vanité. Je commençay à concevoir une grande opinion de moy, &
marchant d'un air préfomptueux, je me
fis enfeigner l'Hoftel du Duc de Medina
Celi. Je me préfentay à la porte & dis
que je fouhaitois de parler au Seigneur
Don Pedro de la Fuente. Le portier me
montra du doigt au fond d'une cour un
petit efcalier & me repondit : Montez
par là, puis frappez à la premiere porte
que vous rencontrerez à main droite. Je
fis ce qu'il me difoit : je frappay à une
porte. Un jeune homme vint ouvrir,
& je luy demanday fi c'eftoit là que logeoit le Seigneur Dou Pedro de la Fuente. Ouy, me repondit-il ; mais vous ne
fçauriez luy parler préfentement. Je ferois bien aife, luy di-je, de l'entretenir.
Je viens luy apprendre des nouvelles de
fa famille. Quand vous auriez, repartit-il, des nouvelles du Pape à luy dire,
je ne vous introduirois pas dans fa chambre en ce moment. Il compofe, & lorfqu'il travaille, il faut bien fe garder de
le diftraire de fon ouvrage. Il ne fera

visible que sur le midi. Allez faire un tour & revenez dans ce temps-là.

Je sortis & me promenay toute la matinée dans la ville, en songeant sans cesse à la reception que mon oncle me feroit. Je croy, disois-je en moy-mesme, qu'il sera ravi de me voir. Je jugeois de ses sentimens par les miens & je me préparois à une reconnoissance fort touchante. Je retournay chez luy en diligence à l'heure qu'on m'avoit marquée. Vous arrivez à propos, me dit son valet. Mon maistre va bien-tost sortir. Attendez icy un instant. Je vais vous annoncer. A ces mots, il me laissa dans l'antichambre. Il y revint un moment aprés, & me fit entrer dans la chambre de son maistre, dont le visage me frappa d'abord par un air de famille. Il me sembla que c'estoit mon oncle Thomas, tant ils se ressembloient tous deux. Je le saluay avec un profond respect & luy dis que j'estois fils de Maistre Nicolas de la Fuente, Barbier d'Olmedo : je luy appris aussi que j'exerçois à Madrid depuis trois semaines le métier de mon pere en qualité de garçon, & que j'avois dessein de faire le tour de l'Espagne pour me perfectionner. Tandis que je parlois, je

m'apperceûs que mon oncle refvoit. Il
doutoit apparemment s'il me defavouë-
roit pour fon neveu, ou s'il fe deferoit
adroitement de moy. Il choifit ce dernier parti. Il affecta de prendre un air
riant & me dit : Hé bien, mon ami,
comment fe portent ton pere & tes oncles ? Dans quel eftat font leurs affaires ?
Je commençay là-deffus à luy reprefenter la propagation copieufe de noftre famille. Je luy en nommay tous les enfans, mafles & femelles, & je compris
dans cette lifte jufqu'à leurs parains &
leurs maraines. Il ne parut pas s'intereffer infiniment à ce détail, & venant à
fes fins : Diego, reprit il, j'approuve
fort que tu coures le pays pour te rendre
parfait dans ton art ; & je te confeille
de ne point t'arrefter plus long-temps à
Madrid. C'eft un fejour pernicieux pour
la jeuneffe. Tu t'y perdrois, mon enfant.
Tu feras mieux d'aller dans les autres
villes du Royaume. Les mœurs n'y font
pas fi corrompuës. Va-t-en, pourfuivit-il, & quand tu feras preft à partir,
vien me revoir. Je te donneray une pif-
tole, pour t'aider à faire le tour de l'Efpagne. En difant ces paroles, il me mit
doucement hors de fa chambre & me renvoya.

Je n'eus pas l'esprit de m'appercevoir
qu'il ne cherchoit qu'à m'eloigner de
luy. Je regagnay noftre boutique &
rendis compte à mon maiftre de la vifite
que je venois de faire. Il ne penetra pas
mieux que moy l'intention du Seigneur
Don Pedro & il me dit : Je ne fuis pas
du fentiment de voftre oncle. Au lieu de
vous exhorter à courir le pays, il devoit plûtoft, ce me femble, vous engager à demeurer dans cette ville. Il voit
tant de perfonnes de qualité. Il peut aifément vous placer dans une grande maifon, & vous mettre en eftat de faire
peu à peu une groffe fortune. Frappé de
ce difcours qui me préfentoit de flateufes
images, j'allay, deux jours aprés, retrouver mon oncle, & je luy propofay
d'employer fon credit pour me faire entrer chez quelque Seigneur de la Cour.
Mais la propofition ne fut pas de fon
gouft. Un homme vain qui entroit librement chez les Grands & mangeoit tous
les jours avec eux, n'eftoit pas bien aife,
pendant qu'il feroit à la table des Maiftres, qu'on vift fon neveu à la table des
valets. Le petit Diego auroit fait rougir
le Seigneur Don Pedro. Il ne manqua
donc pas de m'éconduire, & mefme trés-
rude-

rudement. Comment, petit libertin, me
dit-il, d'un air furieux, tu veux quitter ta
profeſſion ! Va, je t'abandonne aux gens
qui te donnent de ſi pernicieux conſeils.
Sors de mon appartement & n'y remets
jamais le pied. Autrement, je te feray
chaſtier comme tu le merites. Je fus bien
étourdi de ces paroles & plus encore du
ton ſur lequel mon oncle le prenoit. Je
me retiray les larmes aux yeux & fort
touché de la dureté qu'il avoit pour moy.
Cependant comme j'ay toûjours eſté vif
& fier de mon naturel, j'eſſuyay bien-
toſt mes pleurs. Je paſſay meſme de la
douleur à l'indignation & je reſolus de
laiſſer là ce mauvais parent, dont je
m'eſtois bien paſſé juſqu'à ce jour.

Je ne penſay plus qu'à cultiver mon
talent. Je m'attachay au travail. Je ra-
ſois toute la journée, & le ſoir, pour
donner quelque récréation à mon eſprit,
j'apprenois à joüer de la guitarre. J'a-
vois pour maiſtre de cet inſtrument un
vieux *Señor Eſcudero* à qui je faiſois la
barbe. Il me montroit auſſi la muſique,
qu'il ſçavoit parfaitement. Il eſt vray
qu'il avoit eſté Chantre autrefois dans
une Cathedrale. Il ſe nommoit Marcos
de Obregon. C'eſtoit un homme ſage,

qui avoit autant d'esprit que d'experience, & qui m'aimoit commé si j'eusse esté son fils. Il servoit d'écuyer à la femme d'un Medecin qui demeuroit à trente pas de nostre maison. Je l'allois voir sur la fin du jour, aussitost que j'avois quitté l'ouvrage, & nous faisions tous deux, assis sur le seüil de la porte, un petit concert qui ne déplaisoit pas au voisinage. Ce n'est pas que nous eussions des voix fort agréables ; mais en raclant le boyau nous chantions l'un & l'autre methodiquement nostre partie, & cela suffisoit pour donner du plaisir aux personnes qui nous écoutoient. Nous divertissions particulierement Doña Mergelina femme du Medecin. Elle venoit dans l'allée nous entendre & nous obligeoit quelquefois à recommencer les airs qui se trouvoient le plus de son goust. Son mari ne l'empeschoit pas de prendre ce divertissement. C'estoit un homme qui, bien qu'Espagnol & déja vieux, n'estoit nullement jaloux. D'ailleurs sa profession l'occupoit tout entier ; & comme il revenoit le soir fatigué d'avoir esté chez ses malades, il se couchoit de trés-bonne heure, sans s'inquieter de l'attention que sa femme donnoit à nos concerts. Peut-eftre auffi qu'il ne les croyoit pas fort capables de faire de dangereufes impreffions. Il faut ajoûter à cela qu'il ne penfoit pas avoir le moindre fujet de crainte, Mergeline eftant une Dame jeune & belle à la verité, mais d'une vertu fi fauvage, qu'elle ne pouvoit fouffrir les regards des hommes. Il ne luy faifoit donc point un crime d'un paffetemps qui luy paroiffoit innocent & honnefte, & il nous laiffoit chanter tant qu'il nous plaifoit.

Un foir comme j'arrivois à la porte du Medecin, dans l'intention de me rejoüir à mon ordinaire, j'y trouvay le vieil Ecuyer qui m'attendoit. Il me prit par la main & me dit qu'il vouloit faire un tour de promenade avec moy, avant que de commencer noftre concert. En mefme temps, il m'entraina dans une rüe detournée, où voyant qu'il pouvoit m'entretenir en liberté : Diego, mon fils, me dit-il d'un air trifte, j'ay quelque chofe de particulier à vous apprendre. Je crains fort, mon enfant, que nous ne nous repentions l'un & l'autre de nous amufer tous les foirs à faire des concerts à la porte de mon maiftre. J'ay fans doute beaucoup d'amitié pour vous.

Je suis bien aise de vous avoir montré à
joüer de la guitarre & à chanter ; mais
si j'avois préveu le malheur qui nous
menace, vive Dieu, j'aurois choisi un
autre endroit pour vous donner des leçons. Ce discours m'effraya. Je priay
l'Ecuyer de s'expliquer plus clairement
& de me dire ce que nous avions à craindre ; car je n'estois pas homme à braver
le peril & je n'avois pas encore fait mon
tour d'Espagne. Je vais, reprit-il, vous
conter ce qu'il est necessaire que vous
sçachiez pour bien comprendre tout le
danger où nous sommes.

Lorsque j'entray, poursuivit-il, au
service du Medecin, & il y a de cela une
année, il me dit un matin, après m'a-
voir conduit devant sa femme : Voyez,
Marcos, voyez vostre maîtresse. C'est
cette Dame que vous devez accompagner
par-tout. J'admiray Doña Mergelina. Je
la trouvay merveilleusement belle, faite
à peindre, & je fus particulierement
charmé de l'air agreable qu'elle a dans
son port. Seigneur, répondi-je au Medecin, je suis trop heureux d'avoir à servir une Dame si charmante. Ma réponse
deplut à Mergeline, qui me dit d'un ton
brusque : *Voyez donc celuy-là. Il s'é-*

mancipe vrayement. Oh je n'aime point
qu'on me dife des douceurs, moy. Ces
paroles forties d'une fi belle bouche me
furprirent étrangement. Je ne pouvois
concilier ces façons de parler ruftiques,
& groffieres avec l'agrément que je
voyois repandu dans toute la perfonne
de ma maitreffe. Pour fon mari, il y eftoit accouftumé, & s'applaudiffant mefme d'avoir une époufe d'un fi rare caractere : Marcos, me dit-il, ma femme
eft un prodige de vertu. Enfuite, comme il s'apperceut qu'elle fe couvroit de
fa mante & fe difpofoit à fortir pour aller entendre la Meffe, il me dit de la
mener à l'Eglife. Nous ne fumes pas plûtoft dans la ruë, que nous rencontrâmes, ce qui n'eft pas extraordinaire, des
hommes qui frappez du bon air de Doña
Mergelina, luy dirent en paffant des
chofes fort flateufes. Elle leur répondoit ; mais vous ne fçauriez vous imaginer jufqu'à quel point fes réponfes eftoient fottes & ridicules. Ils en demeuroient tout étonnez & ne pouvoient concevoir qu'il y euft au monde une femme
qui trouvaft mauvais qu'on la loüaft. Hé,
Madame, luy di-je d'abord, ne faites
point d'attention aux difcours qui vous

font addreffez. Il vaut mieux garder le
filence, que de parler avec aigreur. Non
non, me repartit-elle, je veux apprén-
dre à ces infolens, que je ne fuis point
femme à fouffrir qu'on me manque de
refpect. Enfin, il luy échappa tant d'impertinences, que je ne pus m'empefcher
de luy dire tout ce que je penfois, au
hazard de luy deplaire. Je luy repréfen-
tay, avec le plus de menagement toutefois qu'il me fut poffible, qu'elle faifoit
tort à la nature & gaftoit mille bonnes
qualitez par fon humeur fauvage : qu'une
femme douce & polie pouvoit fe faire
aimer fans le fecours de la beauté ; au
lieu qu'une belle perfonne fans la douceur & la politeffe devenoit un objet de
mépris. J'ajoûtay à ces raifonnemens
je ne fçay combien d'autres femblables,
qui avoient tous pour but la correction
de fes mœurs. Aprés avoir bien mora-
lifé, je craignois que ma franchife n'ex-
citaft la colere de ma maîtreffe & ne
m'attiraft quelque defagreable repartie ;
neanmoins elle ne fe revolta pas contre
ma remontrance, elle fe contenta de la
rendre inutile, de mefme que celles qu'il
me prit fotement envie de luy faire les
jours fuivans.

Je me laſſay de l'avertir en vain de
ſes defauts & je l'abandonnay à la fero-
cité de ſon naturel. Cependant, le croi-
rez-vous ? cet eſprit farouche, cette or-
güeilleuſe femme eſt depuis deux mois
entierement changée d'humeur. Elle a
de l'honneſteté pour tout le monde &
des manieres trés-agreables. Ce n'eſt
plus cette meſme Mergeline qui ne répondoit que des ſotiſes aux hommes qui
luy tenoient des diſcours obligeans. Elle
eſt devenuë ſenſible aux loüanges qu'on
luy donne. Elle aime qu'on luy diſe
qu'elle eſt belle, qu'un homme ne peut
la voir impunément. Les flatteries luy
plaiſent. Elle eſt préſentement comme
une autre femme. Ce changement eſt
à peine concevable ; & ce qui doit encore vous étonner davantage, c'eſt d'apprendre que vous eſtes l'auteur d'un ſi
grand miracle. Ouy, mon cher Diego,
continua l'Ecuyer, c'eſt vous qui avez
ainſi metamorphoſé Doña Mergelina.
Vous avez fait une brebis de cette ti-
greſſe. En un mot, vous vous eſtes attiré
ſon attention. Je m'en ſuis apperçeu plus
d'une fois, & je me connois mal en femmes, ou bien elle a conceu pour vous
un amour trés-violent. Voila, mon fils,

la trifte nouvelle que j'avois à vous annoncer & la facheufe conjonéture où
nous nous trouvons.

Je ne vois pas, di-je alors au vieillard, qu'il y ait là-dedans un fi grand
fujet d'affliction pour nous ; ni que ce
foit un malheur pour moy d'eftre aimé
d'une jolie Dame. Ah Diego, repliqua-
t-il, vous ráifonnez en jeune homme.
Vous ne voyez que l'appaft : vous ne prenez point garde à l'hameçon. Vous né
regardez que le plaifir, & moy j'envi-
fage tous les defagrémens qui le fuivent.
Tout éclate à la fin. Si vous continuez
de venir chanter à noftre porte, vous
irriterez la paffion de Mergeline, qui
perdant peut-eftre toute retenuë, laif-
fera voir fa foibleffe au Docteur Olorofo
fon mari ; & ce mari qui fe montre aujourd'hûy fi complaifant, parce qu'il ne
croit pas avoir fujet d'eftre jaloux, de-
viendra furieux, fe vengera d'elle &
pourra nous faire à vous & à moy un
fort mauvais parti. Hé bien, repri-je,
Seigneur Marcos, je me rends à vos rai-
fons & m'abandonne à vos confeils.
Prefcrivez-moy la conduite que je dois
tenir, pour prévenir tout finiftre accident. Nous n'avons qu'à ne plus faire

de concerts, repartit-il. Cessez de pa-
roître devant ma maîtresse. Quand elle
ne vous verra plus, elle reprendra sa
tranquilité. Demeurez chez vostre maîs-
tre; j'iray vous y trouver, & nous joüe-
rons là de la guitarre sans peril. J'y consens, luy di-je, & je vous promets de
ne plus mettre le pied chez vous. Effectivement, je resolus de ne plus aller
chanter à la porte du Medecin & de me
tenir desormais renfermé dans ma boutique, puisque j'estois un homme si dangereux à voir.

Cependant le bon Ecuyer Marcos,
avec toute sa prudence, éprouva peu de
jours aprés, que le moyen qu'il avoit
imaginé pour éteindre les feux de Doña
Mergelina, produisoit un effet tout contraire. La Dame, dés la seconde nuit,
ne m'entendant point chanter, luy demanda pourquoy nous avions disconti-
nué nos concerts, & pour quelle raison
elle ne me voyoit plus. Il repondit que
j'estois si occupé, que je n'avois pas un
moment à donner à mes plaisirs. Elle parut
se contenter de cette excuse, & pendant
trois autres jours encore elle soutint mon
absence avec assez de fermeté; mais au
bout de ce temps-là, ma Princesse perdit

patience & dit à son Ecuyer : Vous me
trompez, Marcos. Diego n'a pas cessé
sans sujet de venir icy. Il y a là-dessous
un mystere que je veux éclaircir. Parlez,
je vous l'ordonne. Ne me cachez rien.
Madame, luy repondit-il en la payant
d'une autre defaite, puisque vous sou-
haitez de sçavoir les choses, je vous diray qu'il luy est souvent arrivé, après
nos concerts, de trouver chez luy la table desservie. Il n'ose plus s'exposer à se
coucher sans souper. Comment sans souper, s'écria-t-elle avec chagrin ! que ne
m'avez-vous dit cela plûtost ? se coucher sans souper ! ah le pauvre enfant !
allez le voir tout à l'heure, & qu'il revienne dés ce soir. Il ne s'en retournera
plus sans manger. Il y aura toûjours icy
un plat pour luy.

Qu'entens-je, luy dit l'Ecuyer en fei-
gnant d'estre surpris de ce discours ? quel
changement, ô Ciel ! Est-ce vous, Madame, qui me tenez ce langage ? Hé depuis quand êtes-vous si pitoyable & si
sensible ? Depuis, repondit-elle brusquement, depuis que vous demeurez dans
cette maison, ou plûtost depuis que vous
avez condamné mes manieres dedaigneu-
ses, & que vous vous estes efforcé d'a-

douçir la rudeſſe de mes mœurs. Mais,
holas, ajoûta-t-elle en s'attendriſſant,
j'ay paſſé de l'une à l'autre extremité.
D'altiere & d'inſenſible que j'eſtois, je
ſuis devenuë trop douce & trop tendre.
J'aime voſtre jeune ami Diego, ſans que
je puiſſe m'en empeſcher ; & ſon abſen-
ce, bien loin d'affoiblir mon amour,
ſemble luy donner de nouvelles forces.
Eſt-il poſſible, reprit le vieillard, qu'un
jeune homme qui n'eſt ni beau ni bienfait, ſoit l'objet d'une paſſion ſi forte ?
Je vous pardonnerois vos ſentimens, s'ils
vous avoient eſté inſpirez par quelque
Cavalier d'un merite brillant... Ah Marcos, interrompit Mergeline, je ne reſ-
ſemble donc point aux autres perſonnes
de mon ſexe, ou bien, malgré vôtre longue experience, vous ne les connoiſſez
guere, ſi vous croyez que le merite les
determine à faire un choix. Si j'en juge
par moy-meſme, elles s'engagent ſans
deliberation. L'amour eſt un déreglement
d'eſprit qui nous entraine vers un objet
& nous y attache malgré nous. C'eſt une
maladie qui nous vient comme la rage aux
animaux. Ceſſez donc de me repréſenter
que Diego n'eſt pas digne de ma tendreſſe.
Il ſuffit que je l'aime, pour trouver en luy

mille belles qualitez qui ne frappent point
voſtre veuë & qu'il ne poſſede peut-eſtre pas. Voûs avez beau me dire que ſes
traits & ſa taille ne meritent pas la moindre attention ; il me paroiſt fait à ravir
& plus beau que le jour. De plus, il a
dans la voix une douceur qui me touche
& il joüë, ce me ſemble, de la guitarre
avec une grace toute particuliere. Mais,
Madame, repliqua Marcos, ſongez-
vous à ce qu'eſt Diego ? La baſſeſſe de
ſa condition... Je ne ſuis guere plus que
luy, interrompit-elle encore, & quand
meſme je ſerois une femme de qualité,
je ne prendrois pas garde à cela.

Le reſultat de cet entretien fut que
l'Ecuyer jugeant qu'il ne gagneroit rien
alors ſur l'eſprit de ſa maitreſſe, ceſſa de
combattre ſon enteſtement, comme un
adroit Pilote cede à la tempeſte qui l'é-
carte du port où il s'eſt propoſé d'aller.
Il fit plus, pour ſatisfaire la patrone, il
vint me chercher, me prit à part, &
aprés m'avoir conté ce qui s'eſtoit paſſé
entre elle & luy : Vous voyez, Diego,
me dit-il, que nous ne ſçaurions nous
diſpenſer de continuer nos concerts à la
porte de Mergeline. Il faut abſolument,
mon ami, que cette Dame vous revoye,

autrement elle pourroit faire quelque folie qui nuiroit plus que toute autre chose
à sa reputation. Je ne fis point le cruel.
Je repondis à Marcos que je me rendrois
chez-luy sur la fin du jour avec ma guitarre : qu'il pouvoit aller porter cette
agréable nouvelle à sa maitresse. Il n'y
manqua pas, & ce fut pour cette amante
passionnée un grand sujet de ravissement,
d'apprendre qu'elle auroit ce soir-là le
plaisir de me voir & de m'entendre.

Peu s'en fallut pourtant qu'un incident assez desagreable ne la frustrast de
cette esperance. Je ne pus sortir de chez
mon maistre avant la nuit, qui, pour mes
pechez, se trouva trés-obscure. Je marchois à tastons dans la ruë, & j'avois
fait peut-estre la moitié de mon chemin,
lorsque d'une fenestre on me coëffa d'une
cassolette qui ne chatoüilloit point l'odorat. Je puis dire mesme que je n'en perdis rien, tant je fus bien ajusté. Dans
cette situation, je ne sçavois à quoy me
resoudre : de retourner sur mes pas,
quelle scene pour mes camarades ! C'estoit me livrer à toutes les mauvaises
plaisanteries du monde. D'aller aussi
chez Mergeline dans le bel estat où j'estois, cela me faisoit de la peine. Je pris

pourtant le parti de gagner la maison du Medecin. Je rencontray à la porte le vieil Ecuyer qui m'attendoit. Il me dit que le Docteur Oloroso venoit de se coucher, & que nous pouvions librement nous divertir. Je répondis qu'il falloit auparavant nettoyer mes habits. En mesme temps je luy contay ma disgrace. Il y parut sensible, & me fit entrer dans une salle où estoit sa maitresse. D'abord que cette Dame sceut mon avanture, & me vit tel que j'estois, elle me plaignit autant que si les plus grands malheurs me fussent arrivez; puis apostrophant la personne qui m'avoit accommodé de cette maniere, elle luy donna mille maledictions. Hé, Madame, luy dit Marcos, moderez vos transports. Considerez que cet événement est un pur effet du hazard. Il n'en faut point avoir un ressentiment si vif. Pourquoy, s'écria-t-elle avec emportement, pourquoy ne voulez-vous pas que je ressente vivement l'offense qu'on a faite à ce petit agneau, à cette colombe sans fiel, qui ne se plaint seulement pas de l'outrage qu'il a receu? Ah que ne suis-je homme en ce moment pour le vanger!

Elle dit une infinité d'autres choses

encore qui marquoient bien l'excés de
son amour, qu'elle ne fit pas moins
éclater par ses actions ; car tandis que
Marcos s'occupoit à m'essuyer avec une
serviette, elle courut dans sa chambre,
& en aporta une boëte remplie de toutes
sortes de parfums. Elle brusla des drogues
odoriférantes & en parfuma mes habits.
Aprés quoy, elle repandit sur eux des
essences abondamment. La fumigation
& l'aspersion finie, cette charitable femme alla chercher elle-mesme dans la
cuisine du pain, du vin & quelques
morceaux de mouton rosti, qu'elle avoit
mis à part pour moy. Elle m'obligea de
manger, & prenant plaisir à me servir,
tantost elle me coupoit ma viande & tantost elle me versoit à boire, malgré tout
ce que nous pouvions faire, Marcos &
moy, pour l'en empescher. Quand j'eus
soupé, Messieurs de la symphonie se
préparerent à bien accorder leurs voix
avec leurs guitarres. Nous fimes un
concert qui charma Mergeline. Il est
vray que nous affections de chanter des
airs dont les paroles flatoient son amour,
& il faut remarquer qu'en chantant je
la regardois quelquefois du coin de l'œil,
d'une maniere qui mettoit le feu aux

étouppes ; car le jeu commençoit à me
plaire. Le concert, quoyqu'il durast depuis long-temps, ne m'ennuyoit point.
Pour la Dame, à qui les heures paroif-
foient des momens, elle auroit volontiers passé la nuit à nous entendre, si
le vieil Ecuyer à qui les momens paroif-
foient des heures, ne l'eust fait souvenir
qu'il estoit déja tard. Elle luy donna bien
dix fois la peine de repeter cela. Mais
elle avoit affaire à un homme infatiga-
ble là-dessus. Il ne la laissa point en repos, que je ne fusse sorti. Comme il estoit sage & prudent, & qu'il voyoit sa
maitresse abandonnée à une folle passion,
il craignit qu'il ne nous arrivast quelque traverse. Sa crainte fut bientôt
justifiée. Le Medecin, soit qu'il se dou-
tast de quelque intrigue secrete, soit que
le demon de la jalousie qui l'avoit respecté jusqu'alors, voulust l'agiter, s'avisa
de blasmer nos concerts. Il fit plus : il
les défendit en maistre, & sans dire les
raisons qu'il avoit d'en user de cette
sorte, il declara qu'il ne souffriroit pas
davantage qu'on receust chez luy des
étrangers.

Marcos me signifia cette declaration,
qui me regardoit particulierement, &
dont

dont je fus trés-mortifié. J'avois conceu des esperances que j'estois fasché
de perdre. Neanmoins pour raporter les
choses en fidelle Historien, je vous
aoüeray que je pris mon mal en patience. Il n'en fut pas de mesme de Mergeline. Ses sentimens en devinrent plus
vifs : Mon cher Marcos, dit-elle à son
Ecuyer, c'est de vous seul que j'attends
du secours. Faites ensorte, je vous prie,
que je puisse voir secretement Diego.
Que me demandez-vous, répondit le
vieillard avec colere ? Je n'ay eu que
trop de complaisance pour vous. Je ne
prétends point, pour satisfaire vostre ardeur insensée, contribuer à deshonorer
mon maistre, à vous perdre de reputation & à me couvrir d'infamie, moy
qui ay toûjours passé pour un domestique
d'une conduite irreprochable. J'aime
mieux sortir de vostre maison, que d'y
servir d'une maniere si honteuse. Ah,
Marcos, interrompit la Dame toute effrayée de ces dernieres paroles, vous me
percez le cœur, quand vous me parlez
de vous retirer. Cruel, vous songez à
m'abandonner, aprés m'avoir reduite
dans l'estat où je suis ! Rendez-moy
donc auparavant mon orgüeil & cet

eſprit ſauvage que vous m'avez oſté.
Que n'ay-je encore ces heureux défauts?
Je ſerois aujourd'huy tranquille, au lieu
que vos remontrances indiſcretes m'ont
ravi le repos dont je joüiſſois. Vous avez
corrompu mes mœurs, en voulant les
corriger. . . Mais, pourſuivit-elle en
pleurant, que dis-je, malheureuſe? pourquoy vous faire d'injuſtes reproches?
non, mon pere, vous n'eſtes point l'auteur de mon infortune. C'eſt mon mauvais ſort qui me préparoit tant d'ennuy.
Ne prenez point garde, je vous en conjure, aux diſcours extravagans qui m'é-
chapent. Helas, ma paſſion me trouble
l'eſprit. Ayez pitié de ma foibleſſe. Vous
eſtes toute ma conſolation, & ſi ma vie
vous eſt chere, ne me refuſez point voſtre aſſiſtance.

A ces mots, ſes pleurs redoublerent
de ſorte qu'elle ne put continuer. Elle tira
ſon mouchoir & s'en couvrant le viſage,
elle ſe laiſſa tomber ſur une chaiſe comme une perſonne qui ſuccombe à ſon
affliction. Le vieux Marcos, qui eſtoit
peut-eſtre la meilleure paſte d'Ecuyer
qu'on vit jamais, ne reſiſta point à un
ſpectacle ſi touchant. Il en fut vivement
penetré. Il confondit meſme ſes larmes

avec celles de sa maîtresse & lui dit d'un
air attendri : Ah, Madame, que vous
estes seduisante ! je ne puis tenir contre vostre douleur. Elle vient de vain-
cré ma vertu. Je vous promets mon secours. Je ne m'étonne plus si l'amour a
la force de vous faire oublier vostre devoir ; puisque la compassion seule est capable de m'écarter du mien. Ainsi donc
l'Ecuyer, malgré sa conduite irreprochable, se dévoüa fort obligeamment à la
passion de Mergeline. Il vint un matin
m'instruire de tout cela, & il me dit
en me quittant qu'il concertoit déja dans
son esprit ce qu'il avoit à faire pour me
procurer une secrete entreveuë avec la
Dame. Il ranima par là mon esperance ;
mais j'appris, deux heures aprés, une
trés-mauvaise nouvelle. Un garçon Apotiquaire du quartier, une de nos prati-
ques, entra pour se faire faire la barbe.
Tandis que je me disposois à le raser, il
me dit : Seigneur Diego, comment gou-
vernez-vous le vieil Ecuyer Marcos de
Obregon vostre ami ? Sçavez-vous qu'il
va sortir de chez le Docteur Oloroso ? Je
répondis que non. C'est une chose certaine, reprit-il. On doit aujourd'huy luy
donner son congé. Son maistre & le

mien viennent devant moy tout à l'heure de s'entretenir à ce sujet, & voicy,
poursuivit-il, quelle a esté leur conversation: Seigneur Apuntador, a dit le Medecin, j'ay une priere à vous faire. Je
ne suis pas content d'un vieil Ecuyer que
j'ay dans ma maison & je voudrois bien
mettre ma femme sous la conduite d'une
Duegne fidelle, severe & vigilante. Je
vous entends, a interrompu mon maîs-
tre. Vous auriez besoin de la Dame Melancia qui a servi de gouvernante à mon
épouse, & qui depuis six femaines que je
suis veuf, demeure encore chez moy.
Quoyqu'elle me soit utile dans mon me-
nage, je vous la cede à cause de l'interest
particulier que je prends à vostre honneur. Vous pourrez vous reposer sur
elle de la seureté de vostre front. C'est la
perle des Duegnes: un vray dragon pour
garder la pudicité du sexe. Pendant douze années entieres qu'elle a esté auprés
de ma femme, qui, comme vous sçavez,
avoit de la jeunesse & de la beauté, je
n'ay pas veu l'ombre d'un galant dans ma
maison. Oh, vive Dieu, il ne falloit pas
s'y joüer! Je vous diray mesme que la
défunte, dans les commencemens, avoit
une grande propension à la coqueterie;

mais la Dame Melancia la refondit bien-
toſt, & lui inſpira du gouſt pour la vertu.
Enfin c'eſt un treſor que cette gouvernante, & vous me remercierez plus d'une
fois de vous avoir fait ce preſent. Là-
deſſus le Docteur a témoigné que ce diſcours lui donnoit bien de la joye, & ils
ſont convenus, le Seigneur Apuntador
& lui, que la Duegne iroit dés ce jour
remplir la place du vieil Ecuyer.

Cette nouvelle que je crus veritable,
& qui l'eſtoit en effet, troubla les idées
de plaiſir dont je recommençois à me re-
paiſtre, & Marcos l'apréſdinée acheva
de les confondre, en me confirmant le
raport du garçon Apoticaire. Mon cher
Diego, me dit le bon Ecuyer, je ſuis-
ravi que le Docteur Oloroſo m'ait chaſſé
de ſa maiſon. Il m'épargne par là bien
des peines. Outre que je me voyois à regret chargé d'un vilain employ, il
m'auroit fallu imaginer des ruſes & des
détours pour vous faire parler en ſecret à
Mergeline. Quel embarras ! graces au
Ciel, je ſuis délivré de ces ſoins facheux,
& du danger qui les accompagnoit. De
voſtre coſté, mon fils, vous devez vous
conſoler de la perte de quelques doux
momens qui auroient pû eſtre ſuivis de

mille chagrins. Je gouftay la morale de
Marcos, parce que je n'efperois plus rien,
& je quittay la partie. Je n'eftois pas,
je l'avouë, de ces amans opiniaftres qui
fe roidiffent contre les obftacles, mais
quand je l'aurois efté, la Dame Melancia
m'euft fait lafcher prife. Le caractere
qu'on donnoit à cette Duegne me paroiffoit capable de defefperer tous les galants.
Cependant avec quelques couleurs qu'on
me l'euft peinte, je ne laiffay pas deux
ou trois jours aprés, d'apprendre que la
femme du Medecin avoit endormi cet
Argus ou corrompu fa fidelité. Comme
je fortois pour aller rafer un de nos voifins, une bonne vieille m'arrefta dans la
ruë, & me demanda fi je m'appellois
Diego de la Fuente. Je répondis qu'ouy.
Cela eftant, reprit-elle, c'eft à vous que
j'ay affaire. Trouvez-vous cette nuit à
la porte de Doña Mergelina, & quand
vous y ferez, faites-le connnoiftre par
quelque fignal, & l'on vous introduira
dans la maifon. Hé bien, luy dis-je, il
faut convenir du figne que je donneray.
Je fçay contrefaire le chat à ravir. Je
miauleray à diverfes reprifes. C'eft affez, repliqua la meffagere de galanterie;
je vais porter voftre réponfe. Voftre fer-

vante, Seigneur Diego, que le Ciel vous
conſerve ! Ah que vous eſtes gentil !
Par ſainte Agnés je voudrois n'avoir que
quinze ans ! je ne vous chercherois pas
pour les autres. A ces paroles l'officieuſe
vieille s'éloigna de moy.

Vous vous imaginez bien que ce meſ-
ſage m'agita furieuſement. Adieu la morale de Marcos. J'attendis la nuit avec
impatience, & quand je jugeay que le
Docteur Oloroſo repoſoit, je me rendis
à ſa porte. Là je me mis à faire des miaulemens qu'on devoit entendre de loin , &
qui ſans doute faiſoient honneur au maiſtre qui m'avoit enſeigné un ſi bel art.
Un moment aprés, Mergeline vint elle-
meſme ouvrir doucement la porte, & la
referma dés que je fus dans la maiſon.
Nous gagnames la ſalle où noſtre dernier concert avoit eſté fait, & qu'une
petite lampe qui bruſloit dans la cheminée éclairoit foiblement. Nous nous aſ-
ſimes à coſté l'un de l'autre pour nous
entretenir, tous deux fort émeus, avec
cette difference : que le plaiſir ſeul cau-
ſoit toute ſon émotion, & qu'il entroit
un peu de frayeur dans la mienne. Ma
Princeſſe m'aſſuroit vainement que nous
n'avions rien à craindre de la part de ſon

mari, je sentois un frisson qui troubloit
ma joye. Madame, luy di-je, comment
avez-vous pû tromper la vigilance de
vostre Gouvernante ? Aprés ce que j'ay
oüi dire de la Dame Melancia, je ne
croyois pas qu'il vous fust possible de trouver les moyens de me donner de vos nouvelles, encore moins de me voir en particulier. Doña Mergelina sourit à ce discours & me repondit : Vous cesserez d'estre surpris de la secrette entreveuë que
nous avons cette nuit ensemble, lorsque je
vous auray conté ce qui s'est passé entre
ma Duegne & moy. Lorsqu'elle entra
dans cette maison, mon mari luy fit mille
caresses, & me dit : Mergeline, je vous
abandonne à la conduite de cette discrete
Dame, qui est un precis de toutes les vertus. C'est un miroir que vous aurez incessamment devant vous pour vous former à la sagesse. Cette admirable personne a gouverné pendant douze années
la femme d'un Apotiquaire de mes amis ;
mais gouverné ! . . . comme on ne gouverne point. Elle en a fait une espece de
sainte.

Cet éloge, que la mine severe de la
Dame Melancia ne démentoit point, me
coûta bien des pleurs & me mit au desespoir.

espoir. Je me representay les leçons qu'il me faudroit écouter depuis le matin jusqu'au soir, & les reprimandes que j'aurois à essuyer tous les jours. Enfin, je m'attendois à devenir la femme du monde la plus malheureuse. Ne menageant rien dans une si cruelle attente, je dis d'un air brusque à la Duegne, d'abord que je me vis seule avec elle : Vous vous préparez sans doute à me bien faire souffrir ; mais je ne suis pas fort patiente, je vous en avertis. Je vous donneray de mon costé toutes les mortifications possibles. Je vous declare que j'ay dans le cœur une passion que vos remontrances n'en arracheront pas. Vous pouvez prendre vos mesures là - dessus. Redoublez vos soins vigilans. Je vous avoüe que je n'épargneray rien pour les tromper. A ces mots, la Duegne renfrognée, je crus qu'elle m'alloit bien haranguer pour son coup d'essay, se dérida le front & me dit d'un air riant : Vous estes d'une humeur qui me charme, & vostre franchise excite la mienne. Je vois que nous sommes faites l'une pour l'autre. Ah, belle Mergeline, que vous me connoissez mal, si vous jugez de moy par le bien que le Docteur vostre époux vous en a dit, ou sur ma

Tome I. X

veuë rebarbarative ! Je ne suis rien moins
qu'une ennemie des plaisirs, & je ne me
rends ministre de la jalousie des maris,
que pour servir les jolies femmes. Il y a
long-temps que je possede le grand art
de me masquer ; & je puis dire que je
suis doublement heureuse, puisque je
joüis tout ensemble de la commodité du
vice & de la reputation que donne la
vertu. Entre nous, le monde n'est guere
vertueux que de cette façon. Il en couste
trop pour acquerir le fond des vertus ;
on se contente aujourd'huy d'en avoir
les apparences.

Laissez-moy vous conduire, poursui-
vit la Gouvernante. Nous allons bien en
faire accroire au vieux Docteur Oloroso.
Il aura, par ma foy, le mesme destin
que le Seigneur Apuntador. Le front
d'un Medecin ne me paroist pas plus res-
pectable que celuy d'un Apotiquaire. Le
pauvre Apuntador ! que nous luy avons
joüé de tours sa femme & moy ! Que
cette Dame estoit aimable ! Le bon petit
naturel ! Le Ciel luy fasse paix ! Je vous
repons qu'elle a bien passé sa jeunesse.
Elle a eu je ne sçay combien d'amans
que j'ay introduits dans sa maison, sans
que son mari s'en soit jamais apperceu.

Regardez - moy donc, Madame, d'un œil plus favorable, & foyez perfuadée, quelque talent qu'euſt le vieil Ecuyer qui vous ſervoit, que vous ne perdez rien au change. Je vous ſeray peut-eſtre encore plus utile que luy.

Je vous laiſſe à penſer, Diego, continua Mergeline, ſi je ſceus bon gré à la Duegne de ſe découvrir à moy ſi franchement. Je la croyois d'une vertu auſtere. Voila comme on juge mal des femmes. Elle me gagna d'abord par ce caractere de ſincerité. Je l'embraſſay avec un tranſport de joye qui luy marqua d'avance que j'eſtois charmée de l'avoir pour gouvernante. Je luy fis enſuite une confidence entiere de mes ſentimens, & je la priay de me menager au plûtoſt un entretien ſecret avec vous. Elle n'y a pas manqué. Dés ce matin, elle a mis en campagne cette vieille qui vous a parlé & qui eſt une intriguante qu'elle a ſouvent employée pour la femme de l'Apotiquaire. Mais ce qu'il y a de plus plaiſant dans cette avanture, ajoûta-t-elle en riant, c'eſt que Melancia, ſur le rapport que je luy ay fait de l'habitude que mon époux a de paſſer la nuit fort tranquillement, s'eſt couchée auprés de luy & tient ma place en ce moment. Tant pis, Madame, dis je alors à Mergeline; je n'applaudis point à l'invention. Voſtre mari peut fort bien ſe reveiller & s'appercevoir de la ſupercherie. Il ne s'en appercevra point, repondit-elle avec précipitation. Soyez ſur cela ſans inquietude, & qu'une vaine crainte n'empoiſonne pas le plaiſir que vous devez avoir d'eſtre avec une jeune Dame qui vous veut du bien.

La femme du vieux Docteur remarquant que ce diſcours ne m'empeſchoit pas de craindre, n'oublia rien de tout ce qu'elle crut capable de me raſſurer; & elle s'y prit de tant de façons, qu'elle en vint à bout. Je ne penſay plus qu'à profiter de l'occaſion; mais dans le temps que le Dieu Cupidon ſuivi des Ris & des Jeux ſe diſpoſoit à faire mon bonheur, nous entendimes frapper rudement à la porte de la ruë. Auſſitoſt l'Amour & ſa ſuite s'envolerent, ainſi que des oiſeaux timides qu'un grand bruit effarouche tout à coup. Mergeline me cacha promptement ſous une table qui eſtoit dans la ſalle; elle ſouffla la lampe, & comme elle en eſtoit convenuë avec ſa gouvernante, en cas que ce contretemps arrivaſt, elle ſe rendit à la porte de la chambre où repoſoit ſon mari. Cependant on continuoit de frapper à grands coups redoublez, qui faiſoient retentir toute la maiſon. Le Medecin s'eveille en ſurſaut & appelle Melancia. La Duegne s'elance hors du lit, bien que le Docteur, qui la prenoit pour ſa femme, luy criaſt de ne ſe point lever ; elle joignit ſa maitreſſe, qui la ſentant à ſes coſtez, appelle auſſi Melancia & luy dit d'aller voir qui frappe à la porte : Madame, luy repond la Gouvernante, me voicy. Recouchez-vous, s'il vous plaiſt. Je vais ſçavoir ce que c'eſt. Pendant ce temps-là Mergeline s'eſtant deshabillée, ſe mit au lit auprés du Docteur, qui n'eut pas le moindre ſoupçon qu'on le trompaſt. Il eſt vray que cette ſcene venoit d'eſtre joüée dans l'obſcurité par deux actrices dont l'une eſtoit incomparable & l'autre avoit beaucoup de diſpoſition à le devenir.

La Duegne, couverte d'une robe de chambre, parut bien-toſt aprés, tenant un flambeau à la main : Seigneur Docteur, dit-elle à ſon maiſtre, prenez la peine de vous lever. Le Libraire Fernandez de Baendia, noſtre voiſin, eſt tombé en apoplexie. On vous demande

X iij

de sa part. Courez à son secours. Le
Medecin s'habilla le plûtost qu'il luy fut
possible & sortit. Sa femme en robe de
chambre vint avec la Duegne dans la
salle où j'estois. Elles me retirerent de
dessous la table plus mort que vif: Vous
n'avez rien à craindre, Diego, me dit
Mergeline. Remettez-vous. En mesme
temps elle m'apprit en deux mots comment les choses s'estoient passées. Elle
voulut ensuite renoüer avec moy l'entretien qui avoit esté interrompu ; mais la
Gouvernante s'y opposa. Madame, luy
dit-elle, vostre époux trouvera peut-estre
le Libraire mort & reviendra sur ses pas.
D'ailleurs, ajoûta-t-elle en me voyant
transi de peur, que feriez-vous de ce
pauvre garçon-là ? Il n'est pas en estat
de soustenir la conversation. Il vaut
mieux le renvoyer & remettre la partie
à demain. Doña Mergelina n'y consentit
qu'à regret, tant elle aimoit le present ;
& je croy qu'elle fut bien mortifiée de
n'avoir pû faire prendre à son Docteur
le nouveau bonnet qu'elle luy destinoit.

Pour moy, moins affligé d'avoir manqué les plus précieuses faveurs de l'a-
mour, que bien-aise d'estre hors de peril, je retournay chez mon maistre, où

je passay le reste de la nuit à faire des reflexions sur mon avanture. Je doutay
quelque temps si j'irois au rendez-vous
la nuit suivante. Je n'avois pas meilleure opinion de cette seconde équippée
que de l'autre ; mais le diable qui nous
obsede toûjours ou plûtost nous possede
dans de pareilles conjonctures, me représenta que je serois un grand sot d'en
demeurer en si beau chemin. Il offrit
mesme à mon esprit Mergeline avec de
nouveaux charmes, & releva le prix
des plaisirs qui m'attendoient. Je resolus
de poursuivre ma pointe, & me promet-
tant bien d'avoir plus de fermeté, je me
rendis le lendemain dans cette belle disposition à la porte du Docteur entre
onze heures & minuit. Le ciel estoit trés-
obscur. Je n'y voyois pas briller une
étoile. Je miaulay deux ou trois fois pour
avertir que j'estois dans la ruë, & comme personne ne venoit ouvrir, je ne me
contentay pas de recommencer, je me
mis à contrefaire tous les differens cris
de chat, qu'un berger d'Olmedo m'a-
voit appris, & je m'en acquittay si bien,
qu'un voisin qui rentroit chez luy me
prenant pour un de ces animaux dont j'i-
mitois les miaulemens, ramassa un cail-

X iiij

lou qui fe trouva fous fes pieds & me le
jetta de toute fa force, en difant : Maudit foit le matou ! Je receus le coup à la
tefte & j'en fus fi étourdi dans le moment, que je penfay tomber à la ren-
verfe. Je fentis que j'eftois bien bleffé.
Il ne m'en fallut pas davantage pour me
degoufter de la galanterie, & perdant
mon amour avec mon fang, je regagnay
noftre maifon où je reveillay & fis lever
tout le monde. Mon maiftre vifita &
pança ma bleffure, qu'il jugea dangereufe. Elle n'eut pas pourtant de mauvaifes fuites & il n'y paroiffoit plus trois
femaines aprés. Pendant tout ce temps-
là, je n'entendis point parler de Mergeline. Il eft à croire que la Dame Melancia pour la détacher de moy, lüy fit
faire quelque bonne connoiffance. Mais
c'eft de quoy je ne m'embataffois guere,
puifque je fortis de Madrid, pour continuer mon tour d'Efpagne, d'abord que
je me vis parfaitement gueri.

✾✾✾

CHAPITRE VIII.

De la rencontre que Gil Blas & son compagnon firent d'un homme qui trempoit des croustes de pain dans une fontaine ; & de l'entretien qu'ils eurent avec luy.

LE Seigneur Diego de la Fuente me raconta d'autres avantures encore qui luy estoient arrivées depuis ; mais elles me semblent si peu dignes d'estre rapportées, que je les passeray sous silence. Je fus pourtant obligé d'en entendre le recit, qui ne laissa pas d'estre fort long. Il nous mena jusqu'à Ponte de Duero. Nous nous arrestâmes dans ce bourg le reste de la journée. Nous fimes faire dans l'hostellerie une soupe aux choux & mettre à la broche un lievre, que nous eumes grand soin de verifier. Nous poursuivimes nostre chemin dés la pointe du jour suivant, aprés avoir rempli nostre outre d'un vin assez bon & nostre sac de quelques morceaux de pain, avec la moitié du lievre qui nous restoit de nostre souper.

Lorfque nous eumes fait environ deux lieuës, nous nous fentimes de l'appetit; & comme nous apperceumes à deux cens pas du grand chemin plufieurs gros arbres qui formoient dans la campagne un ombrage trés-agréable, nous allames faire halte en cet endroit. Nous y rencontrames un homme de vingt-fept à vingt-huit ans, qui trempoit des croûtes de pain dans une fontaine. Il avoit auprés de luy une longue rapiere étenduë fur l'herbe avec un havrefac dont il s'eftoit defchargé les épaules. Il nous parut mal veftu, mais bienfait & de bonne mine. Nous l'abordames civilement. Il nous falua de mefme. Enfuite il nous préfenta de fes croûtes & nous demanda, d'un air riant, fi nous voulions eftre de la partie. Nous luy repondimes qu'ouy, pourveu qu'il trouvaft bon que pour rendre le repas plus folide, nous joigniffions noftre desjeuné au fien. Il y confentit fort volontiers, & nous exhibames auffitoft nos denrées. Ce qui ne deplut point à l'inconnu : Comment donc, Meffieurs, s'écria-t-il tout tranfporté de joye, voila bien des munitions? Vous eftes, à ce que je vois, des gens de prévoyance. Je ne voyage pas avec

tant de precaution, moy. Je donne beaucoup au hazard. Cependant , malgré
l'eſtat où vous me trouvez , je puis dire
ſans vanité , que je fais quelquefois une
figure aſſez brillante. Sçavez-vous bien
qu'on me traite ordinairement de Prince
& que j'ay des gardes à ma ſuite ? Je vous
entends, dit Diego. Vous voulez nous faire
comprendre par là que vous eſtes Comedien. Vous l'avez deviné , repondit l'autre. Je fais la Comedie depuis quinze années pour le moins. Je n'eſtois encore
qu'un enfant , que je joüiois déja de petits rôles. Franchement , repliqua le
Barbier en branſlant la teſte , j'ay de la
peine à vous croire. Je connois les Comediens. Ces Meſſieurs-là ne font pas ,
comme vous , des voyages à pied , ni
des repas de ſaint Antoine. Je doute
meſme que vous mouchiez les chandel-
les. Vous pouvez , repartit l'hiſtrion ,
penſer de moy tout ce qu'il vous plaira ; mais je ne laiſſe pas de joüier les premiers rôles. Je fais les amoureux. Cela
eſtant , dit mon camarade , je vous en
felicite , & ſuis ravi que le Seigneur Gil
Blas & moy , nous ayons l'honneur de
desjeuner avec un perſonnage d'une ſi
grande importance.

Nous commençames alors à ronger nos grignons & les restes precieux du lievre, en donnant à l'outre de si rudes accolades, que nous l'eumes bien-tost vuidé. Nous estions si occuppez tous trois de ce que nous faisions, que nous ne parlames presque point pendant ce temps-là ; mais après avoir mangé, nous reprimes ainsi la conversation : Je suis surpris, dit le Barbier au Comedien, que vous paroissiez si mal dans vos affaires. Pour un heros de theatre, vous avez l'air bien indigent ! Pardonnez si je vous dis si librement ma pensée. Si librement, s'écria l'Acteur ! Ah vrayement vous ne connoissez guere Melchior Zapata. Graces à Dieu, je n'ay point un esprit à contrepoil. Vous me faites plaisir de me parler avec tant de franchise ; car j'aime à dire aussi tout ce que j'ay sur le cœur. J'avouë de bonne foy que je ne suis pas riche. Tenez, poursuivit-il, en nous faisant remarquer que son pourpoint estoit doublé d'affiches de Comedie, voilà l'étoffe ordinaire qui me sert de doublure ; & si vous estes curieux de voir ma garderobe, je vais satisfaire vostre curiosité. En mesme temps, il tira de son havresac un habit couvert de vieux pas-

ſemens d'argent faux, une mauvaiſe ca-
peline avec quelques vieilles plumes, des
bas de ſoye tout pleins de trous & des
ſouliers de maroquin rouge fort uſez.
Vous voyez, nous dit-il enſuite, que je
ſuis paſſablement gueux. Cela m'étonne,
repliqua Diego, vous n'avez donc ni
femme ni fille ? J'ay une femme belle &
jeune, repartit Zapata, & je n'en ſuis
pas plus avancé. Admirez la fatalité de
mon étoile. J'épouſe une aimable Actrice,
dans l'eſperance qu'elle ne me laiſſera
pas mourir de faim : &, pour mon malheur, elle a une ſageſſe incorruptible.
Qui diable n'y auroit pas eſté trompé
comme moy ? Il faut que parmi les Co-
médiennes de campagne il s'en trouve
une vertueuſe & qu'elle me tombe entre
les mains. C'eſt aſſurément joüer de
malheur, dit le Barbier. Auſſi, que ne
preniez-vous une Actrice de la grande
troupe de Madrid ? vous auriez eſté ſeur
de voſtre fait. J'en demeure d'accord,
reprit l'hiſtrion, mais, malpeſte, il n'eſt
pas permis à un petit Comedien de campagne d'élever ſa penſée juſqu'à ces fa-
meuſes heroïnes. C'eſt tout ce que pourroit faire un Acteur meſme de la troupe
du Prince. Encore y en a-t-il qui ſont

obligez de ſe pourvoir en ville ; heureuſement pour eux la ville eſt bonne & l'on
y rencontre ſouvent des ſujets qui valent bien des Princeſſes de couliſſes.

Hé n'avez-vous jamais ſongé, luy dit
mon compagnon, à vous introduire dans
cette troupe ? Eſt-il beſoin d'un merite
infini pour y entrer ? Bon, repondit Melchior, vous moquez-vous avec voſtre
merite infini ? Il y a vingt Acteurs. Demandez de leurs nouvelles au public.
Vous en entendrez parler dans de jolis
termes. Il y en a plus de la moitié qui
meriteroient de porter encore le havre-
ſac. Malgré tout cela, neanmoins, il
n'eſt pas aiſé d'eſtre receu parmi eux. Il
faut des eſpeces ou de puiſſans amis pour
ſuppléer à la mediocrité du talent. Je dois
le ſçavoir, puiſque je viens de debuter à
Madrid, où j'ay eſté hué & ſiſflé comme tous les diables, quoyque je duſſe
eſtre fort applaudi ; car j'ay crié : j'ay
pris des tons extravagans & ſuis ſorti
cent fois de la nature : de plus, j'ay mis
en declamant le poing ſous le menton de
ma Princeſſe : en un mot, j'ay joüé dans
le gouſt des grands Acteurs de ce pays-
là ; & cependant le meſme public qui
trouve en eux ces manieres fort agréa-

bles, n'a pû les souffrir en moy. Voyez
ce que c'est que la prévention. Ainsi donc,
ne pouvant plaire par mon jeu, & n'ayant
pas de quoy me faire recevoir en depit de
ceux qui m'ont sifflé, je m'en retourne à
Zamora. J'y vais rejoindre ma femme &
mes camarades, qui n'y font pas trop
bien leurs affaires. Puissions-nous n'estre
pas obligez d'y quester, pour nous mettre en estat de nous rendre dans une autre ville, comme cela nous est arrivé
plus d'une fois.

A ces mots, le Prince dramatique se
leva, reprit son havresac & son épée,
& nous dit d'un air grave en nous quittant : Adieu, Messieurs ; puissent les
Dieux sur vous épuiser leurs faveurs ! Et
vous, luy repondit Diego du mesme ton,
puissiez-vous retrouver à Zamora vostre
femme changée & bien establie. Dés que
le Seigneur Zapata nous eut tourné les
talons, il se mit à gesticuler & à decla-
mer en marchant. Aussitost le Barbier
& moy, nous commençames à le siffler,
pour luy rappeller son debut. Nos siffle-
mens frapperent ses oreilles. Il crut entendre encore les sifflets de Madrid. Il
regarda derriere luy, & voyant que nous
prenions plaisir à nous égayer à ses des-

pens., loin de s'offenfer de ce trait bouffon, il entra de bonne grace dans la plaifanterie, & continua fon chemin en faifant de grands éclats de rire. De noftre cofté, nous nous en donnames à cœur joye. Puis nous regagnames le grand chemin & pourfuivimes noftre route.

CHAPITRE IX.

Dans quel eftat Diego retrouva fa famille; & après quelles réjouiffances Gil Blas & luy fe féparerent.

NOus allames ce jour-là coucher entre Moyados & Valpuefta dans un petit village dont j'ay oublié le nom; & le lendemain nous arrtivames fur les onze heures du matin dans la plaine d'Olmedo : Seigneur Gil Blas, me dit mon camarade, voici le lieu de ma naiffance. Je ne puis le revoir fans tranfport, tant il eft naturel d'aimer fa patrie. Seigneur Diego, luy repondi-je, un homme qui temoigne tant d'amour pour fon pays, en devoit parler, ce me femble, un peu plus avantageufement que vous n'avez fait. Olmedo me paroift une ville, & vous

vous m'avez dit que c'eſtoit un village.
Il falloit du moins le traiter de gros
bourg. Je luy fais réparation d'honneur, reprit le Barbier ; mais je vous
diray qu'aprés avoir veu Madrid, Tolede, Saragoſſe, & toutes les autres
grandes villes où j'ay demeuré en faifant le tour de l'Eſpagne, je regarde
les petites comme des villages. A meſure que nous avancions dans la plaine,
il nous pároiſſoit que nous appercevions
beaucoup de monde auprés d'Olmedo ;
& lorſque nous fumes plus à portée de
diſcerner les objets, nous trouvames de
quoy occuper nos regards.

Il y avoit trois pavillons tendus à
quelque diſtance l'un de l'autre ; & tout
auprés, un grand nombre de cuiſiniers
& de marmitons qui préparoient un feſtin. Ceux-cy mettoient des couverts ſur
de longues tables dreſſées ſous les tentes ; ceux-là rempliſſoient de vin des
cruches de terre. Les autres faiſoient
bouillir des marmites, & les autres,
enfin, tournoient des broches où il y
avoit toutes ſortes de viándes. Mais
je conſidéray plus attentivement que
tout le reſte, un grand theatre qu'on

Tome I.   Y

avoit élevé. Il eſtoit orné d'une décora-
tion de carton peint de diverſes couleurs
& chargé de deviſes grecques & latines.
Le Barbier n'eut pas plûtoſt veu ces in-
ſcriptions, qu'il me dit : Tous ces mots
Grecs ſentent furieuſement mon oncle
Thomas : je vais parier qu'il y aura mis
la main ; car entre nous , c'eſt un habile
homme. Il ſçait par cœur une infinité
de livres de College. Tout ce qui me fâ-
che , c'eſt qu'il en rapporte ſans ceſſe
des paſſages dans la converſation. Ce
qui ne plaiſt pas à tout le monde. Outre cela , continua - t - il , mon oncle a
traduit des Poëtes Latins & des Auteurs
Grecs. Il poſſede l'antiquité , comme on
le peut voir par les belles remarques qu'il
a faites. Sans luy nous ne ſçaurions pas
que dans la ville d'Athenes les enfans
pleuroient quand on leur donnoit le foüet.
Nous devons cette decouverte à ſa profonde erudition.

   Aprés que mon camarade & moy nous
eumes regardé toutes les choſes dont je
viens de parler , il nous prit envie d'apprendre pourquoy l'on faiſoit de pareils
préparatifs. Nous allions nous en informer, lorſque dans un homme qui avoit
l'air de l'ordonnateur de la fête, Diego

reconnut le Seigneur Thomas de la Fuente, que nous joignimes avec empresse-
ment. Le Maiſtre d'Ecole ne remit pas
d'abord le jeune Barbier, tant il le trouva changé depuis dix années. Ne pouvant toutefois le meconnoiſtre, il l'em-
braſſa cordialement & luy dit d'un air
affectueux : Hé te voila, Diego mon cher
neveu, te voila donc de retour dans la
ville qui t'a veu naiſtre ? Tu viens revoir
tes Dieux penates, & le Ciel te rend ſain
& ſauf à ta famille. O jour trois & quatre fois heureux ! jour digne d'eſtre marqué d'une pierre blanche ! Il y a bien des
nouvelles, mon ami, pourſuivit-il, ton
oncle Pedro le bel eſprit eſt devenu la victime de Pluton. Il y a trois mois qu'il eſt
mort. Cet avare pendant ſa vie craignoit
de manquer des choſes les plus neceſſaires. *Argenti pallebat amore.* Outre
les groſſes penſions que quelques Grands
luy faiſoient, il ne depenſoit pas dix piſtoles chaque année pour ſon entretien.
Il eſtoit meſme ſervi par un valet qu'il
ne nourriſſoit point. Ce fou, plus in-
ſenſé que le Grec Ariſtippe qui fit jetter
au milieu de la Lybie toutes les richeſſes
que portoient ſes eſclaves, comme un
fardeau qui les incommodoit dans leur

marche, entaffoit tout l'or & l'argent
qu'il pouvoit amaffer. Hé pour qui?
pour des heritiers qu'il ne vouloit point
voir. Il eftoit riche de trente mille ducats, que ton pere, ton oncle Bertrand
& moy nous avons partagez. Nous fommes en eftat de bien établir nos enfans.
Mon frere Nicolas a desja difpofé de ta
fœur Therefe. Il vient de la marier avec
le fils d'un de nos Alcaldes. *Connubio
junxit ftabili propriamque dicavit.* C'eft
cet hymen, formé fous les plus heureux
aufpices, que nous celebrons depuis
deux jours avec tant d'appareil. Nous
avons fait dreffer dans la plaine ces pavillons. Les trois heritiers de Pedro ont
chacun le fien, & font tour à tour la depenfe d'une journée. Je voudrois que tu
fuffes arrivé plûtoft. Tu aurois veu le
commencement de nos réjouïffances.
Avant hier, jour du mariage, ton pere
faifoit les frais. Il donna un feftin fuper-
be, qui fut fuivi d'une courfe de bague.
Ton oncle le Mercier mit hier la nappe,
& nous regala d'une fefte paftorale. Il
habilla en bergers dix garçons des mieux
faits & dix jeunes filles. Il employa tous
les rubans & toutes les aiguillettes de fa
boutique à les parer. Cette brillante

jeuneſſe forma diverſes danſes & chanta
mille chanſonnettes tendres & legeres.
Neanmoins quoyque rien n'ait jamais
eſté plus galant, cela ne fit pas un grand
effet. Il faut qu'on n'aime plus la paſto-
rale.

Pour aujourd'huy, continua-t-il, tout
roule ſur mon compte, & je dois fournir aux bourgeois d'Olmedo un ſpectacle
de mon invention. *Finis coronabit opus!*
J'ay fait élever un theatre, ſur lequel,
Dieu aidant, je feray repreſenter par
mes diſciples une piece que j'ay compoſée.
Elle a pour titre : *Les amuſemens de
Muley Bugentuf, Roy de Maroc.* Elle
ſera parfaitement bien joüée, parce que
j'ay des Ecoliers qui declament comme
les Comediens de Madrid. Ce ſont des
enfans de famille de Peñafiel & de Segovie que j'ay en penſion chez moy.
Les excellens acteurs ! Il eſt vray que
je les ay exercez. Leur declamation pa-
roiſtra frappée au coin du Maiſtre, *ut
ita dicam.* A l'égard de la piece, je ne
t'en parleray point. Je veux te laiſſer le
plaiſir de la ſurpriſe. Je diray ſimple-
ment qu'elle doit enlever tous les ſpectateurs. C'eſt un de ces ſujets tragiques
qui remuent l'ame par les images de

mort qu'ils offrent à l'esprit. Je suis du sentiment d'Aristote : il faut exciter la terreur. Ah si je m'estois attaché au theatre, je n'aurois jamais mis sur la scene que des Princes sanguinaires, que des Heros assassins ! Je me serois baigné dans le sang. On auroit toûjours veu perir dans mes Tragedies non-seulement les principaux personnages, mais les Gardes mesmes. J'aurois égorgé jusqu'au soufleur. Enfin je n'aime que l'effroyable. C'est mon goust. Aussi, ces sortes de Poëmes entrainent la multitude, entretiennent le luxe des Comediens & font rouler tout doucement les auteurs.

Dans le temps qu'il achevoit ces paroles, nous vimes sortir du village & entrer dans la plaine un grand concours de personnes de l'un & de l'autre sexe. C'estoient les deux époux accompagnez de leurs parens & de leurs amis, & precedez de dix à douze joüeurs d'instrumens, qui joüant tous ensemble, formoient un concert trés-bruyant. Nous allames au devant d'eux, & Diego se fit connoistre. Des cris de joye s'éleverent aussi-tost dans l'assemblée, & chacun s'empressa de courir à luy. Il n'eut pas peu d'affaires à recevoir tous les temoignages

d'amitié qu'on luy donna. Toute sa famille, & tous ceux mesmes qui estoient
présens l'accablerent d'embrassades. A-
prés quoy, son pere luy dit : Tu sois le
bien venu, Diego. Tu retrouves tes parens un peu engraissez, mon ami. Je ne
t'en dis pas davantage présentement. Je
t'expliqueray cela tantost par le menu.
Cependant tout le monde s'avança dans
la plaine, se rendit sous les tentes, &
s'assit autour des tables qu'on y avoit
dressées. Je ne quittay pas mon compagnon, & nous dînames tous deux avec
les nouveaux mariez, qui me parurent
bien assortis. Le repas fut assez long,
parce que le Maistre d'Ecole eut la vanité de le vouloir donner à trois services,
pour l'emporter sur ses freres, qui n'a-
voient pas fait les choses si magnifi-
quement.

A prés le festin, tous les convives te-
moignerent une grande impatience de
voir representer la piece du Seigneur
Thomas; ne doutant pas, disoient-ils,
que la production d'un aussi beau genie
que le sien ne meritast d'estre entenduë.
Nous nous approchames du theatre, au
devant duquel tous les joüeurs d'instrumens s'estoient déja placez pour joüer

dans les entr'actes. Comme chacun dans un grand silence attendoit qu'on commençast, les Acteurs parurent sur la scene, & l'Auteur, le poëme à la main, s'assit dans les coulisses à portée de souffler. Il avoit eu raison de nous dire que la piece estoit tragique, car dans le premier acte, le Roy de Maroc, par maniere de récréation, tua cent esclaves Mores à coups de fleches ; dans le second, il couppa la teste à trente Officiers Portugais qu'un de ses Capitaines avoit fait prisonniers de guerre ; & dans le troisiéme, enfin, ce Monarque soû de ses femmes, mit le feu luy-mesme à un Palais isolé où elles estoient enfermées & le reduisit en cendres avec elles. Les esclaves Mores, de mesme que les Officiers Portugais, estoient des figures d'osier faites avec beaucoup d'art ; & le Palais, composé de carton parut tout embrasé par un feu d'artifice. Cet embrasement accompagné de mille cris plaintifs qui sembloient sortir du milieu des flammes, denoüa la piece & ferma le theatre d'une façon trés-divertissante. Toute la plaine retentit du bruit des applaudissemens que reçeut une si belle Tragedie. Ce qui justifia le bon goust du Poëte & fit

con-

connoiſtre qu'il ſçavoit bien choiſir ſes
ſujets.

Je m'imaginois qu'il n'y avoit plus
rien à voir aprés *Les Amuſemens de
Muley Bugentuf*, mais je me trompois. Des tymbales & des trompettes
nous annoncerent un nouveau ſpectacle. C'eſtoit la diſtribution des prix ; car
Thomas de la Fuente pour rendre la feſte
plus ſolemnelle, avoit fait compoſer tous
ſes Ecoliers, tant externes que penſion-
naires, & il devoit ce jour-là donner à
ceux qui avoient le mieux reüſſi, des
livres achetez de ſes propres deniers
à Segovie. On aporta donc tout à coup
ſur le theatre deux longs bancs d'école
avec une armoire à livres remplie de
bouquins proprement reliez. Alors tous
les Acteurs revinrent ſur la ſcene, &
ſe rangerent tout autour du Seigneur
Thomas, qui tenoit auſſi bien ſa mor-
gue, qu'un Préfet de College. Il avoit
à la main une feuille de papier où eſtoient écrits les noms de ceux qui devoient remporter des prix. Il la donna
au Roy de Maroc, qui commença de
la lire à haute voix. Chaque Ecolier
qu'on nommoit alloit reſpectueuſement
recevoir un livre des mains du Pedant ;

Tome I. Z

puis il eftoit couronné de lauriers, &
on le faifoit affeoir fur un des deux bancs
pour l'expofer aux regards de l'affiftance
admirative. Quelque envie toutefois qu'-
euft le Maiftre d'Ecole de renvoyer les
fpectateurs contens, il ne put en venir
à bout ; parce qu'ayant diftribué prefque
tous les prix aux penfionnaires, ainfi
que cela fe pratique, les meres de quelques externes prirent feu là-deffus, &
accuferent le Pedant de partialité. De
forte que cette fefte, qui jufqu'à ce
moment avit efté fi glorieufe pour luy,
penfa finir auffi mal que le feftin des
Lapithes.

Fin du fecond Livre.

HISTOIRE
DE
GIL BLAS
DE SANTILLANE.
LIVRE TROISIE'ME.

CHAPITRE PREMIER.

De l'arrivée de Gil Blas à Madrid,
& du premier Maiſtre qu'il ſervit
dans cette ville.

E fis quelque ſejour chez le
jeune Barbier. Je me joignis enſuite à un Marchand de Segovie
qui paſſa par Olmedo. Il revenoit avec quatre mules de tranſporter
des marchandiſes à Valladolid, & s'en re-

Z ij

tournoit à vuide. Nous fimes connoiffance fur la route, & il prit tant d'amitié
pour moy, qu'il voulût abfolument me
loger, lorfque nous fumes arrivez à Segovie. Il me retint deux jours dans fa
maifon, & quand il me vit preft à partir pour Madrid par la voye du muletier,
il me chargea d'une lettre en me priant
de la rendre en main propre à fon addreffe, fans me dire que ce fuft une lettre
de recommandation. Je ne manquay pas
de la porter au Seigneur Matheo Melendez. C'eftoit un Marchand de Drap
qui demeuroit à la porte du Soleil, au
coin de la ruë des Bahutiers. Il n'eut pas
fitoft ouvert le paquet & leu ce qui eftoit contenu dedans, qu'il me dit d'un air
gracieux: Seigneur Gil Blas, Pedro Pa-
lacio mon correfpondant m'écrit en voftre faveur d'une maniere fi preffante, que
je ne puis me difpenfer de vous offrir un
logement chez moy. De plus, il me prie
de vous trouver une bonne condition.
C'eft une chofe dont je me charge avec
plaifir. Je fuis perfuadé qu'il ne me fera
pas bien difficile de vous placer avantageufement.

J'acceptay l'offre de Melendez avec
d'autant plus de joye, que mes finances

diminuoient à veuë d'œil. Mais je ne
luy fus pas long-temps à charge. Au
bout de huit jours, il me dit qu'il venoit de me propofer à un Cavalier de fa
connoiffance qui avoit befoin d'un valet
de chambre, & que felon toutes les apparences ce pofte ne m'échaperoit pas.
En effet ce Cavalier eftant furvenu dans
le moment : Seigneur, luy dit Melendez
en me montrant, vous voyez le jeune
homme dont je vous ay parlé. C'eft un
garçon qui a de l'honneur & de la morale. Je vous en reponds comme de
moy-mefme. Le Cavalier me regarda
fixement, dit que ma phyfionomie luy
plaifoit, & qu'il me prenoit à fon
fervice, Il n'a qu'à me fuivre, ajouta-t-
il; je vais l'inftruire de fes devoirs. A
ces mots, il donna le bonjour au Marchand, & m'enmena dans la grande
ruë tout devant l'Eglife de S. Philippe.
Nous entrames dans une affez belle maifon dont il occupoit une aile : nous montames un efcalier de cinq ou fix marches,
puis il m'introduifit dans une chambre
fermée de deux bonnes portes qu'il ouvrit, & dont la premiere avoit au milieu
une petite feneftre grillée. De cette
chambre nous paffames dans une autre

où il y avoit un lit & d'autres meubles
qui estoient plus propres que riches.

Si mon nouveau Maistre m'avoit bien
consideré chez Melendez, je l'examinay
à mon tour avec beaucoup d'attention.
C'estoit un homme de cinquante &
quelques années, qui avoit l'air froid &
serieux. Il me parut d'un naturel doux,
& je ne jugeay point mal de luy. Il me
fit plusieurs questions sur ma famille &
satisfait de mes reponses : Gil Blas, me
dit-il, je te crois un garçon fort raisonnable. Je suis bien-aise de t'avoir à
mon service. De ton costé, tu seras
content de ta condition. Je te donneray
par jour six reaux, tant pour ta nourriture & pour ton entretien, que pour
tes gages, sans préjudice des petits pro-
fits que tu pourras faire chez moy. D'ailleurs, je ne suis pas difficile à servir. Je
ne fais point d'ordinaire. Je mange en
ville. Tu n'auras le matin qu'à nettoyer
mes habits, & tu seras libre tout le reste
de la journée. Aye soin seulement de te
retirer le soir de bonne heure & de m'attendre à ma porte. Voila tout ce que
j'exige de toy. Aprés m'avoir prescrit
mon devoir, il tira de sa poche six reaux,
qu'il me donna pour commencer à garder

les conventions. Nous fortimes enfuite ;
il ferma les portes luy-mefme, & emportant les clefs : Mon ami, me dit-il,
ne me fuis point ; va-t-en où il te plaira,
mais quand je reviendray ce foir, que je
te retrouve fur cet efcalier. En achevant
ces paroles, il me quitta & me laifla
difpofer de moy comme je le jugerois
à propos.

En bonne foy, Gil Blas, me dis-je
alors à moy-mefme, tu ne pouvois
trouver un meilleur Maiftre. Quoy, tu
rencontres un homme qui pour épouf-
feter fes habits & faire fa chambre le
matin, te donne fix reaux par jour avec
la liberté de te promener & de te divertir comme un écolier dans les vacan-
ces ? Vive Dieu, il n'eft point de fituation plus heureufe ! Je ne m'étonne plus
fi j'avois tant d'envie d'eftre à Madrid ;
je preffentois fans doute le bonheur qui
m'y attendoit. Je paffay le jour à courir
les ruës en m'amufant à regarder les
chofes qui eftoient nouvelles pour moy.
Ce qui ne me donna pas peu d'occupation.
Le foir, quand j'eus foupé dans une au-
berge qui n'eftoit pas éloignée de noftre
maifon, je gagnay promptement le lieu
où mon Maiftre m'avoit ordonné de me

rendre. Il y arriva trois quarts-d'heure aprés moy. Il parut content de mon
exactitude : Fort bien, me dit-il, cela me
plaist. J'aime les domestiques attentifs à
leur devoir. A ces mots, il ouvrit les
portes de son appartement & les referma
sur nous, d'abord que nous fumes entrez. Comme nous estions sans lumiere,
il prit une pierre à fusil avec de la mê-
che, & alluma une bougie. Je l'aiday
ensuite à se deshabiller. Lorsqu'il fut
au lit, j'allumay par son ordre une lampe qui estoit dans sa cheminée, & j'emportay la bougie dans l'anti-chambre
où je me couchay dans un petit lit sans
rideaux. Il se leva le lendemain matin
entre neuf & dix heures. J'époussetay
ses habits. Il me compta mes six reaux
& me renvoya jusqu'au soir. Il sortit
aussi, non sans avoir grand soin de fermer ses portes, & nous voila partis l'un
& l'autre pour toute la journée.

Tel estoit nostre train de vie ; que
je trouvois trés-agreable. Ce qu'il y
avoit de plus plaisant c'est que j'ignorois le nom de mon Maistre. Melendez
ne le sçavoit pas luy-mesme. Il ne connoissoit ce Cavalier que pour un homme qui venoit quelquefois dans sa bou-

tique, & à qui de temps en temps il vendoit du drap. Nos voisins ne purent pas
mieux satisfaire ma curiosité. Ils m'assurerent tous que mon Maistre leur estoit inconnu, bien qu'il demeurast depuis deux ans dans le quartier. Ils me
dirent qu'il ne frequentoit personne dans
le voisinage, & quelques-uns accoustu-
mez à tirer temerairement des conse-
quences, concluoient de là que c'estoit un
personnage dont on ne pouvoit porter un
jugement avantageux. On alla mesme
plus loin dans la suite : on le soupçonna
d'estre un espion du Roy de Portugal, &
l'on m'avertit charitablement de prendre
mes mesures là-dessus. L'avis me troubla.
Je me representay que si la chose estoit
veritable, je courois risque de voir les
prisons de Madrid. Mon innocence ne
pouvoit me rassurer. Mes disgraces passées me faisoient craindre la justice. J'a-
vois éprouvé deux fois que si elle ne
fait pas mourir les innocens, du moins
elle observe si mal à leur égard les loix
de l'hospitalité, qu'il est toûjours fort
triste de faire quelque sejour chez
elle.

Je consultay Melendez dans une
conjoncture si delicate. Il ne sçavoit

quel conseil me donner. S'il ne pouvoit
croire que mon Maistre fust un espion,
il n'avoit pas lieu non plus d'estre ferme sur la negative. Je resolus d'observer le patron, & de le quitter si je
m'apercevois que ce fust effectivement
un ennemi de l'Estat ; mais il me sembla
que la prudence & l'agrément de ma
condition demandoient que je fusse bien
seur de mon fait. Je commençay donc
à examiner ses actions, & pour le son-
der : Monsieur, luy di-je un soir en le
deshabillant, je ne sçay comment il
faut vivre, pour se mettre à couvert
des coups de langue. Le monde est bien
méchant ! Nous avons entr'autres des
voisins qui ne valent pas le diable. Les
mauvais esprits ! vous ne devineriez jamais de quelle maniere ils parlent de
nous. Bon, Gil Blas, me repondit-il,
hé qu'en peuvent-ils dire, mon ami ?
Ah vrayment, repri-je, la médisance
ne manque point de matiere. La vertu mesme luy fournit des traits. Nos
voisins disent que nous sommes des
gens dangereux : que nous meritons
l'attention de la Cour : en un mot vous
passez icy pour un espion du Roy de
Portugal. En prononçant ces paroles,

J'envifageay mon Maiftre comme Alexandre regarda fon Medecin, & j'em-
ployay toute ma penetration à démefler
l'effet que mon raport produifoit en
luy. Je crus remarquer dans mon patron un fremiffement qui s'accordoit
fort avec les conjectures du voifinage,
& je le vis tomber dans une refverie
que je n'expliquay point favorablement.
Il fe remit pourtant de fon trouble, &
me dit d'un air affez tranquille : Gil Blas,
laiffons raifonner nos voifins, fans faire
dépendre noftre repos de leurs raifonnemens. Ne nous mettons point en
peine de l'opinion qu'on a de nous, quand
nous ne donnons pas fujet d'en avoir
une mauvaife.

Il fe coucha là-deffus, & je fis la
mefme chofe, fans fçavoir à quoy je
devois m'en tenir. Le jour fuivant,
comme nous nous difpofions le matin à
fortir, nous entendimes frapper rudement à la premiere porte fur l'efcalier.
Mon Maiftre ouvrit l'autre & regarda
par la petite feneftre grillée. Il vit un
homme bien veftu qui luy dit : Seigneur
Cavalier, je fuis Alguazil, & je viens
icy pour vous dire que Monfieur le Corregidor fouhaite de vous parler. Que

me veut-il, repondit mon patron ? C'eſt
ce que j'ignore, Seigneur, repliqua l'Alguazil ; mais vous n'avez qu'à l'aller
trouver, & vous en ſerez bientoſt inſtruit.
Je ſuis ſon ſerviteur, repartit mon
Maiſtre, je n'ay rien à demeſler avec
luy. En achevant ces mots, il referma
bruſquement la ſeconde porte. Puis
s'eſtant promené quelque temps, comme un homme à qui, ce me ſembloit,
le diſcours de l'Alguazil donnoit beaucoup à penſer, il me mit en main mes
ſix reaux, & me dit : Gil Blas, tu peux
ſortir, mon ami. Pour moy, je ne ſor-
tiray pas ſitoſt, & je n'ay pas beſoin
de toy ce matin. Il me fit juger par ces
paroles qu'il avoit peur d'eſtre arreſté,
& que cette crainte l'obligeoit à demeurer dans ſon appartement. Je l'y
laiſſay, & pour voir ſi je me trompois
dans mes ſoupçons, je me cachay dans
un endroit d'où je pouvois le remarquer, s'il ſortoit. J'aurois eu la patience de me tenir là toute la matinée,
s'il ne m'en euſt épargné la peine. Mais
une heure aprés, je le vis marcher dans
la ruë avec un air d'aſſurance qui confondit d'abord ma penetration. Loin de
me rendre toutefois à ces apparences,

m'en defiay ; car il n'avoit point en
moy un juge favorable. Je fongeay que
fon alûre pouvoit fort bien eftre com-
pofée. Je m'imaginay mefme qu'il n'eftoit refté chez luy que pour prendre
tout ce qu'il avoit d'or ou de pie-
reries , & que probablement il alloit
par une prompte fuite pourvoir à fa
feureté. Je n'efperay plus de le revoir,
& je doutay fi j'irois le foir l'attendre à
fa porte, tant j'eftois perfuadé que dés ce
jour là il fortiroit de la ville pour fe fauver
du peril qui le menaçoit. Je n'y manquay
pas pourtant. Ce qui me furprit , mon
Maiftre revint à fon ordinaire. Il fe coucha fans faire paroiftre la moindre inquietude , & il fe leva le lendemain avec
autant de tranquilité.

Comme il achevoit de s'habiller , on
frappa tout à coup à la porte. Mon Maiftre regarda par la petite grille. Il re-
connoift l'Alguazil du jour précedent , &
luy demande ce qu'il veut. Ouvrez, luy
repond l'Alguazil ; c'eft Monfieur le
Corregidor. A ce nom redoutable , mon
fang fe glaça dans mes veines. Je craignois diablement ces Meffieurs-là, depuis
que j'avois paffé par leurs mains, & j'aurois voulu dans ce moment eftre à cent

lieuës de Madrid. Pour mon patron,
moins effrayé que moy, il ouvrit la porte & receut le Juge avec reſpect. Vous
voyez, luy dit le Corregidor, que je ne
viens point chez vous avec une groſſe
ſuite. Je veux faire les choſes ſans eſclat.
Malgré les bruits faſcheux qui courent
de vous dans la ville, je croy que vous
meritez quelque menagement. Apprenez-
moy comment vous vous appellez & ce
que vous faites à Madrid ? Seigneur, luy
repondit mon Maiſtre, je ſuis de la Caſ-
tille nouvelle, & je me nomme Don Bernard de Caſtil Blazo. A l'égard de mes occupations, je me promene, je frequente
les ſpectacles, & me réjoüis tous les jours
avec un petit nombre de perſonnes d'un
commerce agreable. Vous avez, ſans doute, reprit le Juge, un gros revenu ? Non,
Seigneur, interrompit mon patron, je
n'ay ni rentes, ni terres, ni maiſons. Hé
de quoy vivez-vous donc, repliqua le
Corregidor ? De ce que je vais vous faire
voir, repartit Don Bernard. En meſme
temps, il leva une tapiſſerie, ouvrit une
porte que je n'avois pas remarquée, puis
encore une autre qui eſtoit derriere, &
fit entrer le Juge dans un cabinet où il
y avoit un grand coffre tout rempli de

pièces d'or qu'il luy montra.

Seigneur, luy dit-il enfuite, vous fçavez que les Efpagnols font ennemis du travail ; cependant quelque averfion qu'ils ayent pour la peine, je puis dire que je rencheris fur eux là-deffus. J'ay un fonds de pareffe qui me rend incapable de tout employ. Si je voulois ériger mes vices en vertus, j'appellerois ma pareffe une indolence philofophique : je dirois que c'eft l'ouvrage d'un efprit revenu de tout ce qu'on recherche dans le monde avec ardeur ; mais j'avoüeray de bonne foy que je fuis pareffeux par temperament, & fi pareffeux, que s'il me falloit travailler pour vivre, je croy que je me laifferois mourir de faim. Ainfi, pour mener une vie convenable à mon humeur : pour n'avoir pas la peine de menager mon bien, & plus encore pour me paffer d'Intendant, j'ay converti en argent comptant tout mon patrimoine, qui confiftoit en plufieurs heritages confiderables. Il y a dans ce coffre cinquante mille ducats. C'eft plus qu'il ne m'en faut pour le refte de mes jours, quand je vivrois au-delà d'un fiecle, puifque je n'en dépenfe pas mille chaque année, & que j'ay déja paffé mon dixiéme luftre. Je ne crains donc point l'avenir, parce que je ne suis adonné, graces au Ciel, à aucune des trois choses qui ruinent ordinairement les hommes. J'aime peu la bonne chere ; je ne joüe que pour m'amuser, & je suis revenu des femmes. Je n'apprehende point que dans ma vieilleſſe on me compte parmi ces barbons voluptueux à qui les coquettes vendent leurs bontez au poids de l'or.

Que je vous trouve heureux, luy dit alors le Corregidor ! On vous ſoupçonne bien mal à propos d'eſtre un eſpion. Ce perſonnage ne convient point à un homme de voſtre caractere. Allez, Don Bernard, ajouta-t-il, continuez de vivre comme vous vivez. Loin de vouloir troubler vos jours tranquiles, je m'en declare le défenſeur. Je vous demande voſtre amitié, & vous offre la mienne. Ah Seigneur, s'écria mon Maiſtre penetré de ces paroles obligeantes, j'accepte avec autant de joye que de reſpect l'offre précieuſe que vous me faites. En me donnant voſtre amitié, vous augmentez mes richeſſes & mettez le comble à mon bonheur. Aprés cette converſation, que l'Alguazil & moy nous entendimes de la porte du cabinet, le Corregidor prit congé

gé de Don Bernard, qui ne pouvoit
affez à fon gré luy marquer de reconnoiffance. De mon cofté, pour feconder
mon Maiftre, & l'aider à faire les honneurs de chez luy, j'accablay de civilitez l'Alguazil : je luy fis mille reverences
profondes, quoyque dans le fonds de
mon ame, je fentiffe pour luy le mépris &
l'averfion que tout honnefte homme a
naturellement pour un Alguazil.

CHAPITRE II.

De l'étonnement où fut Gil Blas de ren-
contrer à Madrid le Capitaine Ro-
lando ; & des chofes curieufes que ce
voleur luy raconta.

DOn Bernard de Caftil Blazo aprés
avoir conduit le Corregidor juf-
ques dans la ruë, revint vifte fur fes pas
fermer fon coffre fort & toutes les portes
qui en faifoient la feureté. Puis, nous
fortimes l'un & l'autre trés-fatisfaits,
luy, de s'eftre acquis un ami puiffant,
& moy, de me voir affuré de mes fix
reaux par jour. L'envie de conter cette
avanture à Melendez, me fit prendre le

chemin de fa maifon ; mais comme j'eftois preft d'y arriver, j'apperceus le Capitaine Rolando. Ma furprife fut extreme de le retrouver là, & je ne pus m'empefcher de fremir à fa veuë. Il me reconnut aufîì, m'aborda gravement, &
confervant encore fon air de fuperiorité,
il m'ordonna de le fuivre. J'obeïs en
tremblant & dis en moy mefme : Helas,
il veut fans doute me faire payer tout ce
que je luy dois ! Où va-t-il me mener ?
Il a peut-eftre dans cette ville quelque
foûterrain. Malpefte, fi je le croyois,
je luy ferois voir tout à l'heure que je
n'ay pas la goute aux pieds. Je marchois
donc derriere luy en donnant toute mon
attention au lieu où il s'arrefteroit, refolu de m'en éloigner à toutes jambes,
pour peu qu'il me paruft fufpect.

Rolando diffipa bien-toft ma crainte.
Il entra dans un fameux cabaret. Je l'y
fuivis. Il demanda du meilleur vin, & dit
à l'hofte de nous préparer à difner. Pendant ce temps-là, nous paffames dans une
chambre, où le Capitaine fe voyant feul
avec moy, me tint ce difcours : Tu dois
eftre étonné, Gil Blas, de revoir icy ton
ancien Commandant, & tu le feras bien
davantage encore, quand tu fçauras ce

que j'ay à te raconter. Le jour que je te
laissay dans le soûterrain, & que je partis avec tous mes cavaliers pour aller
vendre à Mansilla les mules & les chevaux que nous avions pris le soir précedent, nous rencontrames le fils du Corregidor de Leon, accompagné de quatre hommes à cheval & bien armez qui
suivoient son carosse. Nous fimes mor-
dre la poussiere à deux de ses gens, &
les deux autres s'enfuirent. Alors le cocher craignant pour son maistre, nous
cria d'une voix suppliante : Hé mes chers
Seigneurs, au nom de Dieu, ne tuez
point le fils unique de Monsieur le Corregidor de Leon. Ces mots n'attendri-
rent pas mes cavaliers. Au contraire, ils
leur inspirerent une espece de fureur.
Messieurs, nous dit l'un d'entr'eux, ne
laissons point échapper le fils d'un mortel ennemi de nos pareils. Combien de
gens de nostre profession son pere a-t-il
fait mourir ? Vengeons-les. Immolons
cette victime à leurs manes. Mes autres
cavaliers applaudirent à ce sentiment, &
mon Lieutenant mesme se preparoit à
servir de Grand Prestre dans ce sacrifice,
lorsque je luy retins le bras : Arrestez,
luy di-je ; pourquoy sans necessité vou-

loir repandre du fang ? Contentons-nous
de la bourfe de ce jeune homme. Puis
qu'il ne refifte point, il y auroit de la
barbarie à l'égorger. D'ailleurs, il n'eft
point refponfable des actions de fon pere,
& fon pere ne fait que fon devoir, lors
qu'il nous condamne à la mort, comme
nous faifons le noftre en detrouffant les
voyageurs.

J'interceday donc pour le fils du Corregidor, & mon interceffion ne luy fut
pas inutile. Nous primes feulement tout
l'argent qu'il avoit & nous emmenames
les chevaux des deux hommes que nous
avions tuez. Nous les vendimes avec
ceux que nous conduifions à Manfilla.
Nous nous en retournames enfuite au
foûterrain, où nous arrivames le lendemain, quelques momens avant le jour.
Nous ne fufmes pas peu furpris de trouver la trape levée, & noftre furprife devint encore plus grande, lorfque nous
vimes dans la cuifine Leonarde liée. Elle
nous mit au fait en deux mots. Nous ad-
mirames comment tu avois pû nous tromper. Nous ne t'aurions jamais crû capable de nous joüer un fi bon tour, & nous
te le pardonnames à caufe de l'invention.
Dés que nous eumes détaché la cuifi-

hiere, je luy donnay ordre de nous ap-
preſter bien à manger. Cependant nous
allames ſoigner nos chevaux à l'écurie,
où le vieux negre qui n'avoit receu aucun ſecours depuis vingt-quatre heures,
eſtoit à l'extremité. Nous ſouhaitions de
le ſoulager, mais il avoit perdu connoiſſance & il nous parut ſi bas, que malgré noſtre bonne volonté, nous laiſſames ce pauvre diable entre la vie & la
mort. Cela ne nous empeſcha pas de
nous mettre à table ; & aprés avoir am-
plement déjeuné, nous nous retirames
dans nos chambres, où nous repoſames
toute la journée. A noſtre reveil, Leonarde nous apprit que Domingo ne vivoit plus. Nous le portames dans le caveau où tu dois te ſouvenir d'avoir couché, & là nous luy fimes des funerailles,
comme s'il euſt eu l'honneur d'eſtre un
de nos compagnons.

Cinq ou ſix jours aprés, il arriva que
voulant faire une courſe, nous rencontrâmes un matin à la ſortie du bois trois
brigades d'archers de la ſainte Hermandad, qui ſembloient nous attendre pour
nous charger. Nous n'en apperceumes
d'abord qu'une. Nous la mépriſames,
bien que ſuperieure en nombre à noſtre

troupe, & nous l'attaquames, mais dans
le temps que nous estions aux mains avec
elle, les deux autres qui avoient trouvé
moyen de se tenir cachées, vinrent tout
à coup fondre sur nous, de sorte que
nostre valeur ne nous servit de rien. Il
fallut ceder à tant d'ennemis. Nostre
Lieutenant & deux de nos cavaliers pe-
rirent dans cette occasion. Les deux autres & moy nous fumes enveloppez &
serrez de si prés, que les archers nous
prirent ; & tandis que deux brigades
nous conduisoient à Leon, la troisiéme
alla détruire nostre retraite, qui avoit
esté découverte de la maniere que je vais
te le dire. Un paysan de Luceno en tra-
versant la forest pour s'en retourner chez
luy, apperceut par hazard la trape de
nostre soûterrain levée, c'estoit justement le jour que tu en sortis avec la Dame. Il se douta bien que c'estoit nostre
demeure. Il n'eut pas le courage d'y entrer. Il se contenta d'observer les environs, & pour mieux remarquer l'endroit, il escorça legerement avec son
cousteau quelques arbres voisins & d'autres encore de distance en distance jusqu'à ce qu'il fust hors du bois. Il se rendit ensuite à Leon, pour faire part de

cette decouverte au Corregidor, qui en
eut d'autant plus de joye, que son fils
venoit d'estre volé par nostre compagnie. Ce Juge fit assembler trois brigades pour nous arrester & le paysan leur
servit de guide.

Mon arrivée dans la ville de Leon
y fut un spectacle pour tous les habitans.
Quand j'aurois esté un General Portugais fait prisonnier de guerre, le peuple
ne se seroit pas plus empressé de me voir.
Le voila, disoit-on, le voila ce fameux
Capitaine, la terreur de cette contrée.
Il meriteroit d'estre demembré avec des
tenailles, de mesme que ses deux camarades. On nous mena devant le Corregidor qui commença de m'insulter. Hé
bien, me dit-il, scelerat, le Ciel las des
desordres de ta vie t'abandonne à ma
justice. Seigneur, luy repondi-je, si j'ay
commis bien des crimes, du moins je
n'ay pas la mort de vostre fils unique à
me reprocher. J'ay conservé ses jours.
Vous m'en devez quelque reconnoissance. Ah, miserable, s'écria-t-il, c'est bien
avec des gens de ton caractere qu'il faut
garder un procedé genereux. Et quand
mesme je voudrois te sauver, le devoir
de ma charge ne me le permettroit pas.

Lorſqu'il eut parlé de cette ſorte, il nous fit enfermer dans un cachot, où il ne laiſſa pas languir mes compagnons. Ils en ſortirent au bout de trois jours pour aller jouer un rolle tragique dans la grande place. Pour moy, je demeuray dans les priſons trois ſemaines entieres. Je crus qu'on ne differoit mon ſupplice, que pour le rendre plus terrible, & je m'attendois enfin à un genre de mort tout nouveau, quand le Corregidor m'ayant fait ramener en ſa préſence, me dit : Ecoute ton arreſt. Tu es libre. Sans toy mon fils unique auroit eſté aſſaſſiné ſur les grands chemins. Comme pere, j'ay voulu reconnoiſtre ce ſervice, & comme Juge, ne pouvant t'abſoudre, j'ay écrit à la Cour en ta faveur. J'ay demandé ta grace & je l'ay obtenuë. Va donc où il te plaira. Mais, ajouta-t-il, croy-moy ; profite de cet heureux évenement. Rentre en toy-meſme & quitte pour jamais le brigandage.

Je fus penetré de ces paroles, & je pris la route de Madrid dans la reſolution de faire une fin & de vivre doucement dans cette ville. J'y ay trouvé mon pere & ma mere morts, & leur

ſucceſ-

succeſſion entre les mains d'un vieux parent, qui m'en a rendu un compte fidelle, comme font tous les tuteurs. Je n'en ay pû tirer que trois mille ducats, ce qui peut-eſtre ne fait pas la quatriéme partie de mon bien. Mais que faire à cela ? Je ne gagnerois rien à le chicanner. Pour éviter l'oiſiveté, j'ay achepté une Charge d'Alguazil. Mes confreres ſe ſe-roient, par bienſeance, oppoſez à ma reception, s'ils euſſent ſceu mon hiſtoi-re. Heureuſement, ils l'ignorent ou fei-gnent de l'ignorer. Ce qui eſt la meſme choſe. Car dans cet honorable corps, chacun a intereſt de cacher ſes faits & geſtes. On n'a, Dieu mercy, rien à ſe reprocher les uns aux autres. Au diable ſoit le meilleur. Cependant, mon ami, continua Rolando, je veux te découvrir icy le fonds de mon ame. La profeſſion que j'ay embraſſée n'eſt guere de mon gouſt. Elle demande une conduite trop delicate & trop myſterieuſe. On n'y ſçauroit faire que des tromperies ſecret-tes & ſubtiles. Oh je regrette mon pre-mier meſtier. J'avouë qu'il y a plus de ſeureté dans le nouveau ; mais il y a plus d'agrement dans l'autre, & j'ai me la liberté. J'ay bien la mine de me defaire de ma Charge & de partir un beau matin pour aller gagner les montagnes qui font aux fources du Tage. Je fçay qu'il y a dans cet endroit une retraite habitée par une troupe nombreufe & remplie de fujets Catalans. C'eft faire fon éloge en un mot. Si tu veux m'accompagner, nous irons groffir le nombre de ces grands hommes. Je feray dans leur Compagnie Capitaine en fecond, & pour t'y faire recevoir avec agrément, j'affureray que je t'ay veu dix fois combattre à mes coftez. J'éleveray ta valeur jufqu'aux nuës. Je diray plus de bien de toy, qu'un General n'en dit d'un Officier qu'il veut avancer. Je me garderay bien de dire la fupercherie que tu as faite. Cela te rendroit fufpect. Je tairay l'avanture. Hé bien, ajouta-t-il, es-tu preft à me fuivre? J'attends ta reponfe.

Chacun a fes inclinations, di-je alors à Rolando; vous eftes né pour les entreprifes hardies, & moy, pour une vie douce & tranquille. Je vous entends, interrompit-il, la Dame que l'amour vous a fait enlever, vous tient encore au cœur, & fans doute vous menez avec elle à Madrid cette vie douce que vous aimez. Avoüez, Monfieur Gil Blas, que vous

l'avez mife dans fes meubles, & que vous
mangez enfemble les piftoles que vous
avez emportées du foûterrain ? Je luy dis
qu'il eftoit dans l'erreur, & que pour le
defabufer, je voulois en dinant luy conter
l'hiftoire de la Dame. Ce que je fis effectivement, & je luy appris auffi tout ce qui
m'eftoit arrivé depuis que j'avois quitté
la troupe. Sur la fin du repas, il me remit encore fur les fujets Catalans. Il
m'avoüa mefme qu'il avoit refolu de les
aller joindre, & fit une nouvelle tentative pour m'engager à prendre le mefme
parti. Mais voyant qu'il ne pouvoit me
perfuader, il me regarda d'un air fier &
me dit fort ferieufement : Puifque tu as
le cœur affez bas pour préferer ta condition fervile à l'honneur d'entrer dans
une compagnie de braves gens je t'abandonne à la baffeffe de tes inclinations.
Mais écoute bien les paroles que je vais te
dire : qu'elles demeurent gravées dans ta
memoire : oublie que tu m'as rencontré
aujourd'huy, & ne t'entretiens jamais de
moy avec perfonne, car fi j'apprends
que tu me mefles dans tes difcours . . . .
tu me connois. Je ne t'en dis pas davantage. A ces mots, il appella l'hofte,
paya l'écot, & nous nous levames de

table pour nous en aller.

* * *

CHAPITRE III.

*Il sort de chez Don Bernard de Castil
Blazo, & va servir un Petit-
Maistre.*

COmme nous sortions du cabaret, &
que nous prenions congé l'un de
l'autre, mon Maistre passa dans la rue,
Il me vit, & je m'apperceus qu'il regarda plus d'une fois le Capitaine. Je jugeay
qu'il estoit surpris de me rencontrer avec
un semblable personnage. Il est certain
que la veuë de Rolando ne prevenoit
point en faveur de ses mœurs. C'estoit
un homme fort grand. Il avoit le visage
long avec un nez de perroquet, &
quoyqu'il n'eust pas mauvaise mine, il
ne laissoit pas d'avoir l'air d'un franc
fripon.

Je ne m'estois point trompé dans mes
conjectures. Le soir je trouvay Don Bernard occupé de la figure du Capitaine &
trés-disposé à croire toutes les belles
choses que je luy en aurois pû dire, si
j'eusse osé parler. Gil Blas, me dit-il,

qui est ce grand escogriffe que j'ay veu
tantost avec toy? Je répondis que c'estoit
un Alguazil, & je m'imaginay que satisfait de cette réponse, il en demeureroit
là, mais il me fit bien d'autres questions ; & comme je luy parus embarras-
sé, parce que je me souvenois des menaces de Rolando, il rompit tout à coup
la conversation & se coucha. Le lendemain matin, lorsque je luy eus rendu
mes services ordinaires, il me compta
six ducats au lieu de six reaux, & me dit :
Tiens, mon ami, voila ce que je te donne
pour m'avoir servi jusqu'à ce jour. Va
chercher une autre maison. Je ne puis
m'accommoder d'un valet qui a de si
belles connoissances. Je m'avisay de luy
representer pour ma justification, que je
connoissois cet Alguazil, pour luy avoir
fourni certains remedes à Valladolid dans
le temps que j'y exerçois la Medecine.
Fort bien, reprit mon Maistre, la defaite est ingenieuse. Tu devois me repondre cela hier au soir, & non pas te troubler. Monsieur, luy repartis je, en verité, je n'osois vous le dire par discretion.
C'est ce qui a causé mon embarras. Certes, repliqua-t-il, en me frappant doucement sur l'épaule, c'est estre bien

diſcret. Je ne te croyois pas ſi ruſé. Va,
mon enfant, je te donne ton congé.

J'allay ſur le champ apprendre cette
mauvaiſe nouvelle à Melendez, qui me
dit pour me conſoler qu'il prétendoit me
faire entrer dans une meilleure maiſon.
En effet quelques jours aprés, il me dit:
Gil Blas mon ami, vous ne vous attendez pas au bonheur que j'ay à vous annoncer. Vous aurez le poſte du monde le
plus agreable. Je vais vous mettre auprés
de Don Mathias de Silva. C'eſt un homme de la premiere qualité : un de ces
jeunes Seigneurs qu'on appelle Petit-
Maiſtres. J'ay l'honneur d'eſtre ſon marchand. Il prend chez moy des étoffes, à
credit à la verité ; mais il n'y a rien à
perdre avec ces Seigneurs. Ils épouſent
ſouvent de riches heritieres qui payent
leurs dettes, & quand cela n'arrive pas,
un marchand qui entend ſon métier leur
vend toûjours ſi cher, qu'il ſe ſauve en
ne touchant meſme que le quart de ſes
parties. L'Intendant de Don Mathias,
pourſuivit-il, eſt mon intime ami. Allons
le trouver. Il doit vous preſenter luy-
meſme à ſon Maiſtre, & vous pouvez
compter qu'à ma conſideration, il aura
beaucoup d'égard pour vous.

Comme nous eſtions en chemin pour
nous rendre à l'Hoſtel de Don Mathias,
le Marchand me dit : Il eſt à propos, ce
me ſemble , que je vous apprenne de
quel caractere eſt l'Intendant ; il s'appelle
Gregorio Rodriguez. Entre nous , c'eſt
un homme de rien, qui ſe ſentant né pour
les affaires , a ſuivi ſon genie , & s'eſt
enrichi dans deux maiſons ruinées, dont
il a eſté Intendant. Je vous avertis qu'il
eſt fort vain. Il aime à voir ramper devant luy les autres domeſtiques. C'eſt à
luy qu'ils doivent d'abord s'adreſſer,
quand ils ont la moindre grace à demander à leur Maiſtre ; car s'il arrive qu'ils
l'ayent obtenuë ſans ſa participation , il
a toûjours des detours tout preſts pour
faire revoquer la grace , ou pour la rendre inutile. Reglez-vous ſur cela , Gil
Blas. Faites voſtre cour au Seigneur Rodriguez, préferablement à voſtre Maiſtre
meſme , & mettez tout en uſage pour luy
plaire. Son amitié vous ſera d'une grande
utilité. Il vous payera vos gages exactement ; & ſi vous eſtes aſſez adroit pour
gagner ſa confiance, il pourra vous donner quelque petit os à ronger. Il en a
tant ! Don Mathias eſt un jeune Seigneur qui ne ſonge qu'à ſes plaiſirs , &

qui ne veut prendre aucune connoissance de ses propres affaires. Quelle maison pour un Intendant !

Lorsque nous fumes arrivez à l'Hostel, nous demandames à parler au Seigneur Rodriguez. On nous dit que nous le trouverions dans son appartement. Il y estoit, & nous vimes avec luy une maniere de paysan qui tenoit un sac de toile bleuë rempli d'especes. L'Intendant qui me parut plus pasle & plus jaune qu'une fille fatiguée du celibat, vint au devant de Melendez, en luy tendant les bras; le Marchand de son costé ouvrit les siens, & ils s'embrasserent tous deux avec des demonstrations d'amitié, où il y avoit pour le moins autant d'art que de naturel. Aprés cela il fut question de moy. Rodriguez m'examina depuis les pieds jusqu'à la teste ; puis il me dit fort poliment que j'estois tel qu'il falloit estre pour convenir à Don Matthias, & qu'il se chargeoit avec plaisir de me presenter à ce Seigneur. Là-dessus Melendez fit connoistre jusqu'à quel point il s'interressoit pour moy. Il pria l'Intendant de m'accorder sa protection, & me laissant avec luy aprés force complimens, il se retira. Dés qu'il fut sorti, Rodriguez me

dit : Je vous conduiray à mon Maiſtre,
d'abord que j'auray expedié ce bon laboureur. Auſſitoſt il s'approcha du payſan, & luy prenant ſon ſac : Talego, luy
dit-il, voyons ſi les cinq cens piſtoles
ſont là-dedans. Il compta luy-meſme les
pieces. Il trouva le compte juſte, donna quittance de la ſomme au laboureur,
& le renvoya. Il remit enſuite les eſpeces dans le ſac. Alors, il s'adreſſe à moy :
Nous pouvons preſentement, me dit-il,
aller au levé de mon Maiſtre. Il ſort
du lit ordinairement ſur le midy. Il eſt
prés d'une heure. Il doit eſtre jour dans
ſon appartement.

Don Mathias venoit en effet de ſe lever. Il eſtoit encore en robe de chambre,
& renverſé dans un fauteüil, ſur un bras
duquel il avoit une jambe étenduë, il ſe
balançoit en rapant du tabac. Il s'entre-
tenoit avec un laquais, qui rempliſſant
par *interim* l'employ de valet de chambre, ſe tenoit là tout preſt à le ſervir.
Seigneur, luy dit l'Intendant, voicy un
jeune homme que je prens la liberté de
vous préſenter pour remplacer celuy que
vous chaſſâtes avant-hier. Melendez
voſtre Marchand en répond : il aſſure
que c'eſt un garçon de merite, & je

croy que vous en ferez fort fatisfait. C'eſt
aſſez, repondit le jeune Seigneur, puiſque c'eſt vous qui le produiſez auprés de
moy, je le reçois aveuglément à mon
ſervice. Je le fais mon valet de chambre.
C'eſt une affaire finie, Rodriguez, ajouta-t-il, parlons d'autres choſes, vous arrivez à propos. J'allois vous envoyer
chercher. J'ay une mauvaiſe nouvelle à
vous apprendre, mon cher Rodriguez.
J'ay joüé de malheur cette nuit. Avec
cent piſtoles que j'avois, j'en ay encore
perdu deux cens ſur ma parole. Vous
ſçavez de quelle conſequence il eſt pour
des perſonnes de condition, de s'acquitter de cette ſorte de dette. C'eſt proprement la ſeule que le point d'honneur
nous oblige à payer avec exactitude.
Auſſi ne payons-nous pas les autres re-
ligieuſement. Il faut donc trouver deux
cens piſtoles tout à l'heure & les envoyer
à la Comteſſe de Pedroſa. Monſieur, dit
l'Intendant, cela n'eſt pas ſi difficile à
dire qu'à executer. Où voülez-vous, s'il
vous plaiſt, que je prenne cette ſomme?
Je ne touche pas un maravedi de vos
Fermiers, quelque menace que je puiſſe
leur faire. Cependant il faut que j'entre-
tienne honneſtement vôtre domeſtique,

& que je suë sang & eau pour fournir
à voſtre depenſe. Il eſt vray que juſqu'i-
cy, graces au Ciel, j'en ſuis venu à bout;
mais je ne ſçay plus à quel Saint me
voüer, je ſuis reduit à l'extremité. Tous
ces diſcours ſont inutiles, interrompit
Don Mathias, & ces détails ne font que
m'ennuyer. Ne prétendez-vous pas,
Rodriguez, que je change de conduite,
& que je m'amuſe à prendre ſoin de mon
bien ? l'agreable amuſement pour un
homme de plaiſir comme moy ! Patience, répliqua l'Intendant, au train que
vont les choſes, je prévoy que vous ſerez bientoſt debarraſſé pour toûjours de
ce ſoin-là. Vous me fatiguez, repartit
bruſquement le jeune Seigneur. Vous
m'aſſaſſinez. Laiſſez-moy me ruiner
ſans que je m'en apperçoive. Il me faut,
vous dis-je, deux cens piſtoles. Il me
les faut. Je vais donc, dit Rodriguez, avoir recours au petit vieillard qui
vous a déja preſté de l'argent à groſſe
uſure ? Ayez recours, ſi vous voûlez, au
diable, repondit Don Mathias ; pourveu
que j'aye deux cens piſtoles, je ne me
ſoucie pas du reſte.

Dans le moment qu'il prononçoit ces
mots d'un air bruſque & chagrin, l'In-

tendant fortit, & un jeune homme de
qualité, nommé Don Antonio Centellés,
entra : Qu'as-tu, mon ami, dit ce dernier à mon Maiſtre ? Je te trouve l'air
nebuleux. Je vois ſur ton viſage une im-
preſſion de colere ! Qui peut t'avoir mis
de mauvaiſe humeur ? Je vais parier que
c'eſt cet homme qui ſort. Ouy, repondit
Don Mathias, c'eſt mon Intendant. Toutes les fois qu'il vient me parler, il me fait
paſſer quelque mauvais quart d'heure. Il
m'entretient de mes affaires. Il dit que je
mange le fonds de mes revenus... L'animal ! Ne diroit-on pas qu'il y perd, luy ?
Mon enfant, reprit Don Antonio, je ſuis
dans le meſme cas. J'ay un homme d'affaires qui n'eſt pas plus raiſonnable que ton
Intendant. Quand le faquin, pour obeïr
à mes ordres reïterez, m'aporte de l'argent, il ſemble qu'il donne du ſien. Il
me fait de grands raiſonnemens : Monſieur, me dit-il, vous vous abymez. Vos
revenus ſont ſaiſis. Je ſuis obligé de luy
couper la parole, pour abreger ſes ſots
diſcours. Le malheur, dit Don Mathias,
c'eſt que nous ne ſçaurions nous paſſer
de ces gens-là. C'eſt un mal neceſſaire.
J'en conviens, repliqua Centellés...
mais attens, pourſuivit-il, en riant de

toute sa force, il me-vient une idée assez
plaisante. Rien n'a jamais esté mieux
imaginé. Nous pouvons rendre comi-
ques les scenes serieuses que nous avons
avec eux, & nous divertir de ce qui nous
chagrine. Ecoute : il faut que ce soit moy
qui demande à ton Intendant tout l'argent dont tu auras besoin. Tu en useras
de mesme avec mon homme d'affaires.
Qu'ils raisonnent alors tous deux tant
qu'il leur plaira ; nous les écouterons de
sang froid. Ton Intendant viendra me
rendre ses comptes ; mon homme d'affaires te rendra les siens. Je n'entendray
parler que de tes dissipations : tu ne verras que les miennes. Cela nous rejoüira.
    Mille traits brillans suivirent cette
saillie, & mirent en joye les jeunes Seigneurs qui continuerent de s'entretenir
avec beaucoup de vivacité. Leur conversation fut interrompuë par Gregorio
Rodriguez, qui rentra suivi d'un petit
vieillard qui n'avoit presque point de
cheveux, tant il estoit chauve. Don
Antonio voulut s'en aller : Adieu, Don
Mathias, dit-il, nous nous reverrons
tantost. Je te laisse avec ces Messieurs.
Vous avez sans doute quelque affaire se-
rieuse à demesler ensemble. Hé non, non,

luy repondit mon Maiſtre , demeure:
Tu n'es point de trop. Ce diſcret vieillard que tu vois eſt un honneſte homme
qui me preſte de l'argent au denier cinq.
Comment au denier cinq , s'écria Centellés d'un air étonné ? Vive Dieu , je te
felicite d'eſtre en ſi bonne main. Je ne
ſuis pas traité ſi doucement, moy. J'a-
chete l'argent au poids de l'or. J'emprunte d'ordinaire au denier trois. Quelle
uſure, dit alors le vieil uſurier ! Les fripons ! ſongent-ils qu'il y a un autre monde ? Je ne ſuis plus ſurpris ſi l'on declame
tant contre les perſonnes qui preſtent à
intereſts. C'eſt le profit exorbitant que
quelques-uns tirent de leurs eſpeces qui
nous perd d'honneur & de reputation. Si
tous mes confreres me reſſembloient,
nous ne ſerions pas ſi décriez ; car pour
moy, je ne preſte uniquement que pour
faire plaiſir au prochain. Ah ſi le temps
eſtoit auſſi bon que je l'ay veu autrefois,
je vous offrirois ma bourſe ſans intereſts ; & peu s'en faut meſme, quelle
que ſoit aujourd'huy la miſere, que je
ne me faſſe un ſcrupule de preſter au
denier cinq. Mais on diroit que l'argent
eſt rentré dans le ſein de la terre. On
n'en trouve plus, & ſa rareté oblige en-

fin ma morale à se relascher.

De combien avez-vous besoin, poursuivit-il en s'addressant à mon maistre ?
Il me faut deux cens pistoles, répondit
Don Mathias. J'en ay quatre cens dans
un sac, repliqua l'usurier, il n'y a qu'à
vous en donner la moitié. En mesme
temps il tira de dessous son manteau un
sac de toile bleuë, qui me parut estre le
mesme que le paysan Talego venoit de
laisser avec cinq cens pistoles à Rodriguez. Je sceus bien-tost ce qu'il en falloit penser, & je vis bien que Melendez
ne m'avoit pas vanté sans raison le sça-
voir-faire de cet Intendant. Le vieillard
vuida le sac, étala les especes sur une
table & se mit à les compter. Cette veuë
alluma la cupidité de mon maistre. Il fut
frappé de la totalité de la somme : Seigneur Descomulgado, dit-il à l'usurier,
je fais une reflexion judicieuse, je suis un
grand sot. Je n'emprunte que ce qu'il
faut pour degager ma parole, sans songer
que je n'ay pas le sol. Je seray obligé demain de recourir encore à vous. Je suis
d'avis de rafler les quatre cens pistoles,
pour vous épargner la peine de revenir.
Seigneur, répondit le vieillard, je destinois
une partie de cet argent à un bon Licen-

cié qui a de gros heritages, qu'il em-
ployé charitablement à retirer du monde
de petites filles, & à meubler leurs retraites ; mais puisque vous avez besoin
de la somme entiere, elle est à vostre
service. Vous n'avez seulement qu'à songer aux assurances... Oh pour des assurances, interrompit Rodriguez en tirant de sa poche un papier, vous en aurez de bonnes. Voila un billet que le Seigneur D. Mathias n'a qu'à signer. Il
vous donne cinq cens pistoles à prendre
sur un de ses fermiers, sur Talego, riche Laboureur de Mondejar. Cela est
bon, repliqua l'usurier. Je ne fais point
le difficultueux, moy. Alors l'Intendant
présenta une plume à mon maistre, qui,
sans lire le billet, écrivit, en sifflant,
son nom au bas.

Cette affaire consommée, le vieillard
dit adieu à mon patron, qui courut l'embrasser en luy disant : Jusqu'au revoir,
Seigneur usurier, je suis tout à vous. Je
ne sçay pas pourquoy vous passez vous
autres pour des fripons. Je vous trouve
trés-necessaires à l'Estat ; vous estes la
consolation de mille enfans de famille &
la ressource de tous les Seigneurs dont la
depense excede les revenus. Tu as raison,

ſon, s'écria Centellés. Les uſuriers ſont
d'honneſtes gens qu'on ne peut aſſez ho-
norer, & je veux à mon tour embraſſer ce-
lui-cy à cauſe du denier cinq. A ces mots,
il s'approcha du vieillard pour l'accoler,
& ces deux Petit-Maiſtres, pour ſe divertir, commencerent à ſe le renvoyer
l'un à l'autre, comme deux joüeurs de
paume qui pelotent une balle. Aprés
qu'ils l'eurent bien balotté, ils le laiſſerent ſortir avec l'Intendant, qui meritoit mieux que luy ces embraſſades &
meſme quelque choſe de plus.

Lorſque Rodriguez & ſon ame dam-
née furent ſortis, D. Mathias envoya
par le laquais qui eſtoit avec moy dans
la chambre, la moitié de ſes piſtoles à la
Comteſſe de Pedroſa, & ſerra l'autre
dans une longue bourſe brochée d'or &
de ſoye qu'il portoit ordinairement dans
ſa poche. Fort ſatisfait de ſe revoir en
fonds, il dit d'un air gay à Don Antonio : Que ferons-nous aujourd'huy ? tenons conſeil là-deſſus. C'eſt parler en
homme de bon ſens, répondit Centellés.
Je le veux bien. Deliberons. Dans le
temps qu'ils alloient reſver à ce qu'ils
deviendroient ce jour-là, deux autres
Seigneurs arriverent. C'eſtoient Don

Alexo Segiar & D. Fernand de Gamboa, l'un & l'autre à peu prés de l'âge de mon maiſtre, c'eſt à dire de vingt-huit à trente ans. Ces quatre Cavaliers débuterent par de vives accolades qu'ils ſe firent, on euſt dit qu'ils ne s'eſtoient point veus depuis dix ans. Aprés cela, Don Fernand, qui eſtoit un gros rejoüy, addreſſa la parole à D. Mathias & à D. Antonio : Meſſieurs, leur dit-il, où dinez-vous aujourd'huy ? Si vous n'eſtes point engagez, je vais vous mener dans un cabaret, où vous boirez du vin des Dieux. J'y ay ſoupé, & j'en ſuis ſorti ce matin entre cinq & ſix heures. Pluſt au Ciel, s'écria mon maiſtre, que j'euſſe fait la meſme choſe ! je n'aurois pas perdu mon argent.

Pour moy, dit Centellés, je me ſuis donné hier au ſoir un divertiſſement nouveau ; car j'aime à changer de plaiſirs. Auſſi n'y a-t-il que la varieté des amuſemens qui rende la vie agréable. Un de mes amis m'entraina chez un de ces Seigneurs qui levent les impoſts & font leurs affaires avec celles de l'Eſtat. J'y vis de la magnificence, du bon gouſt, & le repas me parut aſſez bien entendu ; mais je trouvay dans les maiſtres du logis un

ridicule qui me rejoüit. Le Partifan,
quoyque des plus roturiers de fa compagnie, tranchoit du grand, & fa femme,
bien qu'horriblement laide, faifoit l'a-
dorable, & difoit mille fottifes affaifon-
nées d'un accent Bifcayen qui leur donnoit du relief. Ajoutez à cela qu'il y
avoit à table quatre ou cinq enfans avec
un précepteur. Jugez fi ce fouper de famille me divertit.

Et moy, Meffieurs, dit D. Alexo Segiar, j'ay foupé chez une Comedienne.
Chez Arfenie. Nous eftions fix à table.
Arfenie, Florimonde avec une coquette
de fes amies, le Marquis de Zenete,
Don Juan de Moncade & voftre fervi-
teur. Nous avons paffé la nuit à boire
& à dire des gueulées. Quelle volupté !
Il eft vray qu'Arfenie & Florimonde ne
font pas de grands genies ; mais elles ont
un ufage de débauche qui leur tient lieu
d'efprit. Ce font des creatures enjoüées,
vives, folles. J'aime mieux cela cent fois
que des femmes raifonnables.

#¢ 3

CHAPITRE IV.

De quelle maniere Gil Blas fit connoif-
fance avec les valets des Petit-Maif-
tres ; du fecret admirable qu'ils luy
enfeignerent pour avoir à peu de
frais la reputation d'homme d'efprit,
& du ferment fingulier qu'ils luy
firent faire.

CEs Seigneurs continuerent à s'entretenir de cette forte, jufqu'à ce
que Don Mathias, que j'aidois à s'habiller pendant ce temps-là, fuft en eftat
de fortir. Alors il me dit de le fuivre ;
& tous ces Petit-Maiftres prirent enfemble le chemin du cabaret où Don
Fernand de Gamboa fe propofoit de les
conduire. Je commençay donc à marcher derriere eux avec trois autres valets, car chacun de ces Cavaliers avoit
le fien. Je remarquay avec étonnement
que ces trois domeftiques copioient leurs
maiftres & fe donnoient les mefmes airs.
Je les faluay comme leur nouveau camarade. Ils me faluerent auffi, & l'un
d'entr'eux, aprés m'avoir regardé quel-

ques momens, me dit : Frere, je vois
à voftre allure que vous n'avez jamais
encore fervi de jeune Seigneur. Helas,
non, luy répondis-je, & il n'y a pas
long-temps que je fuis à Madrid. C'eft
ce qui me femble, repliqua-t-il. Vous
fentez la Province. Vous paroiffez ti-
mide & embaraffé. Il y a de la bourre
dans voftre action. Mais n'importe,
nous vous aurons bien-toft degourdi
fur ma parole. Vous me flatez peut-
eftre, luy di-je ? Non, repartit-il,
non. Il n'y a point de fot que nous ne
puiffions façonner. Comptez là-deffus.

Il n'eut pas befoin de m'en dire davantage pour me faire comprendre que
j'avois pour confreres de bons enfans,
& que je ne pouvois eftre en meilleure
main pour devenir joli garçon. En arrivant au cabaret, nous y trouvames
un repas tout préparé, que le Seigneur
Don Fernand avoit eu la précaution
d'ordonner dés le matin. Nos maiftres
fe mirent à table, & nous nous difpo-
fames à les fervir. Les voila qui s'entretiennent avec beaucoup de gayeté.
J'avois un extreme plaifir à les entendre. Leur caractere, leurs penfées,

leurs expreſſions me divertiſſoient. Que
de feu ! que de ſaillies d'imagination !
Ces gens - là me parurent une eſpece
nouvelle. Lorſqu'on en fut au fruit,
nous leur apportames une copieuſe quantité de bouteilles des meilleurs vins d'Eſpagne, & nous les quittames pour aller
diner dans une petite ſalle où l'on nous
avoit dreſſé une table.

Je ne tarday guere à m'appercevoir que
les Chevaliers de ma quadrille avoient
encore plus de merite que je ne me
l'eſtois imaginé d'abord. Ils ne ſe con-
tentoient pas de prendre les manieres
de leurs maiſtres, ils en affectoient meſme le langage, & ces marauds les ren-
doient ſi bien, qu'à un air de qualité
prés, c'eſtoit la meſme choſe. J'admi-
rois leur air libre & aiſé. J'eſtois encore plus charmé de leur eſprit, & je
deſeſperois d'eſtre jamais auſſi agreable qu'eux. Le valet de Don Fernand,
attendu que c'eſtoit ſon maiſtre qui regaloit les noſtres, fit les honneurs du
feſtin, & voulant que rien n'y man-
quaſt, il appella l'hoſte & luy dit : Maiſtre André Mantuano, donnez - nous
dix bouteilles de voſtre plus excellent
vin, &, comme vous avez couſtume

de faire, vous les ajouterez à celles que
nos maiſtres auront buës. Trés-volontiers, répondit l'hoſte ; mais, Monſieur Gaſpard, vous ſçavez que le Seigneur Don Fernand me doit déja bien
des repas. Si par voſtre moyen j'en
pouvois tirer quelques eſpeces... Oh,
interrompit le valet, ne vous mettez
point en peine de ce qui vous eſt deu.
Je vous en réponds, moy. C'eſt de l'or
en barre que les dettes de mon maiſtre. Il eſt vray que quelques diſcour-
tois creanciers ont fait ſaiſir nos revenus, mais nous obtiendrons main-levée
au premier jour, & nous vous payerons
ſans examiner le memoire que vous
nous fournirez. Mantuano nous apporta du vin, malgré les ſaiſies ; & nous
en bûmes en attendant la main-levée.
Il falloit voir comme nous nous por-
tions des ſantez à tous momens, en
nous donnant les uns aux autres les
ſurnoms de nos maiſtres. Le valet de
Don Antonio appelloit Gamboa celuy
de Don Fernand, & le valet de Don
Fernand appelloit Centellés celuy de
Don Antonio. Ils me nommoient de
meſme Silva, & nous nous enyvrions
peu à peu ſous ces noms empruntez,

tout auffi bien que les Seigneurs qui les portoient veritablement.

Quoyque je fuffe moins brillant que mes convives, ils ne laifferent pas de me temoigner qu'ils eftoient affez contens de moy : Silva, me dit un des plus deffalez, nous ferons quelque chofe de toy, mon ami. Je m'apperçois que tu as un fonds de genie ; mais tu ne fçais pas le faire valoir. La crainte de mal parler t'empefche de rien dire au hazard, & toutefois ce n'eft qu'en hazardant des difcours, que mille gens s'érigen aujourd'huy en beaux efprits. Veux-tu briller ? tu n'as qu'à te livrer à ta vivacité & rifquer indifferemment tout ce qui pourra te venir à la bouche. Ton étourderie paffera pour une noble hardieffe. Quand tu debiterois cent impertinences, pourveu qu'avec cela il t'échappe feulement un bon mot, on oubliera les fottifes, on retiendra le trait, & l'on concevra une haute opinion de ton merite. C'eft ce que pratiquent fi heureufement nos maiftres, & c'eft ainfi qu'en doit ufer tout homme qui vife à la reputation d'un efprit diftingué.

Outre que je ne fouhaitois que trop de paffer pour un beau genie, le fecret qu'on

qu'on m'enfeignoit pour y reüſſir me paroiſſoit ſi facile, que je ne crus pas devoir le negliger. Je l'éprouvay ſur le
champ, & le vin que j'avois beu rendit
l'épreuve heureuſe. C'eſt à dire que je
parlay à tort & à travers, & que j'eus
le bonheur de meſler parmi beaucoup
d'extravagances quelques pointes d'eſprit qui m'attirerent des applaudiſſemens.
Ce coup d'eſſay me remplit de confiance. Je redoublay de vivacité, pour produire quelque bonne ſaillie, & le hazard
voulut encore que mes efforts ne fuſſent
pas inutiles.

Hé bien, me dit alors celuy de mes
confreres qui m'avoit adreſſé la parole
dans la ruë, ne commences-tu pas à te
décraſſer? Il n'y a pas deux heures que
tu es avec nous, & te voila deja tout autre que tu n'eſtois. Tu changeras tous
les jours à veuë d'œil. Vois ce que c'eſt
que de ſervir des perſonnes de qualité.
Cela éleve l'eſprit. Les conditions bour-
geoiſes ne font pas cet effet. Sans doute,
luy répondis-je; auſſi je veux deſormais
conſacrer mes ſervices à la Nobleſſe.
C'eſt fort bien dit, s'écria le valet de
Don Fernand entre deux vins. Il n'appartient pas aux bourgeois de poſſeder

des genies superieurs comme nous. Allons, Messieurs, ajouta-t-il, faisons serment que nous ne servirons jamais ces
gredins-là. Jurons-en par le Stix. Nous
rimes bien de la pensée de Gaspard. Nous
luy applaudimes, &, le verre à la main,
nous fimes tous ce burlesque serment.

Nous demeurames à table jusqu'à ce
qu'il plust à nos maistres de se retirer.
Ce fut à minuit. Ce qui parut à mes camarades un excés de sobrieté. Il est vray
que ces Seigneurs ne sortoient de si bonne heure du cabaret, que pour aller chez
une fameuse coquette qui logeoit dans le
quartier de la Cour, & dont la maison
estoit nuit & jour ouverte aux gens de
plaisir. C'estoit une femme de trente-
cinq à quarante ans, parfaitement belle
encore, amusante & si consommée dans
l'art de plaire, qu'elle vendoit, disoit-on,
plus cher les restes de sa beauté, qu'elle
n'en avoit vendu les prémices. Il y avoit
toûjours chez elle deux ou trois autres
coquettes du premier ordre, qui ne con-
tribuoient pas peu au grand concours de
Seigneurs qu'on y voyoit. Ils y joüoient
l'aprés-dinée. Ils soupoient ensuite &
passoient la nuit à boire & à se rejoüir.
Nos maistres demeurerent là jusqu'au

jour, & nous auſſi ſans nous ennuyer ;
car tandis qu'ils eſtoient avec les maiſ-
treſſes , nous nous amuſions avec les ſer-
vantes. Enfin, nous nous ſéparames tous
au lever de l'aurore , & nous allames
nous repoſer chacun de ſon côté.

Mon maiſtre s'eſtant levé à ſon ordinaire ſur le midi, s'habilla. Il ſortit. Je
le ſuivis, & nous entrames chez D. Antonio Centellés, où nous trouvames un
certain D. Alvaro de Acuña. C'eſtoit un
vieux Gentilhomme , un profeſſeur de
débauche. Tous les jeunes gens qui vouloient devenir des hommes agréables,
ſe mettoient entre ſes mains Il les for-
moit au plaiſir, leur enſeignoit à briller
dans le monde & à diſſiper leur patrimoine. Il n'apprehendoit plus de manger le ſien ; l'affaire en eſtoit faite. Aprés
que ces trois Cavaliers ſe furent embraſ-
ſez, Centellés dit à mon maiſtre : Parbleu, Don Mathias, tu ne pouvois arriver icy plus à propos. D. Alvar vient me
prendre pour me mener chez un bourgeois qui donne à dîner au Marquis de
Zenete & à D. Juan de Moncade. Je
veux que tu ſois de la partie. Hé comment , dit D. Mathias, nomme-t-on ce
bourgeois ? Il s'appelle Gregorio de No-

riega, dit alors D. Alvar, & je vais vous
apprendre en deux mots ce que c'est que
ce jeune homme. Son pere, qui est un
riche Joüaillier, est allé negocier des
pierreries dans les pays étrangers & luy
a laissé en partant la joüissance d'un gros
revenu. Gregorio est un sot qui a une
disposition prochaine à manger tout son
bien, qui tranche du Petit-Maistre &
veut passer pour homme d'esprit en depit de la nature. Il m'a prié de le conduire. Je le gouverne, & je puis vous
assurer, Messieurs, que je le mene bon
train. Le fonds de son revenu est deja
bien entamé. Je n'en doute pas, s'écria
Centellés. Je vois le bourgeois à l'hospital. Allons Don Mathias, continua-t-il,
faisons connoissance avec cet homme-là,
& contribuons à le ruiner. J'y consens,
repondit mon maistre. Aussi bien j'aime
à voir renverser la fortune de ces petits
Seigneurs roturiers qui s'imaginent qu'on
les confond avec nous. Rien, par exemple, ne me divertit tant que la disgrace
de ce fils de publicain à qui le jeu & la
vanité de figurer avec les grands ont fait
vendre jusqu'à sa maison. Oh pour celuy-là, reprit D. Antonio, il ne merite
pas qu'on le plaigne. Il n'est pas moins

fat dans sa misere, qu'il l'estoit dans sa
prosperité.

Centellés & mon maistre se rendirent
avec Don Alvar chez Gregorio de Noriega. Nous y allames aussi Mogicon &
moy, tous deux ravis de trouver une
franche lippée & de contribuer de nostre part à la ruine du bourgeois. En entrant nous apperceumes plusieurs hommes occupez à preparer le diner, & il
sortoit des ragousts qu'ils faisoient une
fumée qui prévenoit l'odorat en faveur
du goust. Le Marquis de Zenete & Don
Juan de Moncade venoient d'arriver. Le
maistre du logis me parut un grand be-
nest. Il affectoit en vain de prendre l'allure des Petit-Maistres. C'estoit une trés-
mauvaise copie de ces excellens origi-
naux. Ou pour mieux dire, un imbecille
qui vouloit se donner un air déliberé. Re-
présentez-vous un homme de ce caractere entre cinq railleurs qui avoient tous
pour but de se moquer de luy & de l'engager dans de grandes depenses. Messieurs, dit D. Alvar aprés les premiers
complimens, je vous donne le Seigneur
Gregorio de Noriega pour un Cavalier
des plus parfaits. Il possede mille belles
qualitez. Sçavez-vous qu'il a l'esprit

trés - cultivé ? Vous n'avez qu'à choiſir. Il eſt également fort ſur toutes
les matieres ; depuis la logique la plus
fine & la plus ſerrée, juſqu'à l'ortographe. Oh cela eſt trop flateur, interrompit le bourgeois en riant de fort
mauvaiſe grace. Je pourrois, Seigneur
Alvaro, vous retorquer l'argument. C'eſt
vous qui eſtes ce qu'on appelle un puits
d'erudition. Je n'avois pas deſſein, reprit D. Alvar, de m'attirer une loüange
ſi ſpirituelle ; mais en verité, Meſſieurs,
pourſuivit-il, le Seigneur Gregorio ne
ſçauroit manquer de s'acquerir du nom
dans le monde. Pour moy, dit D. Antonio, ce qui me charme en luy, & ce
que je mets au deſſus de l'ortographe,
c'eſt le choix judicieux qu'il fait des
perſonnes qu'il frequente. Au lieu de ſe
borner au commerce des bourgeois, il
ne veut voir que de jeunes Seigneurs,
ſans s'embaraſſer de ce qu'il luy en couſ-
tera. Il y a là-dedans une élevation de
ſentimens qui m'enleve, & voila ce
qu'on appelle depenſer avec gouſt &
avec diſcernement.

Ces diſcours ironiques ne firent que
preceder mille autres ſemblables. Le pauvre Gregorio fut accommodé de toutes

pieces. Les Petit-Maiſtres luy lançoient
tour à tour des traits, dont le ſot ne ſen-
toit point l'atteinte. Au contraire, il
prenoit au pied de la lettre tout ce qu'on
luy diſoit, & il paroiſſoit fort content de
ſes convives. Il luy ſembloit meſme
qu'en le tournant en ridicule, ils luy faiſoient encore grace. Enfin, il leur ſervit de joüet pendant qu'ils furent à table, & ils y demeurerent le reſte du jour
& la nuit toute entiere. Nous bûmes à
diſcretion, de meſme que nos maiſtres,
& nous eſtions bien conditionnez les uns
& les autres, quand nous ſortimes de
chez le bourgeois.

CHAPITRE V.

Gil Blas devient homme à bonnes for-
tunes. Il fait connoiſſance avec
une jolie perſonne.

Aprés quelques heures de ſommeil,
je me levay en bonne humeur, &
me ſouvenant des avis que Melendez
m'avoit donnez, j'allay, en attendant le
reveil de mon maiſtre, faire ma cour à
noſtre Intendant, dont la vanité me pa-

rut un peu flatée de l'attention que j'avois à luy rendre mes respects. Il me recent d'un air gracieux, & me demanda si je m'accommodois du genre de vie des jeunes Seigneurs. Je repondis qu'il estoit nouveau pour moy, mais que je ne desesperois pas de m'y accoustumer dans la suite.

Je m'y accoustumay effectivement & bientost mesme. Je changeay d'humeur & d'esprit. De sage & posé que j'estois auparavant, je devins vif, estourdi, turlupin. Le valet de D. Antonio me fit compliment sur ma metamorphose, & me dit que pour estre un illustre', il ne me manquoit plus que d'avoir de bonnes fortunes. Il me représenta que c'estoit une chose absolument necessaire pour achever un joli homme : que tous nos camarades estoient aimez de quelque belle personne, & que luy, pour sa part, possedoit les bonnes graces de deux femmes de qualité. Je jugeay que le maraud mentoit. Monsieur Mogicon, luy di-je, vous estes sans doute un garçon bien fait & fort spirituel ; vous avez du merite ; mais je ne comprens pas comment des femmes de qualité, chez qui vous ne demeurez point, ont pû se laisser charmer

d'un homme de voſtre condition. Oh
vrayement, me repondit-il, elles ne ſçavent pas qui je ſuis. C'eſt ſous les habits
de mon maiſtre & meſme ſous ſon nom
que j'ay fait ces conqueſtes. Voicy comment : Je m'habille en jeune Seigneur.
J'en prens les manieres. Je vais à la promenade. J'agace toutes les femmes que
je vois, juſqu'à ce que j'en rencontre
une qui reponde à mes mines. Je ſuis celle-là & fais ſi bien que je luy parle. Je
me dis D. Antonio Centellés. Je demande
un rendez-vous. La Dame fait des façons. Je la preſſe. Elle me l'accorde *&*
cætera. C'eſt ainſi, mon enfant, continua-t-il, que je me conduis pour avoir
de bonnes fortunes, & je te conſeille de
ſuivre mon exemple.

J'avois trop d'envie d'eſtre un illuſtre,
pour n'écouter pas ce conſeil ; outre cela
je ne me ſentois point de repugnance
pour une intrigue amoureuſe. Je formay
donc le deſſein de me traveſtir en jeune
Seigneur pour aller chercher des avantures galantes. Je n'oſay me deguiſer
dans noſtre Hoſtel, de peur que cela ne
fuſt remarqué. Je pris un bel habillement
complet dans la garderobe de mon maiſtre, & j'en fis un paquet, que j'empor-

tay chez un petit Barbier de mes amis,
où je jugeay que je pourrois m'habiller
& me deshabiller commodement. Là e
me paray le mieux qu'il me fut possible.
Le Barbier mit aussi la main à mon ajustement, & quand nous crumes qu'on n'y
pouvoit plus rien ajouter, je marchay
vers le pré de saint Jerôme, d'où j'estois
bien-persuadé que je ne reviendrois pas
sans avoir trouvé quelque bonne fortune.
Mais je ne fus pas obligé de courir si
loin pour en ébaucher une des plus bril-
lantes.

Comme je traversois une ruë détour-
née, je vis sortir d'une petite maison &
monter dans un carosse de loüage qui estoit à la porte, une Dame richement ha-
billée & parfaitement bien faite. Je m'arrestay tout court pour la considerer, &
je la saluay d'un air à luy faire comprendre qu'elle ne me déplaisoit pas. De son
costé, pour me faire voir qu'elle meritoit
encore plus que je ne pensois mon attention, elle leva pour un moment son
voile, & offrit à ma veuë un visage des
plus agréables. Cependant le carosse par-
tit, & je demeuray dans la ruë un peu
étourdi de cette apparition. La jolie figure, disois-je en moy-mesme ! peste, il

faudroit cela pour m'achever ! Si les deux
Dames qui aiment Mogicon sont auſſi
belles que celle-cy, voila un faquin bien
heureux. Je serois charmé de mon sort,
ſi j'avois une pareille maitreſſe. En faiſant cette reflexion, je jettay les yeux
par hazard ſur la maiſon d'où j'avois veu
ſortir cette aimable perſonne, & j'apperceus à la feneſtre d'une ſale baſſe une
vieille femme qui me fit ſigne d'entrer.

Je volay auſſitoſt dans la maiſon, &
je trouvay dans une ſale aſſez propre
cette venerable & diſcrete vieille, qui
me prenant pour un Marquis, tout au
moins, me ſalua reſpectueuſement &
me dit : Je ne doute pas, Seigneur, que
vous n'ayez mauvaiſe opinion d'une femme qui, ſans vous connoiſtre, vous fait
ſigne d'entrer chez elle ; mais vous jugerez peut=eſtre plus favorablement de
moy, quand vous ſçaurez que je n'en
uſe pas de cette ſorte avec tout le monde. Vous me paroiſſez un Seigneur de la
Cour. Vous ne vous trompez pas, ma
mie, interrompis-je en eſtendant la jambe droite & penchant le corps ſur la hanche gauche. Je ſuis, ſans vanité, d'une
des plus grandes maiſons d'Eſpagne.
Vous en avez bien la mine, reprit-elle,

& je vous avoüeray que j'aime à faire plaifir aux perfonnes de qualité. C'eſt mon foible. Je vous ay obfervé par ma fénéſtre. Vous avez regardé trés-attentivement, ce me femble, une Dame qui vient de me quitter. Vous fentiriez-vous du goût pour elle ? Dites-le moy confidemment. Foy d'homme de Cour, luy répondis je, elle m'a frapé. Je n'ay jamais rien veu de plus piquant que cette creature-là. Fauxfilez - nous enfemble, ma bonne, & comptez fur ma reconnoiſſance. Il fait bon rendre ces fortes de fervices à nous autres grands Seigneurs ; ce ne font pas ceux que nous payons le plus mal.

Je vous l'ay deja dit, repliqua la vieille, je fuis toute devoüée aux perfonnes de condition. Je me plais à leur eſtre utile. Je reçois icy, par exemple, certaines femmes que des dehors de vertu empeſchent de voir leurs galans chez elles. Je leur preſte ma maifon pour concilier leur temperament avec la bienfeance. Fort bien, luy di-je, & vous venez apparemment de faire ce plaifir à la Dame dont il s'agit. Non, reponditelle, c'eſt une jeune veuve de qualité qui cherche un amant ; mais elle eſt ſi

delicate là-deſſus, que je ne ſçay ſi vous
ſerez ſon fait, malgré tout le merite que
vous pouvez avoir. Je luy ay deja pre-
ſenté trois Cavaliers bien baſtis, qu'elle a
dedaignez. Oh par bleu, ma chere, m'é-
criai-je d'un air de confiance, tu n'as
qu'à me mettre à ſes trouſſes ; je t'en rendray bon compte, ſur ma parole. Je ſuis
curieux d'avoir un teſte à teſte avec une
beauté difficile. Je n'en ay point encore
rencontré de ce caractere-là. Hé bien,
me dit la vieille, vous n'avez qu'à venir
icy demain à la meſme heure. Vous ſa-
tisferez voſtre curioſité. Je n'y manque-
ray pas, luy repartis-je. Nous verrons
ſi un jeune Seigneur peut rater une con-
queſte.

Je retournay chez le petit Barbier,
ſans vouloir chercher d'autres avantures, & fort impatient de voir la ſuite de
celle-là. Ainſi, le jour ſuivant, aprés
m'eſtre encore bien ajuſté, je me rendis
chez la vieille une heure plutoſt qu'il ne
falloit. Seigneur, me dit-elle, vous eſtes ponctuel & je vous en ſçai bon gré.
Il eſt vray que la choſe en vaut bien la
peine. J'ay veu noſtre jeune veuve, &
nous nous ſommes fort entretenuës de
vous. On m'a défendu de parler ; mais

j'ay pris tant d'amitié pour vous, que je ne puis me taire. Vous avez pleu, & vous allez devenir un heureux Seigneur. Entre nous, la Dame est un morceau tout appetiſſant. Son mari n'a pas vêcu long-temps avec elle. Il n'a fait que paſſer comme une ombre. Elle a tout le merite d'une fille. La bonne vieille ſans doute vouloit dire d'une de ces filles d'eſprit qui ſçavent vivre ſans ennuy dans le celibat.

L'heroïne du rendez-vous arriva bientoſt, en caroſſe de loüage comme le jour précedent & veſtuë de ſuperbes habits. D'abord qu'elle parut dans la ſale, je debutay par cinq ou ſix reverences de Petit-Maiſtres accompagnées de leurs plus gracieuſes contorſions. Aprés quoy, je m'approchay d'elle d'un air trés-familier, & luy dis : Ma Princeſſe, vous voyez un Seigneur qui en a dans l'aiſle. Voſtre image depuis hier s'offre inceſſamment à mon eſprit, & vous avez expulſé de mon cœur une Ducheſſe qui commençoit à y prendre pied. Le triomphe eſt trop glorieux pour moy, repondit elle en oſtant ſon voile, mais je n'en reſſens pas une joye pure. Un jeune Seigneur aime le changement, & ſon cœur

est, dit-on, plus difficile à garder que la
pistole volante. Hé ma Reine, repris-je,
laissons là, s'il vous plaît, l'avenir. Ne
songeons qu'au present. Vous estes belle.
Je suis amoureux. Si mon amour vous est
agreable, engageons-nous sans reflexion.
Embarquons-nous comme les matelots ;
n'envisageons point les perils de la navi-
gation. N'en regardons que les plaisirs.

En achevant ces paroles, je me jettay avec transport aux genoux de ma
Nymphe, & pour mieux imiter les Petit Maistres, je la pressay d'une maniere
petulante de faire mon bonheur. Elle me
parut un peu émeuë de mes instances ;
mais elle ne crut pas devoir s'y rendre
encore, & me repoussant : Arrestez-
vous, me dit-elle, vous estes trop vif ;
vous avez l'air libertin. J'ay bien peur
que vous ne soyez un petit debauché. Fy
donc, Madame, m'écriai-je, pouvez-
vous haïr ce qu'aiment les femmes hors
du commun ? Il n'y a plus que quelques
bourgeoises qui se revoltent contre la
debauche. C'en est trop, reprit-elle, je
me rends à une raison si forte. Je vois
bien qu'avec vous autres Seigneurs les
grimaces sont inutiles. Il faut qu'une
femme fasse la moitié du chemin. Appre-

nez donc voſtre victoire , ajouta-t-elle
avec une apparence de confuſion, comme ſi ſa pudeur euſt ſouffert de cet aveu,
vous m'avez inſpiré des ſentimens que je
n'ay jamais eus pour perſonne , & je
n'ay plus beſoin que de ſçavoir qui vous
eſtes , pour me determiner à vous choiſir
pour mon amant. Je vous crois un jeune
Seigneur & meſme un honneſte homme.
Cependant je n'en ſuis point aſſurée, &
quelque prevenuë que je ſois en voſtre
faveur , je ne veux pas donner ma tendreſſe à un inconnu.

Je me ſouvins alors de quelle façon le
valet de D. Antonio m'avoit dit qu'il
ſortoit d'un pareil embarras, & voulant
à ſon exemple paſſer pour mon maiſtre:
Madame , di-je à ma veuve, je ne me
défendray point de vous apprendre mon
nom. Il eſt aſſez beau pour meriter d'eſtre avoüé. Avez-vous entendu parler
de Don Mathias de Silva ? Ouy, repondit-elle , je vous diray meſme que je
l'ay veu chez une perſonne de ma connoiſſance. Quoyque deja fort effronté,
je fus un peu troublé de cette reponſe. Je
me raſſuray toutefois dans le moment,
& faiſant force de genie pour me tirer
de là : Hé bien , mon Ange , repris-je,

vous

vous connoiſſez un Seigneur... que...
je connois auſſi... Je ſuis de ſa maiſon,
puiſqu'il faut vous le dire. Son ayeul
épouſa la belle-ſœur d'un oncle de mon
pere. Nous ſommes, comme vous voyez,
aſſez proches parens. Je m'appelle Don
Ceſar. Je ſuis fils unique de l'illuſtre Don
Fernand de Ribera, qui fut tué il y a
quinze ans dans une bataille qui ſe donna ſur les frontieres de Portugal. Je vous
ferois bien un detail de l'action, elle fut
diablement vive ; mais ce ſeroit perdre
des momens precieux que l'amour veut
que j'employe plus agreablement.

Je devins preſſant & paſſionné aprés
ce diſcours. Ce qui ne me mena pourtant
à rien. Les faveurs que ma Déeſſe me
laiſſa prendre, ne ſervirent qu'à me faire
ſoupirer aprés celles qu'elle me refuſa.
La cruelle regagna ſon caroſſe, qui l'attendoit à la porte. Je ne laiſſay pas neanmoins de me retirer trés-ſatisfait de ma
bonne fortune, bien que je ne fuſſe pas
encore parfaitement heureux. Si, diſois-
je en moy-meſme, je n'ay obtenu que
des demi-bontez, c'eſt que ma Princeſſe
eſt une Dame qualifiée, qui n'a pas crû devoir ceder à mes tranſports dans une premiere entreveuë. La fierté de ſa naiſ-

sance a retardé mon bonheur. Mais il
n'est diferé que de quelques jours. Il est
bien vray que je me representay aussi
que ce pouvoit estre une matoise des plus
rafinées. Cependant j'aimay mieux regarder la chose du bon costé que du
mauvais, & je conservay l'avantageuse
opinion que j'avois conceuë de ma Dame. Nous estions convenus en nous quittant de nous revoir le surlendemain, &
l'esperance de parvenir au comble de
mes vœux me donnoit un avant-goust
des plaisirs dont je me flatois.

L'esprit plein des plus riantes images,
je me rendis chez mon Barbier. Je changeay d'habit & j'allay joindre mon maistre dans un tripot où je sçavois qu'il estoit. Je le trouvay engagé au jeu, & je
m'apperceus qu'il gagnoit ; car il ne res-
sembloit pas à ces joüeurs froids qui s'en-
richissent ou se ruïnent sans changer de
visage. Il estoit railleur & insolent dans
la prosperité & fort bourru dans la mauvaise fortune. Il sortit fort gay du tripot, & prit le chemin du *Theatre du
Prince*. Je le suivis jusqu'à la porte de
la Comedie. Là me mettant un ducat
dans la main : Tiens, Gil Blas, me dit-
il, puisque j'ay gagné aujourd'huy, je

veux que tu t'en ressentes. Va te divertir avec tes camarades , & viens me
prendre à minuit chez Arsenie , où je
dois souper avec Don Alexo Segiar. A
ces mots, il rentra & je demeuray à resver avec qui je pourrois depenser mon
ducat selon l'intention du fondateur. Je
ne resvay pas long-temps. Clarin valet
de Don Alexo se presenta tout à coup
devant moy. Je le menay au premier cabaret , & nous nous y amusames jusqu'à
minuit. De là nous nous rendimes à la
maison d'Arsenie où Clarin avoit ordre
aussi de se trouver. Un petit laquais nous
ouvrit la porte , & nous fit entrer dans
une sale basse , où la femme de chambre
d'Arsenie & de Fiorimonde rioient à gorge deployée en s'entretenant ensemble,
tandis que leurs maistresses estoient en
haut avec nos maistres.

L'arrivée de deux vivans qui venoient
de bien souper ne pouvoit pas estre desa-
greables à des soubrettes , & à des soubrettes de Comediennes encore ; mais
quel fut mon étonnement , lorsque dans
une de ces suivantes je reconnus ma veuve, mon adorable veuve , que je croyois
Comtesse ou Marquise. Elle ne parut pas
moins étonnée de voir son cher Don Ce-

far de Ribera changé en valet de Petit-
Maiſtre. Nous nous regardames toutefois l'un l'autre, ſans nous déconcerter.
Il nous prit meſme à tous deux une envie de rire que nous ne pumes nous empeſcher de ſatisfaire. Aprés quoy Laure,
c'eſt ainſi que s'appelloit ma Princeſſe,
me tirant à part, tandis que Clarin parloit à ſa compagne, me tendit gracieuſe-
ment la main & me dit tout bas : Tou-
chez là, Seigneur Don Ceſar ; au lieu de
nous faire des reproches reciproques,
faiſons-nous des complimens, mon ami.
Vous avez fait voſtre rolle à ravir, &
je ne me ſuis point mal non plus acquit-
tée du mien. Qu'en dites-vous ? Avoüez
que vous m'avez priſe pour une de ces
jolies femmes de qualité qui ſe plaiſent à
faire des équippées. Il eſt vray, luy re-
pondis-je ; mais qui que vous ſoyez, ma
Reine, je n'ay point changé de ſentiment
en changeant de forme. Agréez, de grace, mes ſervices, & permettez que le
valet de chambre de Don Mathias ache-
ve ce que Don Ceſar a ſi heureuſement
commencé. Va, reprit-elle, je t'aime
encore mieux dans ton naturel qu'autrement. Tu es en homme ce que je ſuis en
femme. C'eſt la plus grande loüange que

je puiſſe te donner. Je te reçois au nombre de mes adorateurs. Nous n'avons
plus beſoin du miniſtere de la vieille. Tu
peux venir icy me voir librement. Nous
autres Dames de theatre, nous vivons
ſans contrainte & peſle - meſle avec les
hommes. Je conviens qu'il y paroiſt quelquefois ; mais le public en rit, & nous
ſommes faites, comme tu ſçais, pour le
divertir.

Nous-en demeurames là, parce que
nous n'eſtions pas ſeuls. La converſation devint generale, vive, enjoüée &
pleine d'équivoques claires. Chacun y
mit du ſien. La ſuivante d'Arſenie ſur-
tout, mon aimable Laure brilla fort &
fit paroiſtre beaucoup plus d'eſprit que
de vertu. D'un autre coſté nos maiſtres
& les Comediennes pouſſoient ſouvent de
longs éclats de rire que nous entendions.
Ce qui ſuppoſe que leur entretien eſtoit
auſſi raiſonnable que le noſtre. Si l'on
euſt écrit toutes les belles choſes qui ſe
dirent cette nuit chez Arſenie, on en
auroit, je croy, compoſé un livre trés-
inſtructif pour la jeuneſſe. Cependant
l'heure de la retraite, c'eſt à dire le jour
arriva. Il fallut ſe ſeparer. Clarin ſuivit D.
Alexo, & je me retiray avec D. Mathias.

CHAPITRE VI.

De l'entretien de quelques Seigneurs
sur les Comediens de la Troupe
du Prince.

CE jour-là mon maiſtre à ſon levé
receut un billet de Don Alexo Segiar, qui luy mandoit de ſe rendre chez
luy. Nous y allames, & nous trouvames
avec luy le Marquis de Zenete & un autre jeune Seigneur de bonne mine que je
n'avois jamais veu : Don Mathias, dit
Segiar à mon patron, en luy préſentant
ce Cavalier que je ne connoiſſois point,
vous voyez Don Pompeyo de Caſtro mon
parent. Il eſt preſque dés ſon enfance à
la Cour de Portugal. Il arriva hier au
ſoir à Madrid, & il s'en retourne dés
demain à Lisbonne. Il n'a que cette journée à me donner. Je veux profiter d'un
temps ſi precieux, & j'ay crû que pour
le luy faire trouver agreable, j'avois beſoin de vous & du Marquis de Zenete.
Là-deſſus mon maiſtre & le parent de
Don Alexo s'embraſſerent & ſe firent
l'un à l'autre force complimens. Je fus

trés-satisfait de ce que dit D. Pompeyo.
Il me parut avoir l'esprit solide & delié.

On dina chez Segiar, & ces Seigneurs
aprés le repas joüerent pour s'amuser jusqu'à l'heure de la Comedie. Alors ils allerent tous ensemble *au Theatre du
Prince* voir representer une Tragedie
nouvelle qui avoit pour titre : *La Reine
de Carthage.* La piece finie, ils revinrent
souper au mesme endroit où ils avoient
diné, & leur conversation roula d'abord
sur le poëme qu'ils venoient d'entendre ;
ensuite sur les Acteurs. Pour l'ouvrage,
s'écria Don Mathias, je l'estime peu. J'y
trouve Enée encore plus fade que dans
l'Eneïde ; mais il faut convenir que la
piece a été joüée divinement. Qu'en pense le Seigneur Don Pompeyo ? Il n'est
pas, ce me semble, de mon sentiment.
Messieurs, dit ce Cavalier en soûriant,
je vous ay veus tantost si charmez de
vos Acteurs & particulierement de vos
Actrices, que je n'oserois vous avoüer
que j'en ay jugé tout autrement que vous.
C'est fort bien fait, interrompit D. Alexo
en plaisantant, vos censures seroient
icy fort mal receuës. Respectez nos Actrices devant les trompettes de leur reputation. Nous bûvons tous les jours avec

elles ; nous les garantiſſons parfaites.
Nous en donnerons, ſi l'on veut, des
certificats. Je n'en doute point, luy repondit ſon parent ; vous en donneriez
meſme de leurs vie & mœurs, tant vous
me paroiſſez amis.

Vos Comediennes de Liſbonne, dit en
riant le Marquis de Zenete, ſont ſans
doute beaucoup meilleures. Ouy certai-
nement, repliqua Don Pompeyo, elles
valent mieux. Il y en a du moins quelques-unes qui n'ont pas le moindre dé-
faut. Celles-là, reprit le Marquis, peuvent compter ſur vos certificats. Je n'ay
point de liaiſon avec elles, repartit Don
Pompeyo. Je ne ſuis point de leurs débauches. Je puis juger de leur merite
ſans prévention. En bonne foy, pourſuivit il, croyez-vous avoir une Troupe
excellente ? Non parbleu, dit le Marquis, je ne le crois pas ; & je ne veux
défendre qu'un trés-petit nombre d'Acteurs. J'abandonne tout le reſte. Ne
conviendrez-vous pas que l'Actrice qui
a joüé le rolle de Didon eſt admirable ?
N'a-t-elle pas repreſenté cette Reine
avec toute la nobleſſe & tout l'agrément
convenable à l'idée que nous en avons ?
Et n'avez-vous pas admiré avec quel art
elle

elle attache un fpectateur, & luy fait
fentir les mouvemens de toutes les paf-
fions qu'elle exprime ? On peut dire
qu'elle eft confommée dans les rafine-
mens de la déclamation. Je demeure d'accord, dit Don Pompeyo, qu'elle fçait
émouvoir & toucher : jamais Comedienne n'eut plus d'entrailles, & c'eft
une belle repréfentation. Mais ce n'eft
point une actrice fans defaut. Deux ou
trois chofes m'ont choqué dans fon jeu.
Veut-elle marquer de la furprife ? elle
roule les yeux d'une maniere outrée ; ce
qui fied mal à une Princeffe. Ajoutez à
cela qu'en groffiffant le fon de fa voix,
qui eft naturellement doux, elle en cor-
rompt la douceur, & forme un creux
affez defagreable. D'ailleurs, il m'a fem-
blé dans plus d'un endroit de la piece,
qu'on pouvoit la foupçonner de ne pas
trop bien entendre ce qu'elle difoit. J'aime mieux pourtant croire qu'elle eftoit
diftraite, que de l'accufer de manquer
d'intelligence.

A ce que je vois, dit alors Don Mathias au cenfeur, vous ne feriez pas homme à faire des vers à la loüange de nos
Comediennes. Pardonnez-moy, répondit Don Pompeyo. Je découvre beau-

coup de talent au travers de leurs défauts. Je vous diray mesme que je suis
enchanté de l'actrice qui a fait la suivante
dans les Intermedes. Le beau naturel !
avec quelle grace elle occupe la scene !
A-t-elle quelque bon mot à debiter ?
elle l'affaisonne d'un souris malin & plein
de charmes qui luy donne un nouveau
prix. On pourroit luy reprocher qu'elle
se livre quelquefois un peu trop à son feu
& passe les bornes d'une honneste har-
diesse ; mais il ne faut pas estre si severe.
Je voudrois seulement qu'elle se corri-
geast d'une mauvaise habitude. Souvent
au milieu d'une scene, dans un endroit
serieux, elle interrompt tout à coup l'action, pour ceder à une folle envie de rire
qui luy prend. Vous me direz que le
parterre l'applaudit dans ces momens
mesmes. Cela est heureux.

Eh que pensez-vous des hommes, interrompit le Marquis ? Vous devez tirer
sur eux à cartouches, puisque vous n'é-
pargnez pas les femmes. Non, dit Don
Pompeyo ; j'ay trouvé quelques jeunes
acteurs qui promettent, & je suis sur-
tout assez content de ce gros Comedien
qui a joüé le rolle du premier Ministre
de Didon. Il récite trés-naturellement,

& c'eft ainfi qu'on declame en Portugal. Si vous eftes fatisfait de ceux-là, dit
Segiar, vous devez eftre charmé de celuy qui a fait le perfonnage d'Enée. Ne
vous a-t-il pas paru un grand Comedien? un acteur original? Fort original,
répondit le cenfeur; il a des tons qui
luy font particuliers, & il en a de bien
aigus. Prefque toûjours hors de la nature, il précipite les paroles qui renfer-
ment le fentiment, & appuye fur les
autres. Il fait mefme des éclats fur des
conjonctions. Il m'a fort diverti, & particulierement lorfqu'il exprimoit à fon
confident la violence qu'il fe faifoit d'a-
bandonner fa Princeffe. On ne fçauroit
temoigner de la douleur plus comique-
ment. Tout beau, coufin, repliqua Don
Alexo, tu nous ferois croire à la fin qu'on
h'eft pas de trop bon gouft à la Cour de
Portugal. Sçais-tu bien que l'acteur dont
nous parlons eft un fujet rare? N'as-tu
pas entendu les battemens de main qu'il
a excitez? Cela prouve qu'il n'eft pas fi
mauvais. Cela ne prouve rien, repartit
Don Pompeyo. Meffieurs, ajouta-t-il,
laiffons là, je vous prie, les applaudiffe-
mens du parterre. Il en donne fouvent
aux acteurs fort mal à propos. Il ap-

plaudit mesme plus rarement au vray
merite qu'au faux, comme Phedre nous
l'apprend par une fable ingenieuse. Per-
mettez-moy de vous la rapporter. La
voicy.

Tout le peuple d'une ville s'étoit af-
semblé dans une grande place, pour voir
joüer des Pantomimes. Parmi ces acteurs, il y en avoit un qu'on applaudif-
foit à chaque moment. Ce bouffon sur
la fin du jeu voulut fermer le theatre
par un spectacle nouveau. Il parut seul
sur la scene, se baissa, se couvrit la teste
de son manteau & se mit à contrefaire le
cry d'un cochon de lait. Il s'en acquitta
de maniere, qu'on s'imagina qu'il en avoit
un veritablement sous ses habits. On
luy cria de secoüer son manteau & sa
robe. Ce qu'il fit, & comme il ne se
trouva rien dessous, les applaudissemens
se renouvellerent avec plus de fureur
dans l'assemblée. Un paysan qui estoit
du nombre des spectateurs, fut choqué
de ces temoignages d'admiration. Messieurs, s'écria-t-il, vous avez tort d'estre charmez de ce bouffon. Il n'est pas
si bon acteur que vous le croyez. Je sçay
mieux faire que luy le cochon de lait; &
si vous en doutez, vous n'avez qu'à re-

venir icy demain à la mefme heure. Le
peuple prevenu en faveur du Pantomime,
fe raffembla le jour fuivant en plus grand
nombre, & plutoſt pour fifler le pay-
fan, que pour voir ce qu'il ſçavoit faire.
Les deux rivaux parurent fur le theatre.
Le bouffon commença, & fut encore
plus applaudi que le jour précedent.
Alors le villageois s'eſtant baiffé à fon
tour & enveloppé la teſte de fon manteau, tira l'oreille à un veritable cochon
qu'il tenoit fous fon bras, & lüy fit pouf-
fer des cris perçans. Cependant l'affiſ-
tance ne laiffa pas de donner le prix au
Pantomime, & chargea de huées le pay-
fan, qui montrant tout à coup le cochon
de lait aux ſpectateurs : Meffieurs, leur
dit-il, ce n'eſt pas moy que vous fifflez.
C'eſt le cochon luy-mefme. Voyez quels
juges vous eſtes.

Coufin, dit D. Alexo, ta fable eſt un
peu vive. Neanmoins malgré ton cochon
de lait, nous n'en demordrons pas. Changeons de matiere, pourſuivit-il, celle-cy
m'ennuye. Tu pars donc demain, quelque envie que j'aye de te poffeder plus
long-temps ? Je voudrois, répondit fon
parent, pouvoir faire icy un plus long
ſejour ; mais je ne le puis. Je vous l'ay

F f iij

deja dit, je suis venu à la Cour d'Espagne pour une affaire d'Estat. Je parlay
hier en arrivant au premier Ministre. Je
dois le voir encore demain matin, & je
partiray un moment aprés pour m'en
retourner à Lisbonne. Te voila devenu
Portugais, repliqua Segiar ; & selon toutes les apparences, tu ne reviendras point
demeurer à Madrid. Je croy que non,
repartit D. Pompeyo. J'ay le bonheur
d'estre aimé du Roy de Portugal. J'ay
beaucoup d'agrément à sa Cour. Quelque bonté pourtant qu'il ait pour moy,
croiriez-vous que j'ay esté sur le point
de sortir pour jamais de ses Estats ? Hé
par quelle avanture, dit le Marquis ?
Contez-nous cela, je vous prie. Trés-
volontiers, répondit Don Pompeyo ; &
c'est en mesme temps mon histoire dont
je vais vous faire le recit.

CHAPITRE VII.

Histoire de Don Pompeyo de Castro.

DOn Alexo, poursuivit-il, sçait
qu'au sortir de mon enfance, je
voulus prendre le parti des armes, & que

voyant noſtre pays tranquille, j'allay en
Portugal. De là je paſſay en Afrique avec
le Duc de Bragance qui me donna de
l'employ dans ſon armée. J'eſtois un ca-
det des moins riches d'Eſpagne. Ce qui
m'impoſoit la neceſſité de me ſignaler
par des exploits qui m'attiraſſent l'attention du General. Je fis ſi bien mon devoir, que le Duc m'avança & me mit
en eſtat de continuer le ſervice avec
honneur. Aprés une longue guerre dont
vous n'ignorez pas quelle a été la fin,
je m'attachay à la Cour, & le Roy ſur
les bons temoignages que les Officiers
generaux luy rendirent de moy, me gra-
tifia d'une penſion conſiderable. Senſible
à la generoſité de ce Monarque, je ne
perdois pas une occaſion de luy en temoigner ma reconnoiſſance par mon aſ-
ſiduité. J'eſtois devant luy à toutes les
heures où il eſt permis de ſe préſenter à
ſes regards. Par cette conduite, je me
fis inſenſiblement aimer de ce Prince, &
j'en receus de nouveaux bienfaits.

Un jour que je me diſtinguay dans
une courſe de bague & dans un combat
de taureaux qui la précéda, toute la Cour
loüa ma force & mon adreſſe ; & lorſque comblé d'applaudiſſemens, je fus de

retour chez moy, j'y trouvay un billet
par lequel on me mandoit qu'une Dame,
dont la conqueste devoit plus me flater
que tout l'honneur que je m'estois acquis
ce jour-là, souhaitoit de m'entretenir,
& que je n'avois, à l'entrée de la nuit,
qu'à me rendre à certain lieu qu'on me
marquoit. Cette lettre me fit plus de
plaisir que toutes les loüanges qu'on m'a-
voit données, & je m'imaginay que la
personne qui m'écrivoit devoit estre une
femme de la premiere qualité. Vous jugez bien que je volay au rendez-vous.
Une vieille qui m'y attendoit pour me
servir de guide, m'introduisit par une
petite porte de jardin dans une grande
maison, & m'enferma dans un riche cabinet, en me disant : Demeurez icy. Je
vais avertir ma maitresse de vostre arrivée. J'apperceus bien des choses pre-
cieuses dans ce cabinet, qu'éclairoit une
grande quantité de bougies ; mais je n'en
consideray la magnificence, que pour
me confirmer dans l'opinion que j'avois
deja conceuë de la noblesse de la Dame.
Si tout ce que je voyois sembloit m'af-
surer que ce ne pouvoit estre qu'une
personne du premier rang, quand elle
parut, elle acheva de me le persuader.

par son air noble & majestueux. Cependant ce n'estoit pas ce que je pensois.

Seigneur Cavalier, me dit-elle, aprés la demarche que je fais en vostre faveur, il seroit inutile de vouloir vous cacher que j'ay de tendres sentimens pour vous. Le merite que vous avez fait paroistre aujourd'huy devant toute la Cour, ne me les a point inspirez. Il en précipite seulement le temoignage. Je vous ay veu plus d'une fois. Je me suis informée de vous, & le bien qu'on m'en a dit, m'a determinée à suivre mon penchant. Ne croyez pas, poursuivit-elle, avoir fait la conqueste d'une Duchesse. Je ne suis que la veuve d'un simple Officier des Gardes du Roy ; mais ce qui rend vostre victoire glorieuse, c'est la préference que je vous donne sur un des plus grands Seigneurs du Royaume. Le Duc d'Almeyda m'aime, & n'épargne rien pour me plaire. Il n'y peut toutefois reüssir & je ne souffre ses empressemens que par vanité.

Quoyque je visse bien, à ce discours, que j'avois affaire à une coquette, je ne laissay pas de sçavoir bon gré de cette avanture à mon étoile. Doña Hortensia, c'est ainsi que se nommoit la Dame, es-

toit encore dans ſa premiere jeuneſſe &
ſa beauté m'ébloüit. De plus, on m'of-
froit la poſſeſſion d'un cœur qui ſe refu-
ſoit aux ſoins d'un Duc : Quel triomphe
pour un jeune Cavalier Eſpagnol ! Je me
proſternay aux pieds d'Hortenſe, pour
la remercier de ſes bontez. Je luy dis
tout ce qu'un homme galant pouvoit luy
dire, & elle eut lieu d'eſtre ſatisfaite
des tranſports de reconnoiſſance que je
fis éclater. Auſſi nous ſeparames-nous
tous deux les meilleurs amis du monde,
aprés eſtre convenus que nous nous ver-
rions tous les ſoirs que le Duc d'Almeyda
ne pourroit venir chez elle. Ce qu'on
promit de me faire ſçavoir trés-exacte-
ment. On n'y manqua pas, & je devins
enfin l'Adonis de cette nouvelle Venus.

Mais les plaiſirs de la vie ne ſont pas
d'éternelle durée. Quelques meſures que
priſt la Dame pour derober la connoiſſance de noſtre commerce à mon rival,
il ne laiſſa pas d'apprendre tout ce qu'il
nous importoit fort qu'il ignoraſt. Une
ſervante mecontente le mit au fait. Ce
Seigneur naturellement genereux, mais
fier, jaloux & violent, fut indigné de mon
audace. La colere & la jalouſie luy trou-
blerent l'eſprit, & ne conſultant que ſa

fureur, il refolut de fe vanger de moy
d'une maniere infame. Une nuit que j'eftois chez Hortenfe, il vint m'attendre à la petite porte du jardin avec tous,
fes valets armez de batons. Dés que
je fortis, il me fit faifir par ces miferables, & leur ordonna de m'affommer.
Frapez, leur dit-il, que le temeraire pe-
riffe fous vos coups. C'eft ainfi que je
veux punir fon infolence. Il n'eut pas
achevé ces paroles, que ces gens m'af-
faillirent tous enfemble & me donnerent
tant de coups de batons, qu'ils m'etendi-
rent fans fentiment fur la place. Aprés
quoy ils fe retirerent avec leur maiftre,
pour qui cette cruelle execution avoit efté
un fpectacle bien doux. Je demeuray le
refte de la nuit dans l'eftat où ils m'a-
voient mis. A la pointe du jour, il paffa
prés de moy quelques perfonnes, qui
s'appercevant que je refpirois encore, eurent la charité de me porter chez un
Chirurgien. Par bonheur mes bleffures
ne fe trouverent pas mortelles, & je
tombay entre les mains d'un habile homme, qui me guerit en deux mois parfaitement. Au bout de ce temps-là, je re-
parus à la Cour & repris mes premieres
brifées, excepté que je ne retournay plus

chez Hortenfe, qui de fon cofté ne fit
aucune dem irche pour me revoir, parce
que le Duc, à ce prix-là, luy avoit par-
donné fon infidelité.

Comme mon avanture n'eftoit ignorée
de perfonne, & que je ne paffois pas
pour un lafche, tout le monde s'efton-
noit de me voir auffi tranquille, que fi
je n'euffe pas receu un affront. Car je ne
difois pas ce que je penfois & je fem-
blois n'avoir aucun reffentiment. On ne
fçavoit que s'imaginer de ma fauffe in-
fenfibilité. Les uns croyoient que malgré mon courage, le rang de l'offenfeur
me tenoit en refpect & m'obligeoit à de-
vorer l'offenfe ; les autres, avec plus de
raifon, fe defioient de mon filence, &
regardoient comme un calme trompeur
la fituation paifible où je paroiffois eftre.
Le Roy jugea comme ces derniers que
je n'eftois pas homme à laiffer un outrage
impuni, & que je ne manquerois pas de
me vanger, fitoft que j'en trouverois une
occafion favorable. Pour fçavoir s'il de-
vinoit ma penfée, il me fit un jour entrer dans fon cabinet où il me dit : Don
Pompeyo, je fçay l'accident qui vous eft
arrivé, & je fuis furpris, je l'avoüe, de
voftre tranquilité. Vous diffimulez cer-

tainement. Sire, luy répondis-je, j'i-
gnore qui peut estre l'offenseur. J'ay esté
attaqué la nuit par des gens inconnus.
C'est un malheur dont il faut bien que
je me console. Non non, repliqua le
Roy; je ne suis point la dupe de ce discours peu sincere. On m'a tout dit. Le
Duc d'Almeyda vous a mortellement offensé. Vous estes noble & Castillan. Je
sçay à quoy ces deux qualitez vous engagent. Vous avez formé la resolution
de vous vanger. Faites-moy confidence du parti que vous avez pris. Je
le veux. Ne craignez point de vous
repentir de m'avoir confié vostre secret.

Puisque Vostre Majesté me l'ordonne, luy repartis-je, il faut donc que je
luy découvre mes sentimens. Ouy, Seigneur, je songe à tirer vangeance de
l'affront qu'on m'a fait. Tout homme
qui porte un nom pareil au mien en est
comptable à sa race. Vous sçavez l'indigne traitement que j'ay receu, & je
me propose d'assassiner le Duc d'Almeyda pour me vanger d'une maniere
qui réponde à l'offense. Je luy plongeray
un poignard dans le sein, ou luy casseray
la teste d'un coup de pistolet, & je me

sauveray, si je puis, en Espagne. Voila quel est mon dessein. Il est violent, dit le Roy ; neanmoins je ne sçaurois le condamner aprés le cruel outrage que le Duc d'Almeyda vous a fait. Il est digne du chastiment que vous luy reservez. Mais n'executez pas sitost vostre entreprise. Laissez-moy chercher un temperament pour vous accommoder tous deux. Ah Seigneur, m'écriai-je avec chagrin, pourquoy m'avez-vous obligé de vous reveler mon secret ? Quel temperament peut. . . Si je n'en trouve pas qui vous satisfasse, interrompit-il, vous pourrez faire ce que vous avez resolu. Je ne pretends point abuser de la confidence que vous m'avez faite. Je ne trahiray point vostre honneur. Soyez sans inquietude là-dessus.

J'estois assez en peine de sçavoir par quel moyen le Roy pretendoit terminer cette affaire à l'amiable. Voicy comme il s'y prit. Il entretint en particulier le Duc d'Almeyda : Duc, luy dit-il, vous avez offensé Don Pompeyo de Castro. Vous n'ignorez pas que c'est un homme d'une naissance illustre, un Cavalier que j'aime & qui m'a bien servi. Vous luy devez une satisfaction. Je ne suis pas

d'humeur à la luy refufer , repondit le
Duc. S'il fe plaint de mon emportement,
je fuis preft à luy en faire raifon par la
voye des armes. Il faut une autre reparation , reprit le Roy. Un Gentilhomme
Efpagnol entend trop bien le point d'honneur , pour vouloir fe battre noblement
avec un lafche affaffin. Je ne puis vous
appeller autrement , & vous ne fçauriez
expier l'indignité de voftre action, qu'en
préfentant vous-mefme un baton à voftre ennemi & qu'en vous offrant à fes
coups. O Ciel, s'ecria le Duc ! quoy,
Seigneur , vous voulez qu'un homme de
mon rang s'abaiffe ? qu'il s'humilie devant un fimple Cavalier , & qu'il en re-
çoive mefme des coups de baton ? Non,
repartit le Monarque ; j'obligeray Don
Pompeyo à me promettre qu'il ne vous
frapera point. Demandez-luy feulement
pardon de voftre violence en luy préfentant un baton. C'eft tout ce que j'e-
xige de vous. Et c'eft trop attendre de
moy, Seigneur , interrompit brufquement le Duc d'Almeyda. J'aime mieux
demeurer expofé aux traits cachez que
fon reffentiment me prépare. Vos jours
me font chers, dit le Roy, & je voudrois que cette affaire n'euft point de

mauvaifes fuites. Pour la finir avec moins de defagrément pour vous, je feray feul temoin de cette fatisfaction que je vous ordonne de faire à l'Efpagnol.

Le Roy eut befoin de tout le pouvoir qu'il avoit fur le Duc, pour obtenir de luy qu'il feroit une demarche fi morti-fiante. Ce Monarque pourtant en vint à bout. Enfuite il m'envoya chercher. Il me conta l'entretien qu'il venoit d'avoir avec mon ennemi, & me demanda fi je ferois content de la reparation dont ils eftoient convenus tous deux. Je répondis qu'ouy, & je donnay ma parole que bien loin de fraper l'offenfeur, je ne prendrois pas mefme le baton qu'il me préfenteroit. Cela eftant reglé de cette forte, le Duc & moy nous nous trouva-mes un jour à certaine heure chez le Roy, qui s'enferma dans fon cabinet avec nous. Allons, dit-il au Duc, recon-noiffez voftre faute & meritez qu'on vous la pardonne. Alors mon ennemi me fit des excufes, & me préfenta un baton qu'il avoit à la main. Don Pompeyo, me dit le Monarque en ce moment, prenez ce baton, & que ma préfence ne vous empefche pas de fatisfaire voftre honneur outragé. Je vous rends la parole que
vous

vous m'avez donnée de ne point fraper
le Duc. Non, Seigneur, luy répondis-
je, il suffit qu'il se mette en estat de recevoir des coups de baton. Un Espagnol
offensé n'en demande pas davantage. Hé
bien, reprit le Roy, puisque vous estes
content de cette satisfaction, vous pouvez présentement tous deux suivre la
franchise d'un procedé regulier. Mesu-
rez vos épées pour terminer noblement
vostre querelle. C'est ce que je desire
avec ardeur, s'écria le Duc d'Almeyda
d'un ton brusque ; & cela seul est capable de me consoler de la honteuse demarche que je viens de faire.

A ces mots, il sortit plein de rage &
de confusion ; & deux heures après, il
m'envoya dire qu'il m'attendoit dans un
endroit écarté. Je m'y rendis „ & je trouvay ce Seigneur disposé à se bien battre.
Il n'avoit pas quarante-cinq ans. Il ne
manquoit ni de courage, ni d'adresse. On
peut dire que la partie estoit égale entre
nous. Venez Don Pompeyo, me dit-il,
finissons icy nostre different. Nous devons l'un & l'autre estre en fureur, vous
du traitement que je vous ay fait, & moy
de vous en avoir demandé pardon. En
achevant ces paroles, il mit si brusque-

Tome I. G g

ment l'épée à la main, que je n'eus pas
le temps de luy répondre. Il me pouſſa
d'abord trés - vivement ; mais j'eus le
bonheur de parer tous les coups qu'il me
porta. Je le pouſſay à mon tour. Je ſentis que j'avois affaire à un homme qui
ſçavoit auſſi bien ſe défendre qu'atta-
quer, & je ne ſçay ce qu'il en ſeroit arrivé, s'il n'euſt pas fait un faux pas en
reculant & ne fuſt tombé à la renverſe.
Je m'arreſtay auſſitoſt & dis au Duc:
Relevez-vous. Pourquoy m'epargner,
répondit-il ? Voſtre pitié me fait injure.
Je ne veux point, luy repliquai-je, profiter de voſtre malheur. Je ferois tort à
ma gloire. Encore une fois relevez-vous,
& continuons noſtre combat.

Don Pompeyo, dit-il en ſe relevant,
aprés ce trait de generoſité, l'honneur
ne me permet pas de me battre contre
vous. Que diroit-on de moy, ſi je vous
perçois le cœur ? Je paſſerois pour un
lâſche, d'avoir arraché la vie à un homme qui me la pouvoit oſter. Je ne puis
donc plus m'armer contre vos jours, &
je ſens que ma reconnoïſſance fait ſuc-
ceder de doux tranſports aux mouvemens
furieux qui m'agitoient. Don Pompeyo,
continua-t-il, ceſſons de nous haïr l'un

l'autre. Paſſons meſme plus avant. Soyons
amis. Ah Seigneur , m'ecriai-je , j'accepte avec joye une propoſition ſi agréable. Je vous vouë une amitié ſincere , &
pour commencer à vous en donner des
marques , je vous promets de ne plus remettre le pied chez Doña Hortenſia ,
quand elle voudroit me revoir. C'eſt
moy , dit-il , qui vous cede cette Dame.
Il eſt plus juſte que je vous l'abandonne , puiſqu'elle a naturellement de l'inclination pour vous. Non non, inter-
rompis - je ; vous l'aimez. Les bontez
qu'elle auroit pour moy pourroient vous
faire de la peine. Je les ſacrifie à voſtre
repos. Ah trop genereux Caſtillan, reprit le Duc en me ſerrant entre ſes bras,
vos ſentimens me charment. Qu'ils pro-
duiſent de remords dans mon ame ! Avec
quelle douleur , avec quelle honte je me
rappelle l'outrage que vous avez receu.
La ſatisfaction que je vous en ay faite
dans la chambre du Roy me paroiſt trop
legere en ce moment. Je veux mieux reparer cette injure ; & pour en effacer entierement l'infamie , je vous offre une de
mes nieces dont je puis diſpoſer. C'eſt
une riche heritiere , qui n'a pas quinze
ans, & qui eſt encore plus belle que jeune.

Je fis là-deſſus au Duc tous les complimens que l'honneur d'entrer dans ſon
alliance me put inſpirer, & j'epouſay
ſa niece peu de jours aprés. Toute la
Cour felicita ce Seigneur d'avoir fait la
fortune d'un Cavalier qu'il avoit couvert d'ignominie, & mes amis ſe rejoui-
rent avec moy de l'heureux denoüement
d'une avanture qui devoit avoir une plus
triſte fin. Depuis ce temps, Meſſieurs,
je vis agréablement à Liſbonne. Je ſuis
aimé de mon épouſe & j'en ſuis encore
amoureux. Le Duc d'Almeyda me donne tous les jours de nouveaux temoignages d'amitié, & j'oſe me vanter d'eſtre
aſſez bien dans l'eſprit du Roy de Portugal. L'importance du voyage que je
fais par ſon ordre à Madrid m'aſſure de
ſon eſtime.

CHAPITRE VIII.

*Quel accident obligea Gil Blas à cher-
cher une nouvelle condition.*

TElle fut l'hiſtoire que Don Pompeyo
raconta, & que nous entendimes le
valet de Don Alexo & moy, bien qu'on

euſt pris la précaution de nous renvoyer avant qu'il en commençaſt le recit. Au lieu de nous retirer, nous nous eſtions arreſtez à la porte, que nous avions laiſſée entr'ouverte, & de là nous n'en avions pas perdu un mot. Aprés cela, ces Seigneurs continuerent de boire ; mais ils ne pouſſerent pas la debauche juſqu'au jour, attendu que D. Pompeyo, qui devoit parler le matin au premier Miniſtre, eſtoit bien aiſe auparavant de ſe repoſer un peu. Le Marquis de Zenete & mon maiſtre embraſſerent ce Cavalier, luy dirent adieu & le laiſſerent avec ſon parent.

Nous nous couchames pour le coup avant le lever de l'aurore, & Don Mathias à ſon reveil me chargea d'un nouvel employ. Gil Blas, me dit-il, prens du papier & de l'encre pour écrire deux ou trois lettres que je veux te dicter. Je te fais mon ſecretaire. Bon, di-je en moy-meſme, ſurcroiſt de fonctions. Comme laquais, je ſuis mon maiſtre partout ; comme valet de chambre, je l'habille, & j'ecriray ſous luy comme ſecretaire. Le Ciel en ſoit loüé. Je vais comme la triple Hecate faire trois perſonnages differens. Tu ne ſçais pas, continua-t-il,

quel eſt mon deſſein. Le voicy. Mais
ſois diſcret. Il y va de ta vie. Comme je
trouve quelquefois des gens qui me van-
tent leurs bonnes fortunes ; je veux pour
leur damer le pion, avoir dans mes poches de fauſſes lettres de femmes que je
leur liray. Cela me divertira pour un
moment, & plus heureux que ceux de
mes pareils qui ne font des conqueſtes
que pour avoir le plaiſir de les publier,
j'en publieray que je n'auray pas eu
la peine de faire. Mais ajouta-t-il, de-
guiſe ton écriture de maniere que les billets ne paroiſſent pas tous d'une meſme
main.

Je pris donc du papier, une plume &
de l'encre , & je me mis en devoir d'o-
beïr à Don Mathias, qui me dicta d'a-
bord un poulet dans ces termes : *Vous ne*
vous eſtes point trouvé cette nuit au ren-
dez-vous. Ah Don Mathias , que di-
rez-vous pour vous juſtifier ? Quelle eſ-
toit mon erreur ? & que vous me puniſ-
ſez bien d'avoir eu la vanité de croire
que tous les amuſemens & toutes les af-
faires du monde devoient ceder au plai-
ſir de voir Doña Clara de Mendoce.
Aprés ce billet, il m'en fit ecrire un autre comme d'une femme qui luy ſacrifioit

un Prince, & un autre enfin, par lequel
une Dame luy mandoit que si elle estoit
assurée qu'il fust discret, elle feroit avec
luy le voyage de Cythere. Il ne se contentoit pas de me dicter de si belles lettres, il m'obligeoit à mettre au bas des
noms de personnes qualifiées. Je ne pus
m'empescher de luy temoigner que je
trouvois cela trés-delicat ; mais il me
pria de ne luy donner des avis, que lorsqu'il m'en demanderoit. Je fus obligé de
me taire & d'expedier ses commandemens. Cela fait, il se leva, & je l'aiday
à s'habiller. Il mit les lettres dans ses poches. Il sortit ensuite. Je le suivis, &
nous allames diner chez Don Juan de
Moncade qui regaloit ce jour-là cinq ou
six Cavaliers de ses amis.

On y fit grand' chere, & la joye, qui
est le meilleur assaisonnement des fes-
tins, regna dans le repas. Tous les convives contribuerent à égayer la conversation, les uns par des plaisanteries, &
les autres en racontant des histoires dont
ils se disoient les heros. Mon maistre ne
perdit pas une si belle occasion de faire
valoir les lettres qu'il m'avoit fait écrire.
Il les lut à haute voix & d'un air si im-
posant, qu'à l'exception de son secre-

taire, tout le monde peut - eftre en fut
la dupe. Parmi les Cavaliers devant qui
fe faifoit effrontement cette lecture, il y
en avoit un qu'on appelloit Don Lope de
Velafco. Celuy-cy, homme fort grave,
au lieu de fe rejoüir comme les autres
des pretenduës bonnes fortunes du lecteur, luy demanda froidement fi la con-
quefte de Doña Clara luy avoit coufté
beaucoup. Moins que rien, luy repondit Don Mathias. Elle a fait toutes les
avances. Elle me voit à la promenade.
Je luy plais. On me fuit par fon ordre.
On apprend qui je fuis. Elle m'écrit &
me donne rendez vous chez elle à une
heure de la nuit où tout repofoit dans fa
maifon. Je m'y trouvay. On m'introduifit
dans fon appartement... Je fuis trop
difcret pour vous dire le refte.

A ce recit laconique, le Seigneur de
Velafco, fit paroiftre une grande alte-
ration fur fon vifage. Il ne fut pas difficile de s'appercevoir de l'intereft qu'il
prenoit à la Dame en queftion. Tous ces
billets, dit-il à mon maiftre en le regardant d'un œil furieux, font abfolument
faux, & fur-tout celuy que vous vous
vantez d'avoir receu de Doña Clara de
Mendoce. Il n'y a point en Efpagne de

fille plus refervée qu'elle. Depuis deux
ans un Cavalier qui ne vous cede ni en
naiffance ni en merite perfonnel, met
tout en ufage pour s'en faire aimer. A
peine en a-t-il obtenu les plus innocen-
tes faveurs ; mais il peut fe flater que fi
elle eftoit capable d'en accorder d'autres,
ce ne feroit qu'à luy feul. Hé qui vous
dit le contraire, interrompit Don Mathias d'un air railleur ? Je conviens avec
vous que c'eft une fille trés-honnefte. De
mon cofté, je fuis un fort honnefte garçon. Par confequent, vous devez eftre
perfuadé qu'il ne s'eft rien paffé entre
nous que de trés-honnefte. Ah c'en eft
trop, interrompit D. Lope à fon tour.
Laiffons là les railleries. Vous eftes un
impofteur. Jamais Doña Clara ne vous
a donné de rendez-vous la nuit. Je ne
puis fouffrir que vous ofiez noircir fa reputation. Je fuis auffi trop difcret pour
vous dire le refte. En achevant ces mots,
il rompit en vifiere à toute la compagnie,
& fe retira d'un air qui me fit juger que
cette affaire pourroit bien avoir de mauvaifes fuites. Mon maiftre, qui eftoit affez
brave pour un Seigneur de fon caractere, meprifa les menaces de Don Lope.
Le fat, s'écria-t-il, en faifant un éclat

de rire ! les Chevaliers errans soûtenoient
la beauté de leurs maitresses, il veut, luy,
soûtenir la sagesse de la sienne. Cela me
paroist encore plus extravagant.

La retraite de Velasco, à laquelle
Moncade avoit en vain voulu s'opposer,
ne troubla point la feste. Les Cavaliers
sans y faire beaucoup d'attention, continuerent de se rejouir, & ne se separerent
qu'à la pointe du jour suivant. Nous noûs
couchames, mon maistre & moy, sur
les cinq heures du matin. Le sommeil
m'accabloit & je comptois de bien dormir ; mais je comptois sans mon hoste,
ou plutost sans nostre portier, qui vint
me reveiller une heure aprés, pour me
dire qu'il y avoit à la porte un garçon
qui me demandoit. Ah maudit portier,
m'ecriai-je en bâillant, songez-vous que
je viens de me mettre au lit tout à l'heure ? Dites à ce garçon que je repose &
qu'il revienne tantost. Il veut, me repliqua-t-il, vous parler en ce moment.
Il assure que la chose presse. A ces mots,
je me levay. Je mis seulement mon haut-
de-chausses & mon pourpoint, & j'allay
en jurant trouver le garçon qui m'attendoit. Ami, luy di-je, apprenez-moy,
s'il vous plaist, quelle affaire pressante

me procure l'honneur de vous voir de ſi
grand matin ? J'ay, me répondit-il, une
lettre à donner en main propre au Seigneur Don Mathias, & il faut qu'il la
liſe tout préſentement. Cela eſt de la derniere conſequence pour luy. Je vous prie
de m'introduire dans ſa chambre. Comme je crus qu'il s'agiſſoit d'une affaire
importante, je pris la liberté d'aller reveiller mon maiſtre. Pardon, luy di je,
ſi j'interromps voſtre repos, mais l'importance... Que me veux-tu, interrompit-il bruſquement ? Seigneur, luy dit
alors le garçon qui m'accompagnoit, c'eſt
une lettre que j'ay à vous rendre de la
part de Don Lope de Velaſco. Don Mathias prit le billet, l'ouvrit, & aprés l'a-
voir leû, dit au valet de Don Lope : Mon
enfant, je ne me leverois jamais avant
midi, quelque partie de plaiſir qu'on me
puſt propoſer ; juge ſi je me leveray à
ſix heures du matin pour me battre. Tu
peux dire à ton maiſtre que s'il eſt encore à midi & demi dans l'endroit où il
m'attend, nous nous y verrons. Va luy
porter cette réponſe. A ces mots, il
s'enfonça dans ſon lit & ne tarda guere
à ſe rendormir.

Il ſe leva & s'habilla fort tranquile-

ment entre onze heures & midi. Puis il
fortit en me difant qu'il me difpenfoit de
le fuivre ; mais j'eftois trop tenté de voir
ce qu'il deviendroit, pour luy obeïr. Je
marchay fur fes pas jufqu'au pré de faint
Jerôme, où j'apperceus Don Lope de
Velafco qui l'attendoit de pied ferme. Je
me cachay pour les obferver tous deux,
& voicy ce que je remarquay de loin.
Ils fe joignirent, & commencerent à fe
battre un moment aprés. Leur combat
fut long. Ils fe pouflerent tour à tour
l'un l'autre avec beaucoup d'adrefle &
de vigueur. Cependant la victoire fe declara pour Don Lope. Il perça mon maiftre, l'eftendit par terre, & s'enfuit fort
fatisfait de s'eftre fi bien vangé. Je courus au malheureux Don Mathias. Je le
trouvay fans connoiffance & prefque
deja fans vie. Ce fpectacle m'attendrit,
& je ne pus m'empefcher de pleurer une
mort à laquelle, fans y penfer, j'avois
fervi d'inftrument. Neanmoins malgré
ma douleur, je ne laiffay pas de fonger
à mes petits interefts. Je m'en retournay promptement à l'hoftel fans rien
dire. Je fis un paquet de mes hardes où
je mis par mégarde quelques nipes de
mon maiftre, & quand j'eus porté cela

chez le Barbier où mon habit d'homme
à bonnes fortunes eſtoit encore, je re-
pandis dans la ville l'accident funeſte
dont j'avois eſté temoin. Je le contay à
qui voulut l'entendre, & ſurtout je ne
manquay pas d'aller l'annoncer à Rodriguez. Il en parut moins affligé, qu'occupé des meſures qu'il avoit à prendre
là-deſſus. Il aſſembla ſes domeſtiques,
leur ordonna de le ſuivre, & nous nous
rendimes tous au pré de ſaint Jerôme.
Nous enlevames Don Mathias qui reſ-
piroit encore, mais qui mourut trois
heures aprés qu'on l'eut tranſporté chez
luy. Ainſi perit le Seigneur Don Mathias de Silva, pour s'eſtre aviſé de lire
mal à propos des billets doux ſuppoſez.

CHAPITRE IX.

*Quelle perſonne il alla ſervir aprés
la mort de Don Mathias de Silva.*

Quelques jours aprés les funerailles
de Don Mathias, tous ſes domeſtiques furent payez & congediez. J'éta-
blis mon domicile chez le petit Barbier,
avec qui je commençois à vivre dans une

étroite liaiſon. Je m'y promettois plus
d'agrément que chez Melendez. Comme
je ne manquois pas d'argent, je ne me
haſtay point de chercher une nouvelle
condition. D'ailleurs, j'eſtois devenu difficile ſur cela. Je ne voulois plus ſervir
que des perſonnes hors du commun. Encore avois-je reſolu de bien examiner les
poſtes qu'on m'offriroit. Je ne croyois
pas le meilleur trop bon pour moy, tant
le valet d'un jeune Seigneur me paroiſſoit alors preferable aux autres valets.

En attendant que la fortune me pré-
ſentaſt une maiſon telle que je m'imaginois la meriter, je penſay que je ne pouvois mieux faire que de conſacrer mon
oiſiveté à ma belle Laure, que je n'avois
point veuë depuis que nous nous eſtions
ſi plaiſamment détrompez. Je n'oſay
m'habiller en Don Ceſar de Ribera. Je
ne pouvois ſans paſſer pour un extravagant, mettre cet habit que pour me deguiſer. Mais outre que le mien n'avoit
pas encore l'air trop mal propre, j'eſtois
bien chauſſé & bien coëffé. Je me paray
donc, à l'aide du Barbier, d'une maniere
qui tenoit un milieu entre Don Ceſar &
Gil Blas. Dans cet eſtat, je me rendis à
la maiſon d'Arſenie. Je trouvay Laure

seule dans la mesme salle où je luy avois
deja parlé. Ah c'est vous, s'écria-t-elle
aussitost qu'elle m'apperceut ! Je vous
croyois perdu. Il y a sept ou huit jours
que je vous ay permis de me venir voir.
Vous n'abusez point, à ce que je vois,
des libertez que les Dames vous donnent.

Je m'excusay sur la mort de mon maistre, sur les occupations que j'avois euës,
& j'ajoutay fort poliment que dans mes
embarras mesmes, mon aimable Laure
avoit toujours esté présente à ma pensée. Cela estant, me dit-elle, je ne vous
feray plus de reproches, & je vous
avoüeray que j'ay aussi songé à vous.
D'abord que j'ay appris le malheur de
Don Mathias, j'ay formé un projet qui
ne vous deplaira peut-estre point. Il y a
long-temps que j'entens dire à ma maitresse qu'elle veut avoir chez elle une
espece d'homme d'affaires, un garçon
qui entende bien l'œconomie, & qui
tienne un registre exact des sommes qu'on
luy donnera pour faire la depense de la
maison. J'ay jetté les yeux sur vostre
Seigneurie. Il me semble que vous ne
remplirez point mal cet employ. Je sens,
luy répondis-je, que je m'en acquitteray

à merveilles. J'ay leu les œconomiques
d'Aristote, & pour tenir des registres,
c'est mon fort. . . . Mais, mon enfant,
poursuivis je, une difficulté m'empesche
d'entrer au service d'Arsenie. Quelle difficulté, me dit Laure ? J'ay juré, luy repliquai-je, de ne plus servir de bourgeois. J'en ay mesme juré par le Stix. Si
Jupiter n'osoit violer ce serment, jugez
si un valet doit le respecter. Qu'appel-
les-tu des bourgeois, repartit fierement
la soubrette ? Pour qui prens-tu les Comediennes ? Les prens-tu pour des Avo-
cates ou pour des Procureuses ? Oh sçache, mon ami, que les Comediennes
sont nobles, archinobles par les allian-
ces qu'elles contractent avec les grands
Seigneurs.

Sur ce pied-là, luy di-je, mon in-
fante, je puis accepter la place que vous
me destinez. Je ne derogeray point. Non
sans doute, répondit-elle, passer de
chez un Petit-Maistre au service d'une
Heroïne de Theatre, c'est estre toujours dans le mesme monde. Nous allons de pair avec les gens de qualité.
Nous avons des équipages comme eux,
nous faisons aussi bonne chere, & dans
le fonds on doit nous confondre ensemble.

dans la vie civile. En effet, ajouta-t-elle,
à confiderer un Marquis & un Comedien
dans le cours d'une journée, c'eft prefque
la mefme chofe : fi le Marquis pendant
les trois quarts du jour eft par fon rang
au deffus du Comedien, le Comedien pendant l'autre quart, s'eleve encore davantage au deffus du Marquis par un rolle
d'Empereur ou de Roy qu'il repréfente.
Cela fait, ce me femble, une compen-
fation de nobleffe & de grandeur qui
nous égale aux perfonnes de la Cour.
Ouy vrayement, repris-je, vous eftes de
niveau, fans contredit, les uns aux autres. Pefte, les Comediens ne font pas
des maroufles, comme je le croyois, &
vous me donnez une forte envie de fervir de fi honneftes gens. Hé bien, repartit-elle, tu n'as qu'à revenir dans
deux jours. Je ne te demande que ce
temps-là pour difpofer ma maitreffe à te
prendre. Je luy parleray en ta faveur.
J'ay quelque afcendant fur fon efprit. Je
fuis perfuadée que je te feray entrer
icy.

Je remerciay Laure de fa bonne volonté. Je luy temoignay que j'en eftois
penetré de reconnoiffance, & je l'en af-
furay avec des tranfports qui ne luy per-

mirent pas d'en douter. Nous eûmes tous deux un assez long entretien, qui auroit encore duré, si un petit laquais ne fust venu dire à ma Princesse qu'Arsenie la demandoit. Nous nous séparames. Je sortis de chez la Comedienne dans la douce esperance d'y avoir bientoft bouche à cour, & je ne manquay pas d'y retourner deux jours aprés. Je t'attendois, me dit la suivante, pour t'asseurer que tu es commensal dans cette maison. Viens, suis-moy. Je vais te présenter à ma maitresse. A ces paroles, elle me mena dans un appartement composé de cinq à six pieces de plein-pied, toutes plus richement meublées les unes que les autres.

Quel luxe! quelle magnificence! Je me crus chez une Vicereine : ou pour mieux dire, je m'imaginay voir toutes les richesses du monde amassées dans un mesme lieu. Il est vray qu'il y en avoit de plusieurs nations, & qu'on pouvoit définir cet appartement : Le Temple d'une Déesse où chaque voyageur apportoit pour offrande quelques raretez de son pays. J'apperceus la Divinité assise sur un gros carreau de satin. Je la trouvay charmante & grasse de la fumée des

facrifices. Elle eftoit dans un deshabillé
galant, & fes belles mains s'occupoient
à préparer une coëffure nouvelle pour
joüer fon rolle ce jour-là. Madame,
luy dit la foubrette, voicy l'œconome
en queftion. Je puis vous aſſurer que
vous ne ſçauriez avoir un meilleur fujet. Arſenie me regarda trés-attentivement & j'eus le bonheur de ne luy pas
deplaire. Comment donc, Laure, s'é-
cria-t-elle ! mais voila un fort joli garçon. Je prévoy que je m'accommoderay
bien de luy. Enſuite m'adreſſant la parole : Mon enfant, ajouta-t-elle, vous
me convenez, & je n'ay qu'un mot à
vous dire : Vous ferez content de moy,
fi je le fuis de vous. Je luy répondis que
je ferois tous mes efforts pour la fervir à
fon gré. Comme je vis que nous étions
d'accord, je fortis fur le champ pour
aller chercher mes hardes, & je revins
m'inftaler dans cette maifon.

✠✠
✠

CHAPITRE X.

Qui n'est pas plus long que le précedent.

IL estoit à peu prés l'heure de la Comedie. Ma maitresse me dit de la suivre avec Laure au Theatre. Nous entrames dans sa loge, où elle ostâ son habit de ville & en prit un autre plus magnifique pour paroistre sur la scene. Quand le spectacle commença, Laure me conduisit & se plaça prés de moy dans un endroit d'où je pouvois voir & entendre parfaitement bien les acteurs. Ils me deplurent pour la plufpart, à cause sans doute que Don Pompeyo m'avoit prévenu contre eux. On ne laissoit pas d'en applaudir plusieurs, & quelques-uns de ceux-là me firent souvenir de la fable du cochon.

Laure m'apprenoit le nom des Comediens & des Comediennes, à mesure qu'ils s'offroient à nos yeux. Elle ne se contentoit pas de les nommer, la medisante en faisoit de jolis portraits : Celui cy, disoit-elle, a le cerveau creux, ce

luy-là est un insolent. Cette mignonne
que vous voyez & qui a l'air plus libre
que gracieux, s'appelle Rosarda. Mauvaise acquisition pour la Compagnie. On
devroit mettre cela dans la Troupe qu'on
leve par ordre du Viceroy de la nouvelle
Espagne, & qu'on va faire incessamment
partir pour l'Amerique. Regardez bien
cet astre lumineux qui s'avance : ce beau
soleil couchant : c'est Casilda. Si depuis
qu'elle a des amans, elle avoit exigé de
chacun d'eux une pierre de taille pour en
bastir une pyramide, comme fit autrefois une Princesse d'Egypte, elle en pourroit faire élever une qui iroit jusqu'au
troisiéme ciel. Enfin, Laure dechira
tout le monde par des medisances. Ah la
méchante langue ! Elle n'épargna pas
mesme sa maitresse.

Cependant, j'avoüeray mon foible,
j'estois charmé de ma soubrette, quoy
que son caractere ne fust pas moralement
bon. Elle médisoit avec un agrément
qui me faisoit aimer jusqu'à sa malignité.
Elle se levoit dans les entre-actes, pour
aller voir si Arsenie n'avoit pas besoin
de ses services ; mais au lieu de venir
promptement reprendre sa place, elle
s'amusoit derriere le Theatre à recüeillir

les fleurettes des hommes qui la cajol-
loient. Je la ſuivis une fois pour l'obſerver, & je remarquay qu'e le avoit bien
des connoiſſances. Je comptay juſqu'à
trois Comediens qui l'arreſterent, l'un
aprés l'autre, pour luy parier, & ils me
parurent s'entretenir avec elle trés-fa-
milierement. Cela ne me plut point, &
pour la premiere fois de ma vie, je ſentis
ce que c'eſt que d'eſtre jaloux. Je retournay à ma place ſi reſveur & ſi triſte,
que Laure s'en apperceut auſſitoſt qu'elle
m'eut rejoint. Qu'as-tu, Gil Blas, me
dit-elle avec étonnement ? Quelle humeur noire s'eſt emparée de toy, depuis
que je t'ay quitté ? Tu as l'air ſombre &
chagrin ? Ma Princeſſe, luy répondis-je,
ce n'eſt pas ſans raiſon. Vos allures ſont
un peu vives. Je viens de vous voir avec
des Comediens... Ah le plaiſant ſujet de
triſteſſe, interrompit-elle en riant ! Quoy
cela te fait de la peine ? Oh vrayement,
tu n'es pas au bout. Tu verras bien d'autres choſes parmi nous. Il faut que tu
t'accouſtumes à nos manieres aiſées. Point
de jalouſie, mon enfant. Les jaloux,
chez le peuple comique, paſſent pour des
ridicules. Auſſi n'y en a-t-il preſque
point. Les peres, les maris, les freres,

les oncles & les coufins font les gens du
monde les plus commodes, & fouvent
mefme c'eft eux qui établiffent leurs familles.

Aprés m'avoir exhorté à ne prendre
ombrage de perfonne & à regarder tout
tranquillement, elle me declara que j'eftois l'heureux mortel qui avoit trouvé le
chemin de fon cœur. Puis elle m'affura
qu'elle m'aimeroit toujours uniquement.
Sur cette affurance, dont je pouvois douter fans paffer pour un efprit trop dé-
fiant, je luy promis de ne plus m'alar-
mer, & je luy tins parole. Je la vis, dés
le foir mefme, s'entretenir en particulier & rire avec des hommes. A l'iffuë
de la Comedie, nous nous en retournames avec noftre maitreffe au logis, où
Florimonde arriva bientoft avec trois
vieux Seigneurs & un Comedien qui y
venoient fouper. Outre Laure & moy,
il y avoit pour domeftiques dans cette
maifon une cuifiniere, un cocher & un
petit laquais. Nous nous joignimes tous
cinq pour préparer le repas. La cuifiniere, qui n'eftoit pas moins habile que la
Dame Jacinte, apprefta les viandes avec
le cocher. La femme de chambre & le
petit laquais mirent le couvert, & je

dreſſay le buffet compoſé de la plus belle
vaiſſelle d'argent & de pluſieurs vaſes
d'or. Autres offrandes que la Déeſſe du
Temple avoit receuës. Je le paray de
bouteilles de differens vins, & je ſervis
d'Echanſon, pour montrer à ma maitreſſe que j'eſtois un homme à tout. J'ad-
mirois la contenance des Comediennes
pendant le repas. Elles faiſoient les Dames d'importance. Elles s'imaginoient
eſtre des femmes du premier rang. Bien
loin de traiter d'*Excellence* les Seigneurs,
elles ne leur donnoient pas meſme de la
Seigneurie : elles les appelloient ſimple-
ment par leur nom. Il eſt vray que c'eſtoit eux qui les gaſtoient & qui les ren-
doient ſi vaines en ſe familiariſant un
peu trop avec elles. Le Comedien, de
ſon coſté, comme un acteur accouſtumé
à faire le heros, vivoit avec eux ſans façon : il beuvoit à leur ſanté, & tenoit
pour ainſi dire, le haut bout. Parbleu,
di-je en moy-meſme, quand Laure m'a
démontré que le Marquis & le Comedien ſont égaux pendant le jour, elle
pouvoit ajouter qu'ils le ſont encore davantage pendant la nuit, puiſqu'ils la
paſſent toute entiere à boire enſemble.

Arſenie & Florimonde eſtoient natu-
relle-

rellement enjoüées. Il leur échapa mille
difcours hardis entremeflez de menuës
faveurs & de minauderies qui furent bien
favourées par ces vieux pecheurs. Tandis que ma maitreffe en amufoit un par un
badinage innocent, fon amie, qui fe trouvoit entre les deux autres, ne faifoit point
avec eux la Suzanne. Dans le temps que
je confiderois ce tableau, qui n'avoit que
trop de charmes pour un vieil adolef-
cent, on apporta le fruit. Alors je mis
fur la table des bouteilles de liqueurs &
des verres, & je difparus pour aller fouper avec Laure qui m'attendoit. Hé
bien, Gil Blas, me dit-elle, que penfes-
tu de ces Seigneurs que tu viens de voir ?
Ce font fans doute, luy répondis-je, des
adorateurs d'Arfenie & de Florimonde.
Non, reprit-elle, ce font des voluptueux
qui vont chez les coquettes fans s'y attacher. Ils n'exigent d'elles qu'un peu de
complaifance, & ils font affez genereux
pour bien payer les petites bagatelles
qu'on leur accorde. Graces au Ciel, Florimonde & ma maitreffe font à préfent
fans amans. Je veux dire qu'elles n'ont
pas de ces amans qui s'érigent en maris,
& veulent faire tous les plaifirs d'une
maifon, parce qu'ils en font toute la dé-

penfe. Pour moy, j'en fuis bien aife, &
je foutiens qu'une coquette fenfée doit
fuir ces fortes d'engagemens. Pourquoy
fe donner un maiftre ? Il vaut mieux gagner foû à foû un équipage, que de l'a-
voir tout d'un coup à ce prix-là.

Lorfque Laure eftoit en train de parler, & elle y eftoit prefque toujours,
les paroles ne luy couftoient rien. Quelle
volubilité de langue ! Elle me conta mille
avantures arrivées aux Actrices de la
Troupe du Prince, & je conclus de tous
fes difcours, que je ne pouvois eftre
mieux placé pour connoiftre parfaitement
les vices. Malheureufement j'eftois dans
un âge où ils ne font guere d'horreur,
& il faut ajouter que la foubrette fçavoit
fi bien peindre les déreglemens, que je
n'y envifageois que des delices. Elle n'eut
pas le temps de m'apprendre feulement
la dixiéme partie des exploits des Comediennes, car il n'y avoit pas plus de
trois heures qu'elle en parloit. Les Seigneurs & le Comedien fe retirerent avec
Florimonde, qu'ils conduifirent chez
elle.

Aprés qu'ils furent fortis, ma maitreffe me dit en me mettant de l'argent
entre les mains : Tenez, Gil Blas, voilà

dix piſtoles pour aller demain matin à la
proviſion. Cinq ou ſix de nos Meſſieurs
& de nos Dames doivent diner icy. Ayez
ſoin de nous faire faire bonne chere. Madame, luy répondis-je, avec cette ſomme je promets d'apporter de quoy regaler toute la Troupe meſme. Mon ami,
reprit Arſenie, corrigez, s'il vous plaiſt,
vos expreſſions. Sçachez qu'il ne faut
point dire la Troupe : il faut dire la
Compagnie. On dit bien une troupe de
Bandits, une troupe de Gueux, une troupe d'Auteurs ; mais apprenez qu'on doit
dire une Compagnie de Comédiens. Les
Acteurs de Madrid ſurtout meritent bien
qu'on appelle leur Corps une Compagnie. Je demanday pardon à ma maitreſſe de m'eſtre ſervi d'un terme ſi peu
reſpectieux. Je la ſuppliay trés-humblement d'excuſer mon ignorance. Je luy
proteſtay que dans la ſuite quand je par-
lerois de Meſſieurs les Comediens de
Madrid d'une maniere collective, je dirois toujours la Compagnie.

CHAPITRE XI.

Comment les Comediens vivoient enfem-
ble, & de quelle maniere ils
traitoient les Auteurs.

JE me mis donc en campagne le lendemain matin, pour commencer l'e-
xercice de mon employ d'œconome. C'eſtoit un jour maigre : j'achetay, par ordre
de ma maitreſſe, de bons poulets gras, des
lapins, des perdreaux & d'autres petits
pieds. Comme Meſſieurs les Comediens
n'eſtoient pas contens des manieres de
l'Egliſe à leur égard, ils n'en obſervoient
pas avec exactitude les commandemens.
J'apportay au logis plus de viandes qu'il
n'en faudroit à douze honneſtes gens pour
bien paſſer les trois jours du Carnaval.
La cuiſiniere eut de quoy s'occuper toute
la matinée. Pendant qu'elle préparoit le
diner, Arſenie ſe leva, & demeura juſqu'à midy à ſa toilette. Alors les Seigneurs Roſimiro & Ricardo Comediens
arriverent. Il ſurvint enſuite deux Comediennes, Conſtance & Celinaura, &
un moment après, parut Florimonde a-

compagnée d'un homme qui avoit tout
l'air d'un *Señor Cavallero* des plus leſtes.
Il avoit les cheveux galamment noüez,
un chapeau relevé d'un bouquet de plumes de feüille-morte, un haut de chauſ-
ſes bien étroit, & l'on voyoit aux ou-
vertures de ſon pourpoint une chemiſe
fine avec une fort belle dentelle. Ses
gands & ſon mouchoir eſtoient dans la
concavité de la garde de ſon épée, &
il portoit ſon manteau avec une grace
toute particuliere.

Neanmoins, quoy qu'il euſt bonne
mine & fuſt trés bien fait, je trouvay
d'abord en luy quelque-choſe de ſingu-
lier. Il faut, di-je en moy-meſme, que
ce Gentilhomme-là ſoit un original. Je
ne me trompois point. C'eſtoit un caractere marqué. Dés qu'il entra dans l'appartement d'Arſenie, il courut, les bras
ouverts, embraſſer les Actrices & les
Acteurs, l'un aprés l'autre, avec des
demonſtrations plus outrées que celles
des Petit-Maiſtres. Je ne changeay point
de ſentiment, lorſque je l'entendis parler. Il appuyoit ſur toutes ſes ſyllabes,
& prononçoit ſes paroles d'un ton em-
phatique avec des geſtes & des yeux ac-
commodez au ſujet. J'eus la curioſité de

demander à Laure ce que c'eſtoit que ce
Cavalier : Je te pardonne, me dit-elle,
ce mouvement curieux : il eſt impoſſible
de voir & d'entendre pour la premiere
fois le Seigneur Carlos Alonſo de la Ven-
toleria , ſans avoir l'envie qui te preſſe.
Je vais te le peindre au naturel. Premie-
rement, c'eſt un homme qui a eſté Comedien. Il a quitté le Theatre par fan-
taiſie & s'en eſt depuis repenti par raiſon. As-tu remarqué ſes cheveux noirs?
Ils ſont teints auſſi bien que ſes ſourcils
& ſa mouſtache. Il eſt plus vieux que Sa-
turne. Cependant comme au temps de
ſa naiſſance, ſes parens ont negligé de
faire écrire ſon nom ſur les regiſtres de
ſa Paroiſſe, il profite de leur negligence,
& ſe dit plus jeune qu'il n'eſt de vingt
bonnes années pour le moins. D'ailleurs,
c'eſt le perſonnage d'Eſpagne le plus
rempli de luy-meſme. Il a paſſé les douze
premiers luſtres de ſa vie dans une ignorance craſſe ; mais pour devenir ſçavant,
il a pris un précepteur qui luy a montré
à épeler en Grec & en Latin. De plus,
il ſçait par cœur une infinité de bons
contes, qu'il a recitez tant de fois comme de ſon cru, qu'il eſt parvenu à ſe figurer qu'ils en ſont effectivement. Il les

fait venir dans la converſation, & on peut
dire que ſon eſprit brille aux deſpens de
ſa mémoire. Au reſte, on dit que c'eſt
un grand Acteur. Je veux le croire pieuſement. Je t'avoüeray toutefois qu'il ne
me plaiſt point. Je l'entens quelquefois
déclamer icy, & je luy trouve entre autres défauts, une prononciation trop
affectée, avec une voix tremblante qui
donne un air antique & ridicule à ſa déclamation.

Tel fut le portrait que ma ſoubrette
me fit de cet hiſtrion honoraire ; & veritablement, je n'ay jamais veu de mortel d'un maintien plus orgüeilleux. Il faiſoit auſſi le beau parleur, & il ne manqua pas de tirer de ſon ſac deux ou trois
contes qu'il debita d'un air impoſant &
bien étudié. D'une autre part, les Comediennes & les Comediens qui n'eſtoient point venus là pour ſe taire, ne
furent pas muets. Ils commencerent à
s'entretenir de leurs camarades abſens
d'une maniere peu charitable, à la verité;
mais c'eſt une choſe qu'il faut pardonner
aux Comediens comme aux Auteurs.
La converſation s'échauffa donc contre
le prochain : Vous ne ſçavez pas, Meſ-
dames, dit Roſimiro, un nouveau trait

de Cesarino , noftre cher confrere. Il a
ce matin acheté des bas de foye, des rubans & des dentelles, qu'il s'eft fait apporter à l'affemblée par un petit page,
comme de la part d'une Comteffe. Quelle
friponnerie , dit le Seigneur de la Vento-
leria en foûriant d'un air fat & vain ? De
mon temps on eftoit de meilleure foy.
Nous ne fongions point à compofer de
pareilles fables. Il eft vray que les femmes de qualité nous en épargnoient l'invention. Elles faifoient elles-mefmes les
emplettes. Elles avoient cette fantaifie-
là. Parbleu , dit Ricardo du mefme ton,
cette fantaifie les tient bien encore, &
s'il eftoit permis de s'expliquer là-deffus...
mais il faut taire ces fortes d'avantures,
furtout quand des perfonnes d'un certain
rang y font intereffées.

Meffieurs , interrompit Florimonde,
laiffez là , de grace, vos bonnes fortunes ; elles font connuës de toute la terre.
Parlons d'Ifmenie. On dit que ce Seigneur qui a fait tant de depenfes pour
elle, vient de luy échaper. Ouy vrayement , s'écria Conftance, & je vous diray de plus qu'elle perd un petit homme
d'affaires qu'elle auroit indubitablement
ruiné. Je fçay la chofe d'original. Son
Mercure

Mercure a fait un *qui pro quo* : il a porté
au Seigneur un billet qu'elle écrivoit à
l'homme d'affaires, & a remis à l'homme d'affaires une lettre qui s'adreſſoit au
Seigneur. Voila de grandes pertes, ma
mignone, reprit Florimonde. Oh pour
celle du Seigneur, repartit Conſtance,
elle eſt peu conſiderable. Le Cavalier a
mangé preſque tout ſon bien ; mais le
petit homme d'affaires ne faiſoit que
d'entrer ſur les rangs. Il n'a point encore paſſé par les mains des Coquettes.
C'eſt un ſujet à regretter.

Ils s'entretinrent à peu prés de cette
ſorte avant le diner, & leur entretien
roula ſur la meſme matiere lorſqu'ils
furent à table. Comme je ne finirois
point, ſi j'entreprenois de rapporter tous
les autres diſcours pleins de médiſance
& de fatuité que j'entendis, le Lecteur
trouvera bon que je les ſupprime, pour
luy conter de quelle façon fut receu un
pauvre diable d'Auteur qui arriva chez
Arſenie ſur la fin du repas.

Noſtre petit laquais vint dire tout haut
à ma maitreſſe : Madame, un homme
en linge ſale, croté juſqu'à l'échine, &
qui ſauf voſtre reſpect a tout l'air d'un
Poëte, demande à vous parler. Qu'on

le fasse monter, répondit Arsenie. Ne
bougeons, Messieurs, c'est un Auteur.
Effectivement, c'en estoit un dont on
on avoit accepté une Tragedie, & qui
apportoit un rolle à ma maitresse. Il s'appelloit Pedro de Moya. Il fit en entrant
cinq ou six profondes reverences à la
compagnie, qui ne se leva ni mesme ne
le salua point. Arsenie répondit seulement par une simple inclination de teste
aux civilitez dont il l'accabloit. Il s'a-
vança dans la chambre d'un air tremblant & embarassé. Il laissa tomber ses
gands & son chapeau. Il les ramassa,
s'approcha de ma maitresse, & luy présentant un papier plus respectueusement
qu'un plaideur ne présente un placet à
son Juge : Madame, luy dit-il, agréez,
de grace, le rolle que je prens la liberté
de vous offrir. Elle le receut d'une maniere froide & méprisante, & ne daigna
pas mesme répondre au compliment.

Cela ne rebuta point nostre Auteur,
qui se servant de l'occasion pour distri-
buer d'autres personnages, en donna un
à Rosimiro & un autre à Florimonde,
qui n'en userent pas plus honnestement
avec luy qu'Arsenie. Au contraire, le
Comedien, fort obligeant de son naturel,

comme ces Meſſieurs le ſont pour la
pluſpart, l'inſulta par de piquantes railleries. Pedro de Moya les ſentit. Il n'oſa
toutefois les relever, de peur que ſa
piece n'en patiſt. Il ſe retira ſans rien
dire, mais vivement touché, à ce qu'il
me parut, de la reception que l'on venoit de luy faire. Je croy que dans ſon
depit, il ne manqua pas d'apoſtropher
en luy-meſme les Comediens comme ils
le meritoient ; & les Comediens de leur
coſté, quand il fut ſorti, commencerent
à parler des Auteurs avec beaucoup de
courtoiſie. Il me ſemble, dit Florimonde, que le Seigneur Pedro de Moya ne
s'en va pas fort ſatisfait.

Hé Madame, s'écria Roſimiro, de
quoy vous inquietez-vous ? Les Auteurs
ſont-ils dignes de noſtre attention ? Si
nous allions de pair avec eux, ce ſeroit
le moyen de les gaſter. Je connois ces
petits Meſſieurs, je les connois ; ils s'ou-
blieroient bien-toſt. Traitons-les toûjours en eſclaves, & ne craignons point
de laſſer leur patience. Si leurs chagrins
les éloignent de nous quelquefois, la fureur d'écrire nous les ramene, & ils ſont
encore trop heureux, que nous voulions bien joüer leurs pieces. Vous avez

raiſon, dit Arſenie ; nous ne perdons
que les Auteurs dont nous faiſons la fortune. Pour ceux-là, ſitoſt que nous les
avons bien placez, l'aiſe les gagne, &
ils ne travaillent plus. Heureuſement la
Compagnie s'en conſole, & le public
n'en ſouffre point.

On applaudit à ces beaux diſcours, &
il ſe trouva que les Auteurs, malgré les
mauvais traitemens qu'ils recevoient des
Comediens, leur en devoient encore de
reſte. Ces hiſtrions les mettoient audeſ-
ſous d'eux, & certes ils ne pouvoient les
mépriſer davantage.

CHAPITRE XII.

Gil Blas ſe met dans le gouſt du Thea-
tre ; il s'abandonne aux delices de la
vie comique & s'en degouſte peu de
temps aprés.

LEs conviez demeurerent à table,
juſqu'à ce qu'il faluſt aller au Theatre. Alors ils s'y rendirent tous. Je les
ſuivis, & je vis encore la Comedie ce
jour-là. J'y pris tant de plaiſir, que
je reſolus de la voir tous les jours.

Je n'y manquay pas, & infenfiblement je m'accouftumay aux Acteurs. Admirez la force de l'habitude. J'eftois particulierement charmé de ceux qui brailloient & gefticuloient le plus fur la fcene, & je n'eftois pas feul dans ce gouft-là.

La beauté des pieces ne me touchoit pas moins que la maniere dont on les repréfentoit. Il y en avoit quelques-unes qui m'enlevoient, & j'aimois entr'autres celles où l'on faifoit paroiftre tous les Cardinaux ou les douze Pairs de France. Je retenois des morceaux de ces Poëmes incomparables. Je me fouviens que j'appris par cœur en deux jours une Comedie entiere qui avoit pour titre : *La Reine des Fleurs.* La Rofe, qui étoit la Reine, avoit pour confidente la violette & pour écuyer le jafmin. Je ne trouvois rien de plus ingenieux que ces ouvrages, qui me fembloient faire beaucoup d'honneur à l'efprit de noftre nation.

Je ne me contentois pas d'orner ma memoire des plus beaux traits de ces chef-d'œuvres dramatiques ; je m'attachay à me perfectionner le gouft, & pour y parvenir feurement, j'écoutois avec une avide attention tout ce que difoient les Comediens. S'ils loüoient une piece, je l'estimois ; leur paroissoit-elle mauvaise ? je la méprisois. Je m'imaginois qu'ils se connoissoient en pieces de Theatre, comme les Joüailliers en diamans. Neanmoins la Tragedie de Pedro de Moya eut un trés-grand succés, quoy qu'ils eussent jugé qu'elle ne reüssiroit point. Cela ne fut pas capable de me rendre leurs jugemens suspects, & j'aimay mieux penser que le public n'avoit pas le sens commun, que de douter de l'infaillibilité de la Compagnie. Mais on m'assura de toutes parts qu'on applaudissoit ordinairement les pieces nouvelles dont les Comediens n'avoient pas bonne opinion, & qu'au contraire celles qu'ils recevoient avec applaudissement estoient presque toûjours sifflées. On me dit que c'estoit une de leurs regles de juger si mal des ouvrages, & là-dessus on me cita mille succés de pieces qui avoient dementi leurs decisions. J'eus besoin de toutes ces preuves pour me desabuser.

Je n'oublierai jamais ce qui arriva un jour qu'on representoit pour la premiere fois une Comedie nouvelle. Les Comediens l'avoient trouvée froide & ennuyeuse. Ils avoient mesme jugé qu'on

ne l'acheveroit pas. Dans cette penſée,
ils en joüerent le premier Acte, qui fut
fort applaudi. Cela les étonna. Ils joüent
le ſecond Acte; le public le reçoit encore mieux que le premier. Voila mes
Acteurs deconcertez. Comment diable,
dit Roſimiro, cette Comedie prend. Enfin ils joüent le troiſiéme Acte, qui plut
encore davantage. Je n'y comprens
rien, dit Ricardo; nous avons crû que
cette piece ne ſeroit pas gouſtée; voyez
le plaiſir qu'elle fait à tout le monde.
Meſſieurs, dit alors un Comedien fort
naïvement, c'eſt qu'il y a dedans mille
traits d'eſprit que nous n'avons pas re-
marquez.

Je ceſſay donc de regarder les Comediens comme d'excellens juges, & je devins un juſte appreciateur de leur merite.
Ils juſtifioient parfaitement tous les ridicules qu'on leur donnoit dans le monde. Je voyois des Actrices & des Acteurs
que les applaudiſſemens avoient gaſtez,
& qui ſe conſiderant comme des objets
d'admiration, s'imaginoient faire grace
au public lorſqu'ils joüioient. J'eſtois
choqué de leurs défauts, mais par malheur je trouvay un peu trop à mon gré
leur façon de vivre, & je me plongeay

dans la debauche. Comment aurois-je
pû m'en defendre ? Tous les discours que
j'entendois parmi eux estoient pernicieux
pour la jeunesse , & je ne voyois rien
qui ne contribuast à me corrompre.
Quand je n'aurois pas sceu ce qui se passoit chez Casilda , chez Constance &
chez les autres Comediennes, la maison
d'Arsenie toute seule n'estoit que trop
capable de me perdre. Outre les vieux
Seigneurs dont j'ay parlé, il y venoit
des Petit-Maistres , des enfans de famille que les usuriers mettoient en estat
de faire de la depense , & quelquefois on
y recevoit aussi des Traitans , qui bien
loin d'estre payez comme dans leurs as-
semblées pour leur droit de présence ,
payoient là pour avoir droit d'estre présens.

Florimonde qui demeuroit dans une
maison voisine, dinoit & soupoit tous
les jours avec Arsenie. Elles paroissoient
toutes deux dans une union qui surpre-
noit bien des gens. On estoit étonné que
des Coquettes fussent en si bonne intelligence , & l'on s'imaginoit qu'elles se
broüilleroient tost ou tard pour quelque
Cavalier ; mais on connoissoit mal ces
amies parfaites. Une solide amitié *les*

aniſſoit. Au lieu d'eſtre jalouſes comme les autres femmes, elles vivoient en commun. Elles aimoient mieux partager les depoüilles des hommes, que de s'en diſputer ſottement les ſoupirs.

Laure à l'exemple de ces deux illuſtres aſſociées profitoit auſſi de ſes beaux jours. Elle m'avoit bien dit que je verrois de belles choſes. Cependant je ne fis point le jaloux ; j'avois promis de prendre là-deſſus l'eſprit de la Compagnie. Je diſſimulay pendant quelques jours. Je me contentois de luy demander le nom des hommes avec qui je la voyois en converſation particuliere. Elle me répondoit toûjours que c'eſtoit un oncle ou un couſin. Qu'elle avoit de parens ! Il falloit que ſa famille fût plus nombreuſe que celle du Roy Priam. La ſoubrette ne s'en tenoit pas meſme à ſes oncles & à ſes couſins, elle alloit encore quelquefois amorcer des étrangers & faire la veuve de qualité chez la bonne vieille dont j'ay parlé. Enfin Laure, pour en donner au Lecteur une idée juſte & préciſe, eſtoit auſſi jeune, auſſi jolie & auſſi coquette que ſa maitreſſe, qui n'avoit point d'autre avantage ſur elle que celuy de divertir publiquement le public.

Je ceday au torrent pendant trois semaines. Je me livray à toute sorte de
voluptez. Mais je diray en mesme temps
qu'au milieu des plaisirs, je sentois souvent naistre en moy des remords qui venoient de mon éducation, & qui mes-
loient une amertume à mes delices. La
debauche ne triom.pha point de ces remords ; au contraire, ils augmentoient
à mesure que je devenois plus debauché,
& par un effet de mon heureux naturel,
les desordres de la vie comique commen-
cerent à me faire horreur. Ah miserable, me dis-je à moy-mesme, est-ce ainsi
que tu remplis l'attente de ta famille ?
N'est-ce pas assez de l'avoir trompée en
prenant un autre parti que celuy de Précepteur ? Ta condition servile te doit-
elle empescher de vivre en honneste
homme ? Te convient-il d'estre avec des
gens si vicieux ? L'envie, la colere &
l'avarice regnent chez les uns ; la pudeur
est bannie de chez les autres ; ceux-cy
s'abandonnent à l'intemperance & à la
paresse, & l'orgüeil de ceux-là va jusqu'à l'insolence. C'en est fait, je ne veux
pas demeurer plus long-temps avec les
sept pechez mortels.

Fin du premier Tome.

Fautes d'impression.

Page 59. ligne 4. alte, lisez halte.
Page 209. ligne 9. civet, lisez civé.
Page 331. ligne 17. de Florimonde, lisez de celle de Florimonde.
Page 352. ligne 7. feroit, lisez fût.

www.ingramcontent.com/pod-product-compliance
Lightning Source LLC
Chambersburg PA
CBHW050745030726
47505CB00002B/415